剑之彼方1

[日]涩谷瑞也 著
[日]伊藤宗一 绘
朱世祺 译

剑之彼方 1

TSURUGI no KANATA

目录 CONTENTS

始	追忆的彼方	001
一合目	重要的东西	007
二合目	吹雪、快晴、冬日	055
三合目	吹雪的春天	077
四合目	水上,加入社团啦	129
五合目	"第一次"邂逅	163
六合目	世界上最美丽的手	231
七合目	哭泣的剑鬼	271
八合目	雨后,悠	305
九合目	勇者的挑战	325
十合目	不需要约定	355
终	剑之彼方	389

———— 每本书都是一座传送门

次元书馆

剑之彼方 1

［日］涩谷瑞也 著
［日］伊藤宗一 绘
朱世祺 译

文化发展出版社
Cultural Development Press

始 追忆的彼方

快晴总是一副忧郁的样子。

在武道馆中是看不到蓝天的,然而高举起穿戴着小手①的右臂,却仿佛能够越过屋顶,直指那遥远的苍穹。快晴如今已经完全适应了护面上遮挡视野的金属格子,就好像它是身体的一部分。从格子的缝隙中,他望向了挂在墙上的日章旗。

白底红日,代表着太阳和晴天——就好像他的名字。

可是每次他一来到这个地方,遥远的、封存在心底的那份悲伤,就会像雨水一样,止不住地落在他脸上。

——你笑一笑嘛,快晴。

身体在不断地抖动。与焦灼的身体相陪伴的,却只剩下寒冷的孤独。

——哎,你别白瞎了这么一个好名字嘛,笑一笑。

"已经……太迟了。"

---

①剑道中的前臂皮护具。原文为籠手。

快晴将他冰冷的视线投向远方。握剑的手,早已变了形。

事情发展到这个地步,不管做什么都没有用了。他后悔着。

"没办法放手啊。谁叫我这么傻。"

悠已经不在了。可是就算明白了这一点,他还是想再见到悠。

——第七十八届全国高等学校剑道大会男子个人赛决赛,现在开始!

一步,两步,三步。快晴站在世界的中心,将他寂寥的剑安静地拔了出来。

在站起来的一瞬间,快晴在悲伤中闭上了双眼。

一直憧憬的剑之彼方就在眼前。

而悠,却不在这里。

***

吹雪总是一副满怀决心的样子。

在任何时候,她所走过的地方都会化为凛冬烈火,被冻住,然后烧成灰。她那炽热的一刀,在攻破对手防御的同时,也斩断了对手的勇气。

对手那颤抖的双手,也许再也没法拿起竹刀。但这,并不是她所关心的。

在实现夙愿之前,她不需要春天。

"梦想,我已经不在乎了。"

吹雪身着雪白的装束和护具，朝着那个身影伸出了手，想紧紧追随他。

曾经的梦想。温暖的后背。是他攻克了凛冬。

然而，即使去往剑之彼方寻找他的身影也是徒劳。

"好冷……"

她被抛弃了。

所以，她选择靠自己的力量去战斗。即使燃尽自己也在所不惜。

她相信，在跨越了无数的战场后，曾经失去的重要的东西，一定会在终点等着她。

***

悠仰望着遥远的夜空。

乡下的夜空显得更加深远，星月如同散落满地的珍珠，似乎比太阳还要耀眼。这座山悠曾经爬过好多次，他站在山顶上，向着星星们伸出手，仿佛想从它们的视线中藏起自己一般。

"最后的约定，我会好好遵守的……所以其他的，已经不重要了。"

他无奈地笑了笑。

"我其实已经比过去稍微成长了一些。不过，你还是会骂我不成熟吧。现在想想，能被你骂也不错呢。"

他缩了缩肩膀,朝下看去。

身材瘦小的母亲正在墓碑前闭目祈祷。

——悠,妈妈就靠你来保护了。

遥远星空的彼方,仿佛传来了过去的声音。

"妈,我之前和你说过的那个申请表,帮我交了吧。"

"好。不过,你真的想好了吗?"

"嗯,想好了。"

这次一定要好好努力。一定可以重新开始的。

这本该是一个无比满足、无比喜悦的时刻,可是……

"再见了……"

诅咒被解开的那一瞬间,他的左手止不住地颤抖起来。

一合目　重要的东西

"我差不多该走了。妈,今天你几点钟下班?"

"7点。我想想……算了,还是准时下班吧!"

"哎?妈,你昨天也是准时下班的吧。不要勉强哦。"

清晨的玄关。悠背着包,手握着门把手,穿着新鞋子的脚往地上咚咚踢了几下。嗯,感觉不错。真想快点去城里逛逛。

悠开心地点点头,一转身,发现妈妈也面带笑容地看着他。紧接着,妈妈坚定地摇了摇头。

"我没有勉强。我只是想和儿子一起吃晚饭。"

"嗯,我知道了。晚饭要做好吃的哦。那么,我先走了。"

就像平常一样,悠习惯性地不与家人寒暄完就打算出门。这时,妈妈从后面拍了拍悠的肩膀。

"等一下,悠。你忘了东西……我做了这个。"

一改平时严肃的样子,妈妈害羞地伸出了右手,手上拿着一盒用粗布包裹的便当。

悠瞪大了眼睛，也同样觉得不好意思地用双手接受了这份爱意。

"路上小心，悠。我们一起加油吧！"

"嗯，妈你也是……那我走啦！"

悠下定决心，推开了玄关的大门。

水上家新的一天开始了。

***

县立藤宫高中二年 E 班的新学年，也是从这个早上开始的。新学期第一堂班会课的内容是全班同学的自我介绍。一个接着一个，每一名上来的同学都富有个性地寒暄了一下。

城崎俊介环顾了一下这个新的班级。大部分都认识。忽然，他发现了一个特殊的家伙。

"嗯？那家伙是我们学校的吗？"

他一边玩着打着发蜡的头发一边在记忆中寻找，但是完全没有头绪。不过正好到那家伙介绍自己了。城崎以及其他同学一起为他送出了热烈的掌声。

坐在教室最后一排靠窗的位置，到目前为止一点存在感都没有的那个男生走了上来。

"我叫，髓……不对，水上悠。请多多指教。"

氷上悠

腰背挺得笔直，这站姿漂亮极了。

这就是悠留给城崎的第一印象。端正的容貌，和善的笑脸，以及那展现出不对称美的褐色刘海也令人印象深刻。悠所展现出的这种平静的气质，就好像午睡中的猫一样。

更令人吃惊的是，悠长得并不是很高。

其实也就比平均身高水平的城崎稍微矮那么一点点。可是，不知道为什么，他看起来是那么高大。

"其实，我是三月份刚刚搬来这边的转校生，所以这边的规矩和情况我都不是很了解，还请同学们多多包涵。我的兴趣是跑步、散步和落语鉴赏……应该就这些吧。再就是，我的拿手技能是掐秒表。不超过五分钟的话，绝对能把误差控制在一秒以内。"

"哈哈，真的假的？不明觉厉，然而没什么用……"

城崎主动对悠的自我介绍做出了回应。这家伙人挺不错的，希望能快点和他搞好关系。

对于这一助攻，转校生似乎完全领会了城崎的想法。他闭上一只眼，温和地笑了起来。

"也是呢……嗯，最后说一下我不擅长的事吧。我不擅长交朋友。不过我会加油的，希望在接下来的时间里能与大家好好相处。谢谢大家。"

这个朋友我交定了。城崎真心这么想着，下课铃一响就跑去找悠搭话。

"嗨，转校生。我叫城崎俊介。你也可以直接叫我的名字。这样我会很高兴的。"

"哦！刚才谢谢你了。要不然太尴尬啦……俊介，我叫水上悠。"

真的就直接叫名字了，城崎十分高兴。正在这时，城崎的旁边刮起一股元气之风，但是很容易就能猜到这股能量的来源到底是哪里。在她还没开口之前，气氛就已经变得喧闹了。

"早！上！好！转校生！你们在聊什么？算我一个嘛！你可以叫我小千或者千儿都行！二宫千纮，我叫二宫千纮！交朋友的话选我准没错！"

身材娇小的她戴着黄色的发卡，一口开朗又啰唆的关西腔，基本上对全人类都很友好，这就是千纮。面对她的凶猛攻势，悠爽快地笑了笑。

"早上好啊。关西腔真可爱。"

"是吧！但是可惜啊，你弄错了一点！就算我不说关西腔我也很！可！爱！"

"是呢，我也这么觉得。小千又可爱又活泼，是我喜欢的类型呢。"

悠一点也不害臊地把这句话说出口，应对得轻松自如。千纮受到了惊吓，像轻易就过热的机器人一般停下了动作。

在这爽快的气氛中，虽然被男生撩了，但是感觉并不讨厌。

"我、我、我开玩笑呢，你干吗啊，人家会不好意思啊……"

千纮声音小得像蚊子叫一样，刚才那种喧闹的感觉也消失得无影无踪。城崎笑了起来。

"真有你的啊，悠。千儿在防御力方面是小喽啰级别的。你不会一眼就看出来了吧？"

"也没那么厉害，我只是这么觉得而已。个人认为我这方面的直觉还是挺准的。小千好可爱，好可爱！"

"求别说！！再说我打你啦！那我叫你什么好呢？悠君怎么样！你看你看，被女孩子直接叫名字你也会不好意思吧？"

"在只有我们两个人的时候就直接叫名字吧，'千纮'。"

"求别说啊啊啊！请停止你的撩妹行为！求你了……"

这两个人挺合得来啊。城崎嘻嘻地笑着。是时候问他那个问题了。

"悠，你在你原来的学校里参加社团活动吗？"

"啊，初中时参加过一年多的社团活动，不过觉得没什么意义就退了，后来就一直是归宅部[1]，我其实很厉害哦，在全国大赛也拿过冠军的。"

"哎哎，那是什么比赛？？完全感受不到霸气嘛……不过，原来如此！悠君是归宅部啊！"

千纮的眼睛直冒星星。通过眼神交流，城崎瞬间就领悟了她的意思。

了解。绝对不会放走这么好的机会。虽然有点在意悠避开

---

[1] 指放学后不参加任何社团活动直接回家的学生。

的眼神，不过现在不是考虑这些的时候。那些小事就先推一边去。

"悠，你刚才说你直觉很准是吧！你觉得我是什么部的？"

"嗯……我知道了，轻音部！"

"啊啊，太可惜了悠君！还差一点点了！"

就好像在配合千纮故弄玄虚的话一般，城崎也很夸张地点了点头。如果这个时候被悠反问"是什么部"的话就输了。总之，得再加把劲。

"我说，悠，不来参观一下我们的社团吗？其实我和千儿是一个部的，不过我们部有一个规定，就是要在春季开学的时候带足够多的人去参观。如果你愿意帮我们这个忙的话就太好了。"

"你刚转学过来，应该很闲吧？拜托！来露个脸就好了！就在前面不远！如果你真的愿意来的话，下周日，我和小城可以带你逛东京逛一整天！"

"哦？这条件很有吸引力啊。我真的只用露个脸你们就带我逛东京？"

上钩啦。城崎的眼睛也开始冒星星。这样的话还差一点点就成了！

"当然当然！小菜一碟！东京的话也不远，坐电车很快就到了。真的不要客气！"

"那……好吧！成交！反正我最近也挺闲的，参加个社团也不错。"

好！终于说出来啦。这下你跑不掉了。千纮和城崎都露出了一脸邪恶的坏笑。

"话说回来，你们二人到底是什么部的，我刚才忘记问了。"

呵，慢了一步。谁叫你那么迟钝。不过，经过锻炼，你一定会变强的，转校生！

"剑道部！"

＊＊＊

"坑我呢，什么叫'太可惜了悠君'，只有第一个音和最后一个音对上了①啊……"

那天晚上。悠在餐桌上一边发着牢骚一边吃着汉堡肉饼。这些汉堡肉饼大小不一，有的煎焦了还有的没煎熟。这些都是按约定准时下班的妈妈的杰作。

"嗯？你怎么啦，悠，刚说了什么吗？"

"不，没什么……喂，你看你怎么一边看手机一边洗碗，又是因为工作吗？"

"不，不是的，这不是工作。啊，对了，这是私人联系。"

私人？不存在的。将工作工作平衡②当成座右铭的水上绫华，生活中会有这种东西？

---

①轻音部的日语发音是（けいおんぶ），剑道部的日语发音是（けんどうぶ）。
②原为"工作生活平衡"。"工作工作平衡"寓意着水上绫华是一个工作狂。

悠虽然是这么想的,却说不出口。

今天也是一样,这个时间段母亲的存在使悠有一种违和感。话说回来,要说些什么好呢?为了打破这种尴尬,他开始有意识地找话题。

"这一带人挺多呢,和那么多人挤电车太恐怖了。我这段时间还是骑自行车去上学吧。"

"我本来想吐槽……你知道有几公里吗?不过仔细想想这不是你会关心的事呢。你知道吗,骑自行车也会碰到其他问题。市区的信号灯特别多,直线距离这么远的话肯定要迟到。再加上路上行人也多。"

"不管是什么,只要太多了都会招人烦的。所以呢,你也该好好反省一下了,妈。"

悠将身体的重心靠在椅背上,指向了原本无比宽敞的卧室。

而现在,那里堆满了东西。

"搬家搬了太多行李过来!简直就是纸箱地狱!其实你再多扔一些也无所谓的。"

"可、可是,你不觉得很可惜吗?有些'重要的东西'是没法扔的!"

"这是那些将带薪假期和万能药水留在最后都不用的家伙才会说的台词……"

房间里到处都是纸箱,多到让人抓狂。悠眯着眼,指了指一个看起来又沉又没什么用的纸箱。在他的印象中他并没有打包过这个纸箱。

"像那种纸箱,绝对是扔掉比较好吧。里面的东西肯定谁都……"

"那个纸箱绝对不能扔!"

突然强硬的语气吓了悠一跳。也就随便说说而已,不用这么抵触吧。

真是拿她没办法。悠叹了口气,在饭桌前啪的一声双手合十。

"我吃好了!接下来,作为水上家的扫除鬼①,我要动真格的了。妈,你来收拾碗筷……我决定了!最初的牺牲者就是你了!见鬼去吧!"

悠指着身旁的纸箱,上面写着"杂志"两个字。

"等、等一下儿子。那个也不要扔……"

"Shut up!我就没见过你看杂志!这些都不需要!都扔掉!我们水上家的人最缺少的,是断舍离!"

悠粗暴地划开胶带,取出里面的杂志,用绳子将它们缠绕绑紧,然后穿上凉鞋走了出去。他要去的地方是公寓的常设垃圾投放点。打开厚重的铁门,他将那些杂志胡乱扔了进去。

由于冲击力,其中一本滑落出来。封面上的人物正好看向了他,悠大吃一惊。

"连这种东西都带过来啦……都不知道她什么时候买的。"

站在垃圾投放点,悠叹了口气。同时,想起了今天在班上

---

① "扫除鬼"的日语发音(そうじき)与"吸尘器"一样。

发生的事。

"怎么办啊，社团的事……"

悠抱着胳膊闭目思考。脸上表情复杂。

奇妙的是，这个表情与刚才扔掉的那本杂志上的封面人物简直一模一样。

***

乾快晴的表情，会有放晴的那一天吗，就像他的名字一样？

即便取得了无数令人望尘莫及的成就，这个男人却一次都没有向别人展示过他的笑容。这一天，他又取得了一项成就，然而他的表情却依然没有任何变化。

在全国高中个人赛中获得冠军，还是他高中一年级、十五岁时的事。

用完胜来形容他那次比赛的表现再适合不过了，尤其是决赛的表现最精彩。

比赛从一开始就结束了。用这一句话就能很好地概括。

比赛开始仅仅过了数秒，裁判们一起为快晴举起了赤旗，就好像从比赛开始他们就一直保持这个姿势一样。

会场喧哗起来，但并没有影响到比赛的进行。很快，第二场开始了。

面对对手气势十足的反复劈砍和猛刺，快晴冷静地见招拆招,与对手拼杀起来。

肉眼所能看到的动作也仅限于此。等观众们反应过来的时候,他的身影已经消失了。接着就传来敲击护具的巨大声响以及踩踏地板的震动。毫无疑问,胜负已分。

这是乾快晴的最强必杀技,退击面①。全场沸腾了。在欢呼声中,乾选手收刀、解衣、取下护面,露出了一头乌黑的短发。

闭着的双眼使他长长的睫毛更加明显,这略显脆弱的特征似乎与他的强大格格不入。那张略显中性的脸庞,与他的亲妹妹"剑姬",真的有几分相似呢。他手拿奖杯奖状,被人们称为站在顶点的强者。

然而,他的脸上依然看不到笑容。

——恭喜您获得冠军,乾选手。不愧是最强者。真是一场精彩的比赛。

"非常感谢您。这次能赢全靠运气,是对手大意了。其实我的实力还远远不够"

——您还真是谦虚呢。可是,您作为站在顶点的强者这一事实并没有改变。我觉得,您完全可以引以为傲。

"我……作为站在顶点的强者?对不起,我不能因为这点成绩就沾沾自喜。比我强的人还有很多。"

——原来如此。不愧是剑道中人,真是一个了不起的回答。

---

① 在拼杀结束后迅速后退,然后出手击打面部。

最后我想再问您一个问题。您今后的目标是什么，依然是连冠吗？

"不……不是的。"

虽然只有一瞬间，似乎隐约看到乾选手的嘴角上扬了。然而，这个表情对于冠军来说实在是有些悲哀。他绝对不是因为放松了警惕才笑出来的。

"我的目标……在那唯一的远方。"

乾快晴的表情，会有放晴的那一天吗，就像他的名字一样？

那一天是绝对……不会到来的。

他就如同永远的阴天那般渴求阳光，却永远得不到满足，这种态度正是他成为最强者的秘密。

***

"这杂志不管啥时候看都惨不忍睹啊，就这水平卖得出去才奇了怪了。"

戴着一副黑框眼镜的黑濑诚眯起了他浑浊的眼睛，将背靠在了剑道部活动室的墙上。

已经放学了，这个时间还没开始练习，是因为体育馆内正在举行面向一年级新生的社团介绍活动。

这学校咋净整些麻烦事儿。反正那些想加入剑道部的人，不管宣不宣传都会自动跑来的，管他们干吗。黑濑本打算发发牢骚的，可还没等他说出口，眼前这名穿着同款剑道服的同级生城崎俊介就先念叨起来。

"可恶！悠那家伙，要是能强行把他绑过来就好了……这不刚开学嘛，我也知道他有各种事要忙，不过怎么着也轮不到班主任过来碍事儿吧。是吧，小黑？"

"你说啥呢？又在抱怨那些有的没的吗？你想要我听你抱怨也行，给钱。"

"别这么说嘛，都这么久了还这么冷淡。你这样活着有意思吗？"

"简直不能更爽了。你从我的眼睛里看不出来吗？"

"像荒川一样浑浊……你确定？"

藤原高中剑道部有两个二年级的男生。

不怎么正经的城崎俊介和总是懒懒散散的黑濑诚。

黑濑诚不管是自己的名字、眼镜框，还是说话内容，大体上都偏黑暗系，所以叫小黑。

"我说小黑，你从刚才开始一直在看什么？"

城崎悄悄瞟了一眼杂志封面。在看到杂志名的时候，他惊得直翻白眼。

"小、小黑你居然在看剑道杂志？！完了完了，这是要世界末日的节奏啊。"

"如果看这玩意儿就可以不用练习的话，那我每天都看……其实是因为我手机没电了。"

黑濑啪的一下合上杂志，和封面上的那个男人视线对上了。这本书是一年前的《剑道 journal》，以高中生作为杂志封面的模特可以说是特例中的特例，不过如果是乾快晴的话，什么都是有可能的。黑濑打心眼儿里不喜欢这个人，随手将杂志扔向城崎。

"剑道就是一项有缺陷的运动。如果让乾快晴那种人肉外挂上场的话，我们都不用玩了。联盟①也该改改规则了。"

剑道。一种手持竹刀，身着护具，与对手进行四分钟对抗的竞技比赛。

首先拿到二本②或者在规定时间内拿到更多本数的人获胜。剑道不像柔道那样有效果和有效的区分，评分标准也不仅仅在于最后的结果。如果硬要区分的话只有两种，男子和女子，个人赛和团体赛。另外，剑道中没有体重和级别的区分，可以说是纯粹的剑术实力之间的较量，输的一方是没有任何借口的。

所以，在全国大赛中获胜的人，是真真正正的日本第一。

"啊！对对，就是这本，去年乾在全国个人赛中拿冠军的那期。我看过的。这家伙居然和我们是同龄的！完全无法理解啊！感觉太遥远了，简直不是一个次元的！"

"不是一个次元？你想什么呢！人家就是隔壁学校的！"

---

① 指全日本剑道联盟。
② 本是剑道中的计分方式，一本等于一分，二本等于两分。

"也就是说大魔王就在家门口,咱们已经逃不掉了?简直粪作①!游戏体验极差!就没啥攻略或者隐藏技能吗,小黑A梦②?"

二人一起望向远方。既然是同龄人,那就没法等到他退役了。要怎样才能结束这个噩梦呢?黑濑想了想,提出了"plan B"。

"比较现实的方法就是狙杀了吧。找狙击手干掉他就完事了。近身战的话,就算是职业杀手也干不过他吧?"

"不愧是社团的头脑担当!你他娘的还真是个天才!但是呢,那家伙估计连子弹都能躲开吧?"

城崎嘿嘿地傻笑起来,黑濑却笑不出来。简直是在浪费时间。他寻思着更现实的方案来结束这个话题,其实只要把那句话说出来就可以了。

"我们还是算……"

"我也想出一个好方法!从六大道场找那些看起来很厉害的家伙来帮忙就行了!"

这个不合时宜的发言正好把黑濑的话打断了。

一边在那儿叫嚣着"好方法",一边又想着靠别人,这家伙还真是无可救药。黑濑这么想着,然后说道:

"确实有呢,你说的这些地方。听说他们自己内部也在搞一些比赛什么的,而且那里面的人都不好惹。"

"对对对。炼心馆、御剑馆、石动剑友会之类的,像这些强

---

①与神作是反义词,形容那些质量极差的动漫和游戏等。
②小黑与哆啦A梦的结合语。

者如云的地方还有好多。名字我也不是全部记得，从那些地方找一个好苗子然后教他适应高中的剑道规则。这样不就成了吗？"

在日本各地，有六个以"国内最强"冠名的剑道场。它们的历史与剑道发展同在，名家辈出。就算到了现代，六大道场也是强者的聚集地。

"这样行不通吧。现状是乾在二年级也是最强的，一年级以下的打得过他吗？"

"这就是六大道场有意思的地方。我说小黑，你知道'苍天旗'的特别规则吗？"

苍天旗六大道场大会，简称"苍天旗"。

出场规则里有对男女、个人赛与团体赛的区分。到此为止的规则与普通的剑道大会是一样的。然而，由于这是与全日本剑道联盟没关系的独立大会，所以有几条特殊的规则。

"我知道，就那啥，年龄区分就俩：十八岁以下，其他。我还真见过五岁孩子和高中生打呢，简直不能更奇葩。"

"很明显不公平啊！技巧的熟练度不是一个级别的，竹刀的长度也不同。"

"就是嘛，所以为了公平起见，不管啥招式都让用了。上段技、二刀流、突刺技，都有。结果你猜怎么着，有初中生靠突刺就能打赢高中生。其实这也是另一种意义上的公平竞赛吧。所以才老有人说，苍天旗比全国高中剑道大会更能体现个人实力。"

最强。听到这个词，黑濑猛地站起来。有这个词存在的地方，那家伙难道会没兴趣吗？他试着去活动室的书架上寻找，然后找到了一期《剑道journal》的苍天旗特辑。日期稍微有点早，是两年前的，不过，正好就是想看这段时间的。果然有！

"笑什么呢，小黑？《剑道journal》也能看得笑出声来，看来你病得不轻啊。"

"现实就是这么无情，就是这么没意义，除了笑我还能干吗？"

黑濑给城崎展示了大会结果那一页。

——第六十九届苍天旗六大道场大会。十八岁以下，男子个人赛。

冠军：乾快晴 15岁（炼心馆）

似乎是为这场毫无结果的议论画上句号一般，活动室的门被吱呀一声推开了。

"久等了。差不多该轮到我们剑道部去做社团介绍了，你们都准备好了吗？"

身高超过一米八，宽阔的肩膀使他能够单手挥动竹刀。当然最引人注目的还是他那犀利的眼神。整个人散发着一股强者的气场，甚至已经超越了可靠的程度，让人觉得有点可怕。

三年级学生，江坂仁。剑道部第一的实力派人物，同时担任男子剑道部的部长。

他还在剑道服的外面穿上了胴甲①和垂帘②，可以说是彻底武装了。黑濑看到他这个样子叹了口气。今年新加入的部员肯定又要减少了。穿成这样去给新人做宣讲，那不明摆着会把人给吓跑嘛，完全适得其反啊……

"你们俩怎么了，一点儿精神都没有？"

"没啥。乾那家伙连买彩票的机会都不留给我们，心累。我等庶民还是别做梦了，该干啥干啥吧。"

"嗯？黑濑你到底在说什么，为什么会出现乾的名字？"

"仁学长，你不去参加那个什么苍天旗吗？你不是喜欢那些称号吗，最强什么的？"

"啊，六大道场啊。我确实是有兴趣，不过我是公立学生初中剑道部出身的，与那些比赛无缘吧。"

江坂摆出一副无所谓的表情，右手握着竹刀敲了敲自己的肩膀。

"对我来说，全国高中剑道大会才是最重要的。我仍旧觉得只有通过社团去赢得比赛才有意义。今年一定要战胜秋水！打进全国大赛！无论如何！"

面对江坂毫不掩饰的满腔热情，二人不由得避开了他的目光。

"当然，首先还是要招新人，我们现在连一个五人的团队都组不起来……喂，该走了俊，顺便帮我把门锁上。再不走又要

---

①剑道中保护胸、腰部位的护甲。
②剑道中安装在腰部下面保护大腿的护件。

被立花前辈踢了。"

"我才不要被她踢！不过说起来，那女帝，明明是学生会长还那么粗暴……就不能学学人家辛村前辈吗？"

城崎俊介最后一个从活动室出来，给门上了锁。外面暖风拂面，随风舞动的樱花象征着春天的到来。

城崎最喜欢的就是春天。能遇见像悠这样的新人，而且这段时间顾问老师会很忙，没空监督他们练习，再加上放假又多，简直不能更爽。正当他这么想的时候——

"啊，我忘了说了，我刚碰到佐佐木老师了，他说下周日的休假取消了。"

"哎！Really！真的假的？！为什么？！"

城崎夸张地叫了出来。一旁的黑濑则失去意识般凝望着虚空。

"我们要举办一场练习赛。是对方学校突然通知的，说是想上门切磋。"

真的假的，这样一来必须向悠道歉了。真麻烦——

"对方是女校哦！"

——麻烦什么的是不可能的！我最喜欢剑道了！剑道最高！

"对方是哪个学校的？"

"这个嘛……我也不知道为什么，居然是那个桐樱学院。"

城崎一时语塞。所以说嘛，都是因为小黑非要读什么剑道杂志才会这样的。

"下周，这里将刮起'暴风雪'……希望在这一天到来之前，能拉到一些有实力的新人入部。"

***

"那么水上，不好意思，名牌的事能等到下周吗？我会跟立花会长打招呼，要她通过你的服装检查的。"

"我明白了。原来这边还有这种检查呢。我以前学校倒是管得挺松的。"

"我想也是呢。开学第一天就把卫衣穿在校服里面的就只有你了……话说回来，水上，你有没有什么需要帮忙的地方？你刚转学过来，肯定还有很多事没弄明白吧。其实任何事你都可以找我商量的……"

从教师办公室出去前，老师微笑着对悠说道。悠也微微一笑，回复道：

"谢谢您的关心，我自己会想办法的。"

与脸上微笑的表情相对的是坚定的意志。没问题的。这次一定会顺利的。

悠再一次坚定了自己的决意，推开了教师办公室的大门。几名一年级新生从他面前走了过去。

"社团，你打算怎么办？"

"总之先去田径部看一下吧。"

社团吗……

这个词，让他再度回想起那句让他吃了大亏的"剑道部"。

啊啊，剑道——充满了汗臭味的武道！

那地方绝对去不得，但是今后还得和班上的那俩人有接触。

"到底该怎么办啊，我就不该那么轻易地答应下来……但是，有人带我逛东京也不错……"

只是去看看，露个脸，听听社团介绍。如果只是这样的话也不是不行，不过也确实，不去接触他们才是更为明智的选择。直接无视他们回家做家务？这么做的话，今后还能继续做朋友吗？

"嗯……刚刚才说过'会自己想办法的'这句话啊……"

悠一边纠结着这件事，一边摇摇晃晃地走下楼梯，穿过南校舍一楼的大门。从这里望出去，右手边是南门，左手边是体育馆。是时候做决定了。

悠闭上眼睛思考了三秒钟，然后轻轻点了一下头，下定决心往右手边走。

然而，悠的好视力却在这个时候起了反作用。他看到一个女孩儿抱着胳膊，歪着脑袋，站在体育馆前。

"同学！需要帮忙吗？"

她转过身来。春风扬起她乌黑的长发。

悠的心跳一瞬间停止了。太漂亮了！被惊艳到的悠差一点喊出声来。

"啊，那个……其实，是这样的。"

这女孩儿看起来很聪明，简直就像模特儿一样。

这是她给悠的第一印象。她身高与悠差不多，大概有一米七吧。

她穿着学校指定的毛衣，从领口处露出的红色领带能推断出，她大概是一年级新生。

浅红色边框的眼镜泛着白光，为她伶俐的侧颜染上一层忧郁的神色。仅仅是这样，她就散发出一种使人倾倒的魅力。那挑逗的嘴唇开始编织话语。

"朋友约我一起去参观社团。我就答应了，但实际上并不想去。所以，我现在很纠结……"

很明显地，她叹了口气。

"哦哦！"这次悠直接叫出了声，"这么巧啊。我也是呢。转学过来第一天本来想表现得好一点，结果却适得其反。我还在想怎么办呢。"

"啊，原来如此。终于找到难友了……转学？不是入学吗？"

"嗯。啊，我知道了。我没戴名牌，所以你看不出来吧。我是二年级的水上。"

她吓了一哆嗦，同时睁大了双眼。这个女孩儿，真的是不管做什么都像画一样美。

"原、原来是前辈？对不起，我说了些失礼的话。"

"啊啊，没事没事。你叫……深濑是吧？"

悠看着她胸前的名牌问道。嗯，够大！完美！

"是！我叫深濑史织。你可以叫我深濑……请问前辈,你的名字是什么？"

"我叫悠。水上悠。你直接叫我悠我也不介意的。"

因为之前用这种方式成功捉弄过千纮,得意忘形的悠想在深濑身上也试试。然而——

"嗯。对不起,水上前辈,我不喜欢用这种方式称呼不熟悉的人。"

完全没有动摇之色。是千纮太弱了还是她等级太高了呢？

这不重要,这种态度反而让悠觉得来劲,是他喜欢的类型。

"哎呀,你道歉干什么呢！其实我很欣赏你这种直率的态度。反而是我需要道歉呢。说了些无聊的话,对不起了。"

悠干脆地低下了头,端正地道了个歉。他不顾一旁惊讶的史织,继续说下去：

"你来体育馆,是要去篮球或者排球部吗？"

"啊……是。我因为长得比较高,所以他们都很热情地说服我参加。我对这些其实也并不反感,可是……"

"可是？"

"怎么说呢,他们想要的并不是'我',而是'长得高的人'。这一点,我不能忍,绝对不接受。我希望他们是因为'我'而邀请我。我也知道我的性格很不好,但是在这一点上,我不想让步……"

这个女孩儿,有点任性,但是搞体育的话,这种程度的任性其实刚刚好。悠开心地笑了出来。

"这样不好吗?虽说有点任性呢。深濑,我相信以你的能力,无论做什么都能很快上手。所以,慢慢来,别着急,去选择你喜欢的社团就好了。"

"谢、谢谢你。"

听到这番话,史织似乎有些惊讶,但很快就抱着胳膊烦恼起来。

"嗯,怎么办呢……我也想找个社团参观一下,这次我一定选运动类社团。"

"原来如此。那你觉得田径部怎么样?"

"不行。我讨厌跑步!"

讨厌跑步还选什么运动类社团。悠本来打算这么吐槽的,然而最终决定权在史织身上。无论她怎么选,悠都不打算干预。

"啊,我知道了。剑道部怎么样?"

"你疯了吗?千万别去!"

然而,悠还是脊椎反射[①]般地阻止了史织。

"会痛哦!会臭哦!永远都高兴不起来哦!接受老师魔鬼般的训练是常有的事,即使努力了所能收获的也不过是身体上的瘀青罢了!你冷静点!还是算了吧!比赛的时候你也不要指望观众会给你加油打气,场上只有你和对手在那里怪叫!即使赢了也不能表现得高兴!你知道吗?只要你做出了一个胜利的手

[①]脊椎所引起的无条件反射。当身体受到刺激后,该信号被脊椎接收并发出命令,该过程不经过大脑。

势,那这次得分就会被取消!这都是些什么破规定!基本上吧,只要那群人用'这是文化''这是传统'来压你的话,你就没法和他们讲道理了!你现在知道了吧,这就是剑道!我是真——的!受够了!"

"你了解得还真详细呢!"

哈?!悠一瞬间回过神来。

他用一种极其不痛快的表情低声说道:"我练过的,以前……"

"哦,原来是这样啊。那你现在?"

"不练了。归宅部。帮家里做事,晒完衣服后看电视剧的重播。"

"那——那不正好吗!一起去吧,剑道部!"

"我刚才说的,你都听进去啦?"

"嗯,听进去啦……"史织将她长长的秀发挂在耳朵后面,用一副无所畏惧的笑容坚定地说道,"我就是那种如果所有人都叫我往右,那我一定会想往左的人。"

悠明白,这个女人适合练剑道。

"走好,不送。我警告过你了。自己保重。"

就像平时网聊中用表情来结束会话那般,悠朝她挤出一个笑脸,挥挥手,转过身正准备逃跑。

突然,一只手紧紧地抓住了他的制服。悠心里一惊,转过头来。

"等、等一下。你要去哪？"

"回、回家。你别拉着我。"

"你就不能陪我去吗？你怎么这样！陪我去嘛！反正你也没其他事吧？咱们能在这里碰上那都是缘分啊！"

史织就像突然变了个人似的，用一种被遗弃了的小狗般的眼神可怜巴巴地望着悠。悠的决心动摇了。这个女人是怎么回事，所作所为都如此诱人，让人不禁怀疑她是故意的。说实话，真的想就这样什么也不管了，陪她一起去。可是，一旦输给了诱惑，等待自己的将是剑道。

"对不起。我还是不能答应你。"

剑道没有哪一点是值得留恋的，所以不会再接近它了——自己应该早就下定决心了。

"怎么这样……"

然而——

"你是在逃避吗……前辈？"

明明是自己决定的。

可是只有这句话，无论过了多久都无法视而不见。悠强忍着悲痛，咬紧牙关望向天空。在那里并不存在任何人，却仿佛被谁注视着。

"深濑……能麻烦你放手吗？"

"啊！对、对不起！那个，我从刚才开始就一直在说一些任性的话。"

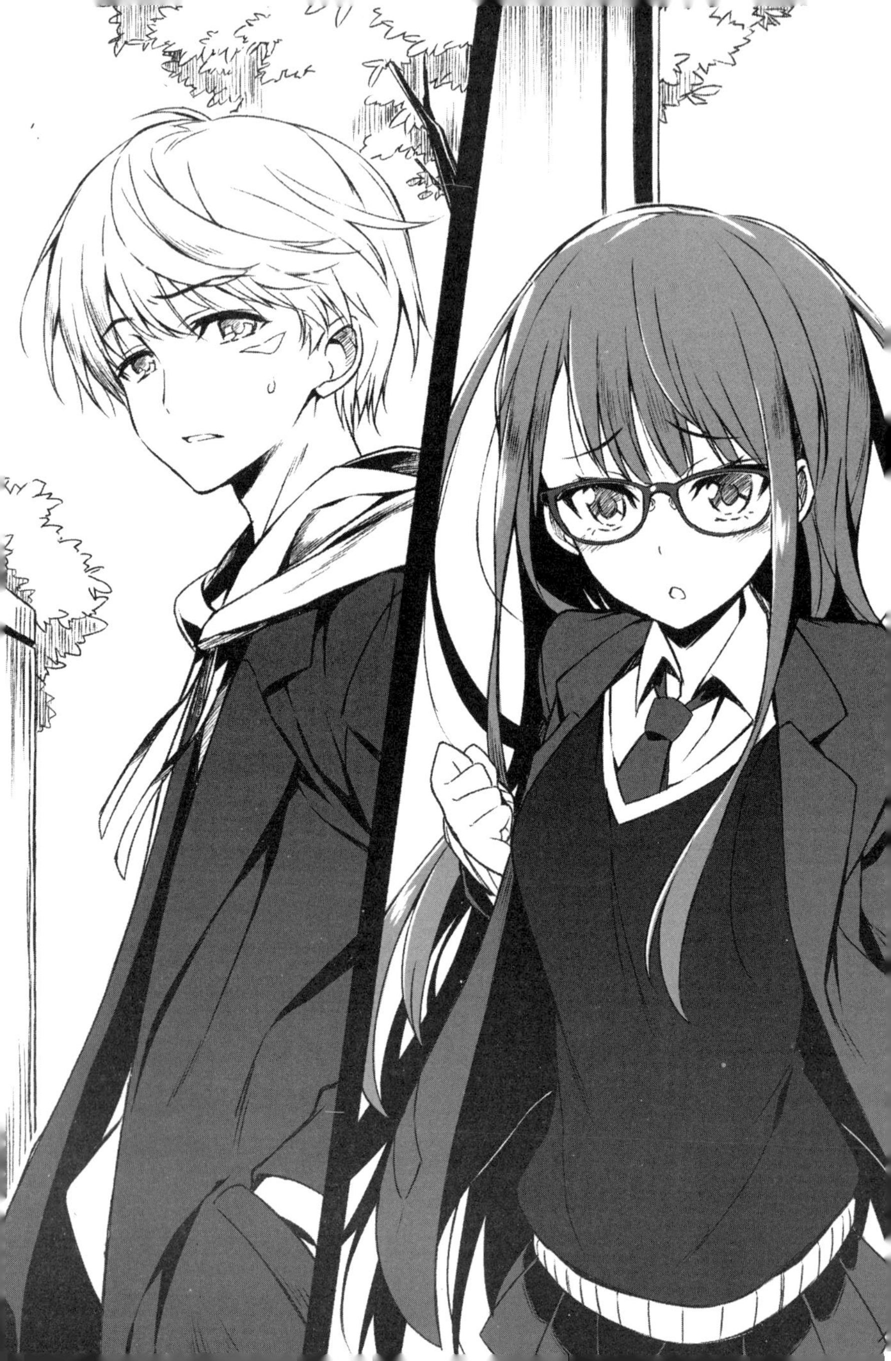

"啊，没事的。是我刚才说要你任性点的。"

悠不禁苦笑，同时在心中暗自辩解：这是为了和后辈搞好关系，新的自己决定努力一把，所以，这次不算……所以，请原谅我。

"好好好，我输了我输了。说好了哦，我就只看看。后辈。"

***

"让那些来参观的家伙都写一份入部申请。没问题的，给他们揉揉圆香的胸这事就成了。"

"开什么玩笑？！我的胸又不是给新人用来十连抽①的！"

"嚷嚷啥啊。不就是胸吗，又没什么损失。"

"怎么没损失！损失大了去了！你行你上啊！"

"哎——我的胸可是很贵的，虽然没你的大。还是应该从资源过剩的地方开始分配是吧？"

"你当人家的胸可以取下来啊！我又不是因为喜欢才长这么大的？！"

社团介绍结束后，练习开始前的剑道场。

女子剑道部副部长辛村圆香非常生气。她穿着白色的剑道服，搭在右肩上的中长发马尾辫由于愤怒而一抖一抖的。可以闻到一股香皂的味道。

---

①手游中常见的抽卡模式，一般来说十连抽会更便宜或存在保底机制。

"啊啊，烦死啦！你这个大胸女，到底想怎样啊！现在是挑剔的时候吗？再招不到新人就太不像话了。最少一男一女，特别是女生！你是想剑道部完蛋吗？"

女子剑道部部长立花缠自以为是地跷着二郎腿靠在长沙发上，拿竹刀指着圆香。她一旦心情不好时，那张端正的瓜子脸就会产生一股威慑力。

然而，这对圆香来说没什么效果。她抓住刀尖，笑眯眯地看着立花。

"但是，这绝对是你的问题吧。女生不愿意来，你是不是该好好反省一下？"

"瞎、瞎说什么呢。这么大一美人儿摆这儿呢！没人愿意来怎么想都是剑道和你们的问题吧！"

"是吗？说得也是呢。我们有美人会长坐镇呢。嗯嗯，全——部都是我们的问题。道场的魔镜哟，世界第一美人是缠吗？哎？等一等，怎么这么奇怪？发色怎么这么明亮？不会是我的错觉吧？这样的外表不管是谁看到了都不敢靠近吧。发梢烫卷的部分一定是幻觉吧。这种如同性格一般扭曲的发梢怎么可能存在呢？是吧，校规的化身，自称'美人'的学生会长大人？"

经过了圆香的一番狂轰滥炸，缠气得直发抖。看来圆香的腹黑属性又觉醒了。

"仅、仅靠外表怎么能判断一个人！"

"外表，也可以说是内在的最外层吧？当——然，我们心灵如此美丽的会长大人就算是内在也十分纯净吧？"

"烦死啦！"

"哎哟哟，你怎么啦缠，没啥精神啊。要不我叫你老公来安慰你？"

"老、老公是什么鬼！这事儿和江坂没关系吧？！"

"哎哟哎哟，谁都没提江坂君哦。是吧是吧，为什么？为什么会这么想？比起那个你们最近有何进展？是吧是吧，快点告诉我啊！"

一时间缠被怼得毫无还手之力，脸变得通红，最终还是爆发了。

"呜啊——烦死啦！你这家伙死定了！"

"呀♪救命啊，千纮♪"

圆香从缠那里逃了出来，冲向了正在道场深处讲话的那群二年级学生，从中选择了千纮，毫不犹豫地将她当作挡箭牌。

"哎？这是干什么？等、等一下，别把我卷进去啊小幸！黑酱救我！"

"我会同情你的，但你得先付钱。"

"为什么这种事也得收钱啊！喊——我怕痛啊！小城！！"

"就算千儿挂掉了还有悠能顶上，不赚不亏。喂，救你的话有好处吗？"

"笨蛋！先救了我再说！我都快被打死了你还惦记着好处？这都是些什么人啊！呜呜呜呜。悠君，快点来！"

大家就这样嬉戏打闹了许久，这时，道场深处用具库的门被推开了。整理完竹刀的江坂回来了。

"各位，差不多要开始做体操了……二宫，你衣服怎么破破烂烂的？"

"我也想知道为什么啊！啊，对了，部长，叶酱说她有委员会的工作，会晚些到。"

千纮唰的一下举起手来，报告了最后一位二年级学生藤野叶月的不在场情况。江坂点点头对此表示理解，一旁的圆香则在东张西望。

"咦？八代君怎么不在？一年级应该已经放学了吧？"

"他在用具库，好像要把竹刀换成高中用的……可是，一年级啊，我们必须想办法再多争取几个新人。首先要确保能够组成团队参加比赛，不然想超越上次的成绩简直是痴人说梦。"

剑道的团队正式比赛是五人制的。

虽然说最少三人也能上场，但是缺少的人员会被直接视为不战而败，也就是说从一开始就会失去两分。这样的话就会相当不利，所以人员没凑齐的话就不要参加比赛。

藤宫高中剑道部的现状是，男子四人，女子四人。缠的眼中燃起了熊熊的火焰。

"不管说多少遍我都会继续说。绝——对，至少再争取到一个男生、一个女生。如果是以前练过剑道的，就算绑也要把他绑过来！明白了吗，江坂？！"

"知道啦。不用再强调了。要我说的话，都是因为你板着张脸把人家吓跑了。"

"唯独不想被你说！"

外面的人当然不知道剑道部的情况。终于，深濑史织推开了剑道场的大门。

"你，你好……请问，是剑道部吗？"

一瞬间的寂静。紧接着，大家疯狂了。

"哇啊啊，她好可爱！呀！我，我是副部长辛村。请问你是来参观的吗？！"

"是，是的。"

"这不比我还可爱嘛。这份明明很高兴却又高兴不起来的心情是怎么回事？！我不欢迎你哦。"

"你这是在打十秒前的自己的脸……我是部长江坂。谢谢你，谢谢你不嫌弃我们这脏乱简陋的环境。你能来真是太好了。"

看到史织受到热烈欢迎，悠轻轻地从大门那边探出头。

"哦哦，悠君！你真的来啦，太好了！"

"悠，你真够朋友！把你骗到这种地方来真是不好意思！"

城崎和千纮立刻笑容满面地前去迎接悠，这让悠很开心。

"别客气。我答应过来露个脸的。"

能来真是太好了。悠打心底里这么想。

悠被安排坐在参观用的长沙发上，不过他想先与二人说说话，便踏进了道场。

他双脚并拢，弯腰十度左右，行了一个礼。这是一个完全无意识的行为。

"啊……"

冷汗顺着背部的肌肉流了下来，悠才终于意识到自己做了什么。

进入道场的时候，行礼。

离开道场的时候，面对道场，行礼。

这种深入骨髓的习惯，在这个世界上只有一种可能。

剑道部的所有人都浮现出一种恶魔般的笑容。

——你，练过吧？

"完！蛋！了——"

就好像被扔进了盛有食人鱼的鱼缸中一样，悠绝望的喊叫声响彻全场。

***

"我还以为我要死了……"

"这么热情的欢迎不好吗？我自己也是那种人，所以并不讨厌。"

"我觉得还是保守一点好……"

史织和悠被部员安排坐在长沙发上参观学习。准备活动就是挥刀练习和体操,之后全体部员开始戴护面。

"接下来要做什么?"

"应该是切反练习[①]。这项练完后是基础练习、技巧练习、打込练习[②]。然后休息片刻,接着是两人一组自由练习。再之后是反复练习某一套路,最后再来一遍切反练习,就结束了,大体上是这样吧,就算是不同的道场,基本流程其实也都差不多。再就是如何丰富训练内容了,具体来说嘛……啊,你看,开始了。"

道场的实力担当江坂站在离入口最远的位置,在确认了全体部员都两两一组之后,开始发号施令。

"礼!"

装备上护面和小手,全副武装的部员们相互行礼,在前进了三步之后,拔出了挂在腰部左边的竹刀,像棒球捕手一般在原地坐了下来,双脚跷起,剑尖相交并轻微碰撞。竹子之间相互摩擦的声音在道场中回荡。

这是被称为正坐的仪式。不管是练习还是比赛,剑道一定是从这个动作开始的。

在确认全体部员从正坐的姿势站起来了之后,江坂轻轻吸

[①]交替击打正面和左右面,是剑道中的常规练习项目。
[②]练习者攻击对手特意露出的部位(破绽)。

了口气,用丹田之气喊出了通透而洪亮的声音。

"切反练习,开始!"

"啊啊啊啊啊啊!!"

"呀啊啊啊!"

"噢噢噢啊啊啊!!"

一时间,斗志高昂的喊声充满了整个道场。

就好像突然有气球在自己面前爆炸了似的,史织吓得浑身发抖。人类居然能在一瞬间变成野兽,她一定是为这突如其来的场面感到震惊吧。而坐在一旁的悠却镇定自若。

"真的好久没看别人练习了……"

部员们的喊叫声对悠来说就像挠痒痒,他用右手托着下巴,观察他们练习。

眼前,圆香手握竹刀摆好架势。仿佛被斗气[1]缠绕的她喊叫着,以刀的正中线为起点,抬起、挥下,然后仿佛划出一条漂亮的抛物线一般,用全身的力气向对手的面部[2]砍下去。

"面!呀——"

沉重却令人愉快的清脆的敲击声,连同踩踏地板的震动声穿透了整个道场。

紧接着,圆香趁势用身体的冲撞破坏对手的防御姿势,"哈"的一声挥起竹刀砍向对手右面,然后切换,攻击对手左

---

[1]热血战斗类漫画或其他作品常用的概念,用来表现人物的斗志或者力量的特殊效果,多用缠绕全身的火焰或者光来表现。
[2]剑道中的有效击打部位,即得分点,有正面、左右面、喉部、左右腹、左右手腕。

面,一边前进,一边击打。

虽稍嫌粗暴,却不失美感。速度越快越好。

受攻击的一方要保持竹刀垂直地面的姿势,迅速地切换动作并防御来自左右两面的攻击。不一会儿,竹刀的相互拼杀所产生的火花与爆破音,就将道场淹没在其中。

一边前进一边右、左、右、左地击打。打完四个回合后,紧接着一边后退一边右、左、右、左、右……

最后与对手分开,恢复一足一刀①的距离。紧接着给予对手面击的同时,从侧面穿过去,然后再转过身来。

切反练习,是"汇聚剑道精髓"的最具代表性的练习方式。

任何道场的练习都是从切反练习开始,以切反练习结束的。

"太、太厉害了。那么用力地踩地板,脚不会痛吗?"

"如果踩的姿势正确的话是不会痛的。脸皮会跟着脚底的皮肤一起变厚,这样就算发出怪声也不会不好意思了。"

悠眯着眼,将目光聚焦在了一个男生身上。垂帘上写着他的名字,八代。之前听人提到过他,似乎是一年级新生。他正在快速又粗暴地进行着切反练习。

"啊!刚弄错了!能重新打一轮吗?"

吵死了,安敢在此狺狺狂吠?!

似乎是对最后的击面脱身动作②不满意,他死皮赖脸地要黑

---

①指往前一步就可以用竹刀打到对方的距离。
②给予对手面击的同时,从其侧面穿过、再转过身来的一连串动作。

濑再来一遍。黑濑十分不情愿地看着他摆正姿势,想必也没打算和他好好练吧。这种事情悠也不是不能理解。

"呀啊啊——面!"

这一次,八代的击面犹如一记重拳般砍了下来。紧接着,他如同一团黑影从黑濑的身旁迅速穿了过去,然后像滑冰运动员那样快速跳跃、旋转、落地,右足跟的护具在与地面接触的瞬间仿佛擦出火花。坐在一旁的史织不禁发出了感叹。

"好快……也许是我见过的最快的。他也是一年级吧?"

"嗯。一年级就意味着……今年十六岁?嗯……"

悠的声音突然变得低沉了,史织对此有些在意。悠的视力并没有自己的那么差,却眯着眼,仿佛将目光投向了远方。他眼神犀利,有点令人害怕。

他到底怎么了。明明一开始还很抗拒的,来了之后却还挺开心的。难道说……

"前辈……硬拉你陪我过来,对不起。"

"哎,怎么了?你强迫我了吗?为什么这么说?"

"因为,这对你来说应该挺无聊的吧……都是因为我发牢骚,你才特意关照我的吧?"

史织觉得自己做错了事情,一副愁眉苦脸的样子。都是因为自己的任性。明明很努力地不让这种个性表现出来,却也偶尔控制不住。

被她看出来了吗？悠苦笑着摇了摇头。

"不不，没有的事。我真的没有特意为了你去做什么。能来真是太好了，我真心这么想。谢谢你拉我过来。"

从初次见面起，这种坦率又贴心的态度就令人心跳加速。不过正因为是这种态度，反而更加让人不解。

"那么，为什么你看起来那么不开心呢？"

"谁知道呢……这是个秘密。不过，我现在并没有不开心，只是有点郁闷。"

"郁闷？"

悠苦笑着，完全不打算看向史织那边。

"都不会主动去关心后辈了，我还真是没用呢。"

"其、其实你不用那么在意这些的……"

悠并没有回答。他继续用手托着脖子，无聊地望向远方。

那身影，就仿佛是失去了主人的猫一般，无比寂寞。

***

"悠君悠君，怎么样，还开心吧？"

似乎就在悠发呆的时候，时间飞逝，练习结束了。现在站在悠和史织面前的，是摘下了护面的部员们。

"小千，剑道怎么可能开心，你每天都练的话应该明白我在说什么吧。"

"啊哈哈！没错！又累！又热！想回家！"

不管是在教室还是道场，千纮都是一副满面春风、元气多多①的样子。黑濑则情绪低迷地站在她后面，对悠的意见点头表示非常赞同。

"我懂，简直感同身受啊。剑道啊，也快不行了吧。"

"基本上就是打的人反省、被打的人感谢，这是有多抖M啊。要凉了要凉了。"

"真的没有什么值得推荐的地方。喜欢剑道的家伙一定是脑子进水了。夏天又热，冬天又冷。而且还得光脚哦！那是人干的事吗？！"

分别担任男女部长的江坂和缠也摆出一副厌烦的表情，跟在黑濑后面吐槽起来。

"哎，请等一下。大家都是剑道部的吧？是、是因为喜欢才练的吧？"

只有史织一个人困惑不解。圆香副部长拍拍她的肩膀，然后摇摇头。

"深濑酱，你冷静点。剑道部的人怎么可能喜欢剑道呢？"

"慢着慢着慢着慢着？！你在说什么呢？！我好像突然听不懂日语了！我、我还是一年级哦！你们不是应该多讲讲剑道的优点吗？有你们这么招揽新人的吗？太奇怪了！"

---

①原文为"元気マシマシ油カラメ"。日本有家拉面连锁店叫"拉面二郎"，点单时"大蒜（にんにく）""青菜（やさい）""油脂（あぶら）""浓口（カラメ）"四种选项是免费的，所以一般人去店里点单可能会说"野菜ましまし油カラメ"，意为"多放菜、多放油、重口"。

一点也不奇怪,而且是为了她好。

悠的这份想法,城崎替他说了出来。

"你要是来的话我们当然很高兴,但是呢,我们也有必要告诉你真实的情况。就算招你进来了,如果坚持不下去的话就没意义了。基本上吧,就算努力了也不会受欢迎。剑道不像球类运动那样有展示自己的平台,而且还会发出怪声哦!"

"笨蛋小城!不受欢迎是你自己的问题。你看看我啊!"

"说得好像你受欢迎一样!"

"啊啊!你看你看!这是人说的话吗!你看看他是怎么欺负我的!悠君你也学着点!"

"但是小千太可爱了,我没法撒谎啊……"

"我说过不!要!再!撩!啦!"

脸涨得通红的千纮开始瞎闹,悠则是一边笑,一边躲过她的攻击。这时,江坂过来搭话了。

"怎么样,水上,加入我们吧。一起战斗的伙伴当然是越多越好。"

"不……我不喜欢。我已经受够剑道了。"

江坂上前一步,悠就像条件反射般向后退了一步。圆香看到这种情况也过来补刀。

"你怎么能这么说!太可惜了吧!你不是练过吗?我真——的非常羡慕你这种有经验的人!来吧!一起练吧!你一个人逃避,太狡猾了!"

"逃、逃避！不，没什么！我是真的不想……"

一直犹豫不决的悠被一声咋舌打断了。

追根溯源,是那个垂帘上写着"八代"的男人。

"那些不想练的家伙你拉进来有什么用。就算练过又怎么样,反正也强不到哪儿去。前辈们也是,不想练的话现在就可以退出哦。"

连自己人都咬,这家伙简直就是条疯狗。悠反而觉得有点意思。

备受期待的一年级新星,八代操。

他挠了挠如同他的性格一般尖锐的头发,离开道场去寻找冷水机去了。一旦年龄上拉开差距,后辈的些许傲慢和自大就会被视作萌点。悠笑嘻嘻地望着走远的八代,同样是一年级的史织却无法视而不见。她推了推眼镜,一道白光一闪而过。

"那小子太狂了,一定不招人喜欢！"

也不知道哪里好笑,听到这句话,一旁的缠突然爆笑起来。

"可以啊你,原来你是这种女孩儿！欢迎加入剑道部！"

"史织——很典型呢。你是不是经常被人吐槽多嘴？其实我也是我也是！"

"千纮你已经不是多嘴的级别了！啊,不过这么说的话你应该没什么女性朋友吧,史织酱。"

"说、说什么呢！我怎么可能会没有……哎？"

意识到真相的史织开始发抖。江坂部长看不下去了,决定帮帮她。平日里与女生有不少接触的他会考虑得比较多吧。

"行了，别再欺负她了。好不容易才有人来参观，要是下次不来了怎么办？水上你也是，今天请你一定要坚持看到最后。我们待会儿有模拟赛。"

听了江坂的发言，悠眨了眨眼。剑道部在平时确实会进行一些两人一组的练习，然而模拟赛却很少。既然有的话，就是说——

"近期之内有练习赛或者正式比赛吗？"

"哦哦！果然是练过的，你很清楚嘛。下周日有一场练习赛。"

"下周日？哎？不是要带我逛东京吗？"

悠生气地盯着千纮和城崎。二人则假装四处看风景。

"水上，深濑，剑道不是什么值得推荐的东西，但是剑道部是一个好地方。希望你们能喜欢上这里。"

悠只把江坂的话当作耳旁风，笑嘻嘻地对二人说：

"拉倒吧！剑道部这种社团我是绝对不会加入的！"

***

那天晚上。悠躺在自己房间的床上玩手机。他打开了LINE。

【俊介】今天不好意思啊。那个比赛也是突然决定的。

【悠】没事没事。像这种不可抗力也是没办法的。拜，我先睡啦。

【千纮】等一下悠君,咱们可以改一个时间!下周之后的话,我可以找一个休息日带你去!

【悠】这事儿就算了吧。东京我一个人也能去的。

【悠】晚安啦。那就拜托下周日吧。

悠闭上眼睛。嘴里念叨着自己刚刚打出去的最后一段话。

这样下去不行,绝对会陷进去的。可是……

"太犯规了。居然说出那个名字……"

悠的手指在手机屏幕上滑动,在通讯录中点开了那个名字。

蓝原瞳。令人怀念的名字。悠闭上眼睛,回想起今天在观看模拟赛时发生的事。

一头和蔼可亲的熊走进了道场。

他庞大的身躯让人不由得产生这样的错觉。全体部员一起喊道"老师好",然后行礼。

"嗯。你们不用停下来的,别管我,请继续。"

他五十多岁了吧,头上隐约看得到一些白头发。然而低沉洪亮的声音、干净利落的动作、炯炯有神的双眼,让人完全看不出来他是这个年龄层的。只要见过一次,就很难忘记。

"您是……佐佐木老师吧,我记得。"

悠也没有忘记他。他笑着对悠表示欢迎。

"是的……好久不见了，悠君。来我们学校了啊。"

"是！还真是奇妙的缘分呢。原来如此，是这间学校啊……"

悠紧张地在脑海中组织语言，却不知道该说些什么。老练的佐佐木老师见状，决定先发制人。他恭敬地弯下了巨大的身躯。

"我有一事相求，悠君。"

"哎？您这是干什么？！请把头抬起来。"

"你不想见一见蓝原君吗？"

悠睁大了眼睛。这么快就说出自己想见的人的名字，简直是犯规。

"下周日，她会带着她的学生们来到这里。真的不来见见吗？拜托了，请把你那天的时间交给我。请你无论如何……"这个男人就像是在恳求一般地说道，"我想让你会一会'剑姬'。"

"剑姬……吗？"

悠微微笑了一下，把手机扔到了床上。这种奇妙的缘分，还是早点断了好。

就在他刚闭上眼，正打算睡觉的时候，传来了一阵轻轻的敲门声。

"悠。客户送给我了一些茶点，要不要一起吃？我去给你倒杯热牛奶。"

母亲小心翼翼地推开了门，露出生硬的笑容提议着。悠也用同样的表情回答道：

"不吃了，晚上吃东西会胖的，归宅部又没什么机会运动。我要睡啦。"

"是、是吗？那咱们再找机会一起吃吧。一定哦。悠，学校那边怎么样？你有没有什么需要帮忙的地方？那、那个，虽然我不一定能帮上什么忙，但是无论什么时候我都会支持你的！"

"谢谢你，妈。我会记住的。"

也许是感受到了悠的不耐烦，母亲逃也似的准备关门——

"等一下，妈……我下周日有活动，要去下社团。"

嗯，我其实是知道的——这句话，她没敢说出口。

"知道了，你加油哦。我也会加油的。"

她轻轻地关上门，背靠在了上面。

我的好儿子。也不说些任性话，不管到哪里都拿得出手。只是……

"都是我的错。孩子他爸……"

她一只手颤抖着掩面，另一只手紧紧握住口袋中的手机。一定是同伙打来的。她感到愧疚，然而即使是这样，她也不打算收手。

"毕竟我是大人啊……就让我来扮演魔王吧。"

绝不会让你放弃"重要的东西"——无论用什么手段。

"蓝原瞳"加油。这一次，一定要……

二合目　吹雪、快晴、冬日

吹雪持剑摆好姿势。

宝石般的双瞳中闪烁着火花。这一火种不久便传遍全身将她点燃，最终化为烈火般的呐喊。

"呀啊啊啊啊——"撕裂空气的一声。

对峙者不禁失声，吓得连连后退。然而，决心已定的"雪之剑姬"的字典里不存在"慈悲"二字。

"面！！"

这沉重的一刀，仿佛能够切开冰山，将对手连同他的信心一起一分为二。她如同疾风一般从对手的身旁穿过，紧接着迅速转身为下一次攻击做准备。

不够。远远不够。再多点！

"吹、吹雪，stop！竹刀被打坏了！"

听从劝告，吹雪看了看自己手中的竹刀。确实，打突部位[①]碎了。

---

① 指竹刀上的最佳打击范围，能够将力量尽数传递到目标身上。

吹雪被泼了盆冷水，本来想发火的，不过这样一来也没办法了。她服从主将的指示，做出了收刀的动作。

她立刻跑向自己的竹刀袋。周围同期的部员们都大吃一惊。

"你，把那个……打坏了？"

"嗯。我也没想过会断……这都怪由季太弱了，被我打那么多下。"

不满足，没意思，没有回报，甚至让人想放弃。

然而，她做不到，必须尽快回到战场。没有时间可以浪费，她不能止步不前。

"我说吹雪……你变得那么强，将来有什么目标呢？"

"我说过很多次了。那种东西，我不会去考虑的。"

初雪接过新竹刀将它举到眼前，仿佛是想将它映入自己冰冷的双眼中。

"梦想，我已经不在乎了。"

她的话语犹如永远不会融化的冰一般。吹雪的春天，还远远没有到来。

＊＊＊

"春天啊……哈啊——"

因为顾问老师不在，乾快晴在剑道场的地板上躺成了一个

"大"字。

私立秋水大学附属高中是体育名校,剑道场当然也是用上好的木材打造的。冰凉的地板让人感觉很舒服。春天的风从道场的窗户吹进来,轻轻抚摸着快晴的脸颊。

外面的空气一定很清爽吧。真羡慕那些在室外活动的社团。

快晴想小歇一下,闭上了他漂亮的双眼皮。最近刘海长太长了,让人觉得心烦。由于一直忙着练习,完全没时间去管它。也正是这个原因,大好的春光,他却没有时间出去散步。

"好没意思啊,剑道……"

春夏秋冬,快晴对剑道的态度一向如此。

"说什么呢,蠢货!你在剑道部不是很风光吗!"

副将桥仓崇踢了快晴一脚。因为他只穿了胴甲而没戴垂帘,这脚直接踢到了他身上。

"疼!你这是职权骚扰啊,桥仓前辈。"

"你有资格说我吗!对自己人下手也那么重。你就没考虑过别人的感受吗?你这个杀戮机器,别净给我添麻烦啊!你以为是谁在照顾那些家伙?泷本那秃子和影下那臭小子,被你打得魂都没了!我说啊,把同伴打得都丧失信心了,你到底想干什么?"

桥仓挠了挠深棕色的头发,气得脸都歪了。他有一半欧洲血统,容貌端正,不管做出什么表情都给人一种华丽的感觉。虽然练习的场所不同,女子剑道部里好像也有很多他的粉丝。另外,实力方面他同样有两把刷子。

"干什么……我也没想干什么……你要我考虑别人的感受……哪方面?"

"我是要你别随随便便地就把人给打坏了,还露出一副无辜的表情!剑道星人!"

"嗯……"

快晴从地上站起来,抱着胳膊开始思考。然后,他歪了歪脑袋。

"他们完全不够我打啊,都起不到练习的作用。像这种事,真的只能怪他们太弱了。"

"行行行,你厉害。吡哼啪哼——啊,怎么又收到外星发来的信号了。我跟你没法聊了。"

桥仓耸耸肩膀笑了起来。有点意外。但是,这应该是善意的微笑。自己是不是该稍微反省一下了……可是,哪方面?自己说了什么不该说的话吗?

就在快晴烦恼的时候,桥仓又笑了起来。

"你做得太明显了。要做就要在不被发现的情况下去做。不管怎么说,你每一次都是用逆胴①来击败对手的,实在是有点过分了。这已经不单单是自尊心碎一地的问题了。"

逆胴。听到招式的名字,快晴的眼睛直冒星星。

"这是我最喜欢的招式。你不觉得很酷吗?即使算上残心②,

---

①一般来说"胴"指的是击打对手腰部右侧,"逆胴"则是指击打对手腰部左侧。
②指剑道中完成刺击动作或弓道中射出箭后,身体架势与精神准备仍不松懈。

也是最酷的。"

快晴用右手握着被汗水浸湿的毛巾，挥出了那个动作。

从制高点向右划出一条弧线，命中以后再用能将人体撕开的力量将剑抽回来。这是为了能确实杀死对手。

"所以嘛，被砍中的一方一辈子都会留下阴影吧。我最喜欢的也是胴技①，只有胴技才是最强的。话说回来，吹雪酱也很擅长拔胴②吧？"

"你提她干吗？心累，求你别再说了……"

很明显，快晴的脸色变得阴沉了。然而，一旁的桥仓却先发火了。

"你这小子简直身在福中不知福！你不要的话和我换啊！把我家那像猩猩一样的姐姐拿去。话说你先介绍给我啊！"

"你以为我稀罕啊，喜欢就拿去。我还求之不得呢……还'剑姬'呢，明明像公主一样任性得不得了。"

公主大人的愿望只有一个，那就是自己的败北。所以，她不断地向各路强敌挑战。

无论是被称为"龙之巢穴"的石动，还是被称为"鬼栖山"的御剑，现在的六大道场已经无法实现她的愿望了。

"桥仓前辈你也试着挑战一下吗？舍妹这一难题……"

"哦？真的吗？我很厉害哦！要是我打通关了可别怪我。"

---

①击打胴的技巧。
②主动引诱对手攻击自己的面，在对手举起手的一瞬间，攻击对手腰部并闪躲对手的攻击。

"请务必这么做。因为你看起来比她强呢。"

快晴已经放弃了,他也不希望再有人来挑战吹雪。

留下这句带有言外之意的话,快晴准备离开道场。这时,他突然想到了一件事。

"前辈,顺便问一下。只要不暴露的话就没问题吧,刚才你说的那事儿?"

"嗯?当然没问题。不管怎么说,发生那种事只能怪被打的人太弱了。实际上,你打中我了吗?"

快晴火了。他瞪了一眼这个男人,今天唯一一个一次都没被打中的男人。

"我是绝对不会再被逆胴打中的,略略略略略……还有啊,你在正式比赛中一次都没用过这招吧。就这种还没法实战的招式怎么可能打得中我。你也别太小看前辈了!"

其实不是不用这招。只是到目前为止,还不想用这招。

然而,现在说这些也只会显得自己不服输。所以……

"那下一次,就让我用逆胴打中你吧,桥仓前辈。"

"哈?做得到的话你就试试!我说,咱们要不要赌点什么?"

"也是呢……如果被我打中的话,怎么办好呢?到那时就干脆——"

如果是那样的话我也不会再有留恋了吧。

"放弃剑道好了。我待会儿还得去其他道场练习,先告辞了。前辈辛苦了。"

快晴行了个礼，离开了道场。在前往社团活动室的途中，他一边思考，嘴里一边念叨着。

这是一个永远的谜团，比刚才被前辈训斥的理由更加莫名其妙。

"大家一个个都跟着了魔似的……像那样的妹妹到底哪里好了？"

***

"阿嚏！"

有谁在说我坏话。绝对是哥哥。怎么还不死！

刚才的坏心情加上练习时的不尽兴，乾吹雪的脸黑得跟碳一样。

私立贵族女校桐樱学院一年前迎来了一位有名的剑道顾问，一跃成为剑道强校。然而，即使是这间学校的练习也无法令吹雪满足。她正坐在剑道场中，用右手随意地解开了胴甲、垂帘以及为了练习而绑的马尾辫。

她的头发就如同乌鸦沾湿的羽毛一般，乌黑又有光泽，在道场中跳跃。她的皮肤就如同她的名字一般，又白又漂亮。皮肤与头发的颜色形成的反差相互作用，使得道场中的每个人都无法从她身上移开视线。含蓄的胸部，漂亮的后颈，不禁唤起了人们对恋爱的记忆。那过于精致的脸蛋，就算是让其他同属桐樱的女生部员评价，她也是犯罪级别的可爱，让人不由得想接近她。然而……

"不够，远远不够。就这种程度，完全不像话……看不起我吗？"

在她全身上下迸发的杀气中，任何人都无法幸免。一旦被她犀利的眼光给盯上了就麻烦了，无须多言先砍了再说。那些本打算向吹雪搭话的新人吓得四处逃散。

但是，同年级的三刀爱莉却完全不在意这种杀气。她从后面偷偷靠近吹雪，然后"咚"地敲了一下她的脑袋。

"疼……干什么呢，爱莉？"

"你是不是傻？整天在那儿嚷嚷'不够不够'，没见过你这么欲求不满的。"

爱莉偶尔冒出的关西腔是因为受初中朋友的影响，然而说得并不好。她最擅长的其实是剑道以及抢人家男朋友。她整个人给人一种日式辣妹的感觉，可以说与习武者相去甚远。她如同猫一般灵活地蹿到了吹雪的旁边。

"你和蓝原老师的自由练习不是强度很大吗？她可是传说中的'杀人姬'哦，不够你练？"

"不够。因为那个人没有用上段[①]。她根本就没拿出真本事，就算打赢了也没意义。"

"哎？你要求别这么高嘛公主大人！就算是中段，那个人也

[①]剑道中的握剑姿势分为"上段""中段"和"下段"。

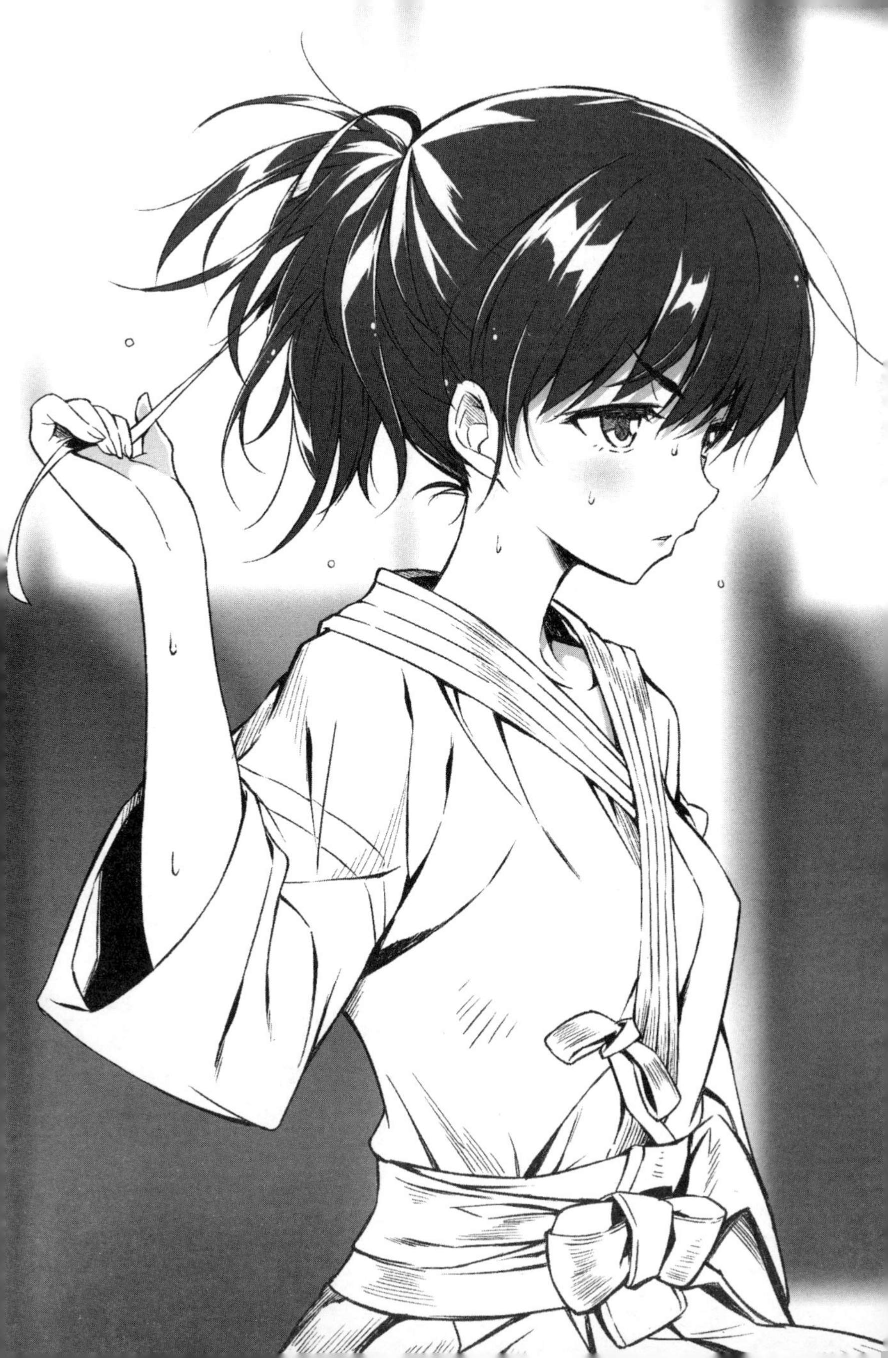

不是一般的疯狂。"

"不行……我绝对不接受。和我打还不拿出真本事来，这种事我绝对不能忍！"

这孩子，任性。

但是看在她这么可爱又这么强的分上，就算原谅她也无所谓吧。

爱莉差一点就被自己说服了，不过除此之外，还有一件事她无论如何也想不通。

"我觉得，你也该找个对象了吧？你之前不是又被其他学校的男生告白了吗，而且还是帅哥……嗯，这是第几个了？喂，林檎——"

"在，有求必应！您需要的全部资料都可以在林檎氏服务器的吹雪数据库中找到！"

听到爱莉在讲关于吹雪的事，在不远处整理护具的大贯林檎哒哒地跑了过来。

她又高又瘦，四肢纤细得就好像随时都会折断一般。不知道为什么总给人一种很宅的感觉。

"被告白二十五次，其中男性十九次，女性六次。PS，如果去掉重复者则是男性十五次，女性三次。顺便说一下她在桐樱学院（女校）的'想被她抱'排名中，连续两年排第一！以上！"

"哟，不愧是林檎氏。不对不对，跑题了。之前那男的，你把他怎么样了？吹雪，你还是单身吧？那男的长着一副杰尼斯脸[1]，就那种水平完全可以接受吧！"

"不需要。砍了。"

吹雪面无表情地做出一个一刀两断的姿势。一旁的林檎则双手合十嘴里念叨着南无阿弥陀佛。

"林檎，我讨厌这个家伙。要不咱俩不带她玩儿了吧？"

"请、请等一下。林檎社还是能为您提供解决方案的，请再给我们一次机会！"

"哼。有什么大不了的，不带就不带，随你的便吧。恋爱又不会让剑道变得更强，简直是在浪费时间。长得帅有什么用，戴上护面的话都一样。那些像弱鸡一样的男生就别想了。至少也得，比我强。然后……"

这之后想说什么，桐樱剑道部的所有人都知道。这可以说是获得乾吹雪的最简单明了的方式，同时也是一个难以攻陷的无理要求。爱莉感觉心累。

我已经管不了你了。营业结束。

"林檎，一起回去吗？去萨利亚[2]做化学作业吧。"

"瓦尔特老师的作业吗？那可是相当的鬼畜啊。但是理科的话你就放心交给我吧！"

"哎——课、课题？"

吹雪如同她的名字一般冻住了。但是关我什么事。谁叫你

---

[1]指长相和杰尼斯旗下艺人相似的美少男。
[2]日本人创办的意式快餐店。

上课睡觉的。

"走吧，林檎。我们是好朋友对吧？"

爱莉将手搭在林檎的肩膀上，身高相差很多的二人看起来非常不和谐。正当她们准备离开道场的时候，却发现无法前进。

一回头，发现衣角被拉着，一只吉娃娃用宝石一般的眼睛可怜巴巴地望着她们。

"等、等等我。不要扔下我。我、我一个人的话，会死的……"
"哈？这就是那个传说中的'剑姬'吗？可真是笑死我了。"
"放心吧，我会像Apple售后那样给予吹雪的高中生活强有力的保障的！"

爱莉一边摸着吹雪的脑袋一边叹气。都是因为自己和林檎一直这样惯着她，结果这孩子除了剑道什么也不会，而且越来越严重。怎么办。快来人收了她吧。

这孩子已经没法一个人生活了。然而性格却越来越扭曲。这到底是谁的错？

"快晴君，将来吹雪要是嫁不出去的话，绝对是你的错！"

***

"我回来了……"

夜深了。快晴站在没有亮灯的玄关前，从口袋中取出钥匙打开了门。

手表上显示现在已经快十二点了。

学校的练习结束后,快晴还要去六大道场的炼心馆继续练习,这样一来回家的时间自然就拖到这么晚了。然而事到如今他对此已经没有任何感慨了。接下来就只剩下洗澡这一件事了。第二天起来之后,去学校晨练,晚上再回到这里,每天就是这样一种循环。

很辛苦,但是没有办法。他在玄关卸下护具,推开了客厅漏光的门。

"你回来啦,快晴。洗澡水烧好了。你是要先洗澡还是先吃饭?"

"那就先洗澡吧。哈,累死了。"

"一直以来辛苦了。快晴,我怕你太累了。妈妈很担心你。其实你真的不用这么拼的。除了剑道之外,还有很多值得去尝试的事情。"

说得完全没错。快晴只能苦笑。

如果可以的话我也想这么做。然而,自己没有这个资格。

"要不这样吧,你帮我和吹雪说一声。如果她原谅我了我就放弃剑道。"

"瞎说什么呢。你要是没这个意思的话就直接说,绕什么弯子……还有,你最好直接和她讲清楚。"

母亲一边看电视,一边指了指横卧在沙发上的那个物体。那正是吹雪。她睡着了,口水从半张开的嘴巴中流了出来,完全就是一副白痴的表情。她上半身只穿了体桖，下半身只穿了内裤。桌子上还剩着她吃了一半的点心。

一阵头痛向快晴袭来。

"这家伙作为灵长类是没进化完全吧……就这样真的有人气？绝对不可能……"

"她今天功课比较难，估计累了吧，回来一倒头就睡着了。而且这周日好像有练习赛，她训练应该也比平时更加卖力。妈妈我不太忍心叫醒她。"

快晴深深叹了口气，收拾起了妹妹吃得到处都是的食物残渣。他走到沙发前，弯下腰。

"这是不可燃垃圾吧，我现在就把她扔了。"

"说什么呢你。就算你现在不把她当回事，等她出嫁的时候你绝对会哭成个泪人的！"

"那我一定是在同情她老公。"

真是拿她没办法。快晴非常不情愿地用公主抱将吹雪抱起。

"我把她扔到楼上去。"

快晴就这样抱着她上了楼梯。途中，吹雪的身子动了动，看来是要说梦话了。如果仅仅是看着她这个样子，还是像以前一样可爱……

"呜……哥，去死……"

"要不我现在就把这家伙从楼梯上扔下去吧……"

快晴推开吹雪的房门，将她放在床上。无论如何将她抱进来这事儿都得保密。要是被她知道了肯定会发火的，然后说些'没经过我允许不准进来啊'之类的话。哥哥能做的，就是默默地守护妹妹。

"等她出嫁的时候啊……现在想那些也没用吧。"

快晴背着手轻轻地关上门，抬起头望向了天花板。一种不可名状的感情涌上来，他闭上眼睛，自嘲道：

"快点，让我哭出来吧，吹雪。"

***

"啊，我好想结婚。为什么找不到男朋友啊？那些男的也太没眼光了吧？"

吹雪原本想吐槽"正是因为有眼光才不找你的吧"，但考虑到对象是那个暴虐顾问蓝原瞳，还是眼不见、心不烦为上策。

"老师，顺便问一下，今天为什么会有和藤宫高中的练习赛呢？因为太突然了，所以一直没机会问。"

"嗯？这关系到老师的私事。"

吹雪从后面瞪了这个说谎话不打草稿的顾问老师一眼。她身高与自己差不多，估计有一米六。那又松又软的天然卷发大概到肩膀那里，风一吹就散发出一种花的香味。

之前约好了要在周日上午前往藤宫高中上门切磋，而今天正是约定之日。

这一次不是现场集合，而是先在桐樱学院集合然后再一起出发前往。吹雪背着自己的护具和竹刀跟在蓝原后面，打算把那些道具装进车里。

"干什么呢，乾？你是和老师我有什么仇吗？你这么瞪着我很难受的……"

蓝原嘴里偶尔会蹦出几句漫画感极强的台词来吓别人一跳。她转过身来，微微下垂的眼角点缀着她妖艳的面庞，犹如令人堕落的魔女一般。除此之外，她那大得突破天际的胸部也令人印象深刻。

吹雪扭过头去，感觉自己受了委屈。她咬了咬嘴唇，小声嘀咕着"没有就是没有"。

"或者这么说吧，你为什么会觉得自己没有被学生记恨呢？那种练习方式，简直反人类。"

"啊哈。那只能怪你们太笨了。老师我明明每次都会说，'只要你们动作完美就只用做五遍'。"

"诅咒你一辈子嫁不出去。下地狱去吧！"

桐樱特色，无限重复练习某一套路。最开始确实说的是"五遍圆满完成就可以结束了"，然而一旦开始之后，这个数字就会像海市蜃楼一般消失不见。

"被我抓到啦！乾在偷懒，从零开始重新做。"

"大贯，你怎么倒地上了？啊，我知道了，你是想重新做吧。"

"三刀，你没喊出声哦。这样可不行。OK，大家一起重新开始。"

这种鬼畜的操作，一般人还真做不到。一旦习惯了，每次只要一听到"五遍"这个词，就会自动脑补成"哦，今天估计得做五十多遍吧"。

名为武道的免罪符。与此相关的所有人都将前往地狱。这就是剑道。

"怎么说话呢你！不过，有句话不是叫'漂亮的花都带刺'吗，这也是没办法的事吧。"

"明明长得很可爱却没男朋友的女人一定有隐情。老师，你就是典型的例子。"

"乾同学，这种事情你有资格说我吗？"

"我不是交不到，只是不想交。"

面对吹雪这句如同性冷淡一般的回答，蓝原笑了出来。她从口袋中取出钥匙，打开了车子的后备厢。吹雪往里面看了一眼，然后歪下了脑袋。

"老师，这个是什么？好像多了一套。是老师你的吗？"

在蓝原爱用的护具旁边摆放着一套已经非常破旧的竹刀袋和护具袋。上面写着御剑，应该是和六大道场有关系吧，但是没见过蓝原用这套护具。

"嗯……这个呢，是勇者专用的装备。老师我呢，是穿不了的。"

吹雪对这从未听过的语气感到奇怪，回过头，被吓了一跳。

蓝原看起来就像一个胆怯的少女一样。

"我还有什么脸面，再次对他说'站起来'呢。我明明什么都做不到。"

因为宽松而在学生中很有人气的老师。因为严厉又冷酷而被学生们非常讨厌的"杀人姬"。

这两种形象都不再适合现在的蓝原。吹雪一时间不知道该说些什么。

"不要露出那种表情嘛，乾。老师我不管怎么说，也不过才二十四岁哦，还是个孩子哦，感到迷茫也是正常的。"

"哎……我、我不是很明白。二十四岁，不算是大人？"

"啊哈。老师我在你这么大的时候也是这么想的。"

她站在神秘的护具前抱着胳膊，看起来是在犹豫着什么。

"乾，我有个问题想问你。这是发自顾问老师的命令。"

"是什么？"

"你喜欢老师我吗？"

"世界第二可憎！最讨厌你了！把我快乐的JK[①]生活还给我！"

吹雪不假思索地说了出来。对于用那种训练虐待过自己的元凶，喜欢是不可能的。

"但是……这远比快乐地度过高中生活更有意义。从这一点上来说，我必须感谢你。"

"嗯……嗯。谢谢你。我之前就在想，如果是你的话，肯定

[①]指女子高中生。

会这么回答我的。"

蓝原又回到了之前的状态。她把所有护具都塞进车里,关上后备厢,然后看向吹雪这边。

她"啪"的一下,用双手打在了自己的脸颊上。

"行了,准备出发!上车!"

"是!老师!"

如果是这个人的话,将自己托付给她也未尝不可。刚上车的孩子们脸上都带着这样一种觉悟。

蓝原转动了引擎的钥匙。在引擎发动的那一刻,她大声说。

"乾,谢谢你对我敞开心扉……接下来也拜托你了,向他敞开心扉吧。那样的话一定,一定……会在那里等着你的。"

"有什么在等着我吗?"

吹雪向这位什么都知道的大人求解。

"这是个秘密。我怕你会吃醋。所以不告诉你。"

作为回复,车里飘荡起孩子们如樱花盛开一般灿烂的笑声。

三合目 吹雪的春天

结果到最后,吹雪还是没搞明白蓝原到底想说什么,她抱着胳膊一直站在藤宫高校的体育馆前。其他部员已经进去了,只留下她一个人。因为车里还有护具,她需要等蓝原回来。

蓝原和一个叫江坂的男子剑道部部长一起去找停车场了。

好无聊。吹雪开始四处张望藤宫高中的各种设施。

真的很质朴。和自己贵族学校的规格比起来,这里显得有些破败。不过,这种悠然自得的质朴风格也许正好符合自己的口味。

就在她环顾校园的时候——

"是不是够破的,我们学校?这对你来说很稀奇吧?"

女子剑道部部长立花缠拍了拍吹雪的肩膀。

看样子其他部员都已经被带进场馆了。这位部长颜色鲜艳到夸张的头发确实是够稀奇的。

"嗯,确实有一点。不过我并不讨厌。这里让人觉得很放松，桐樱那边规矩太多，反而让人不舒服。"

"哎哟，谢谢你。作为学生会长我很高兴。嗯……乾，你怎么这么可爱。"

听到学生会长这个词，吹雪震惊了。

哎？开什么玩笑？难道是真的？吹雪觉得自己的常识受到了冲击。特别是这种自来熟的举动，明明是第一次见面，却对自己又是摸头又是拉脸。

这个人，很奇怪。

"立、立花，等一下，这样很奇怪啊。"

"哎呀，怎么了？"

"你不觉得，我……"

很可怕吗——吹雪本来打算这么问的。不管怎么说，她都是被称作"剑姬"的人。因为这个名号，平时不会有那些烦人的男生敢来骚扰她，这样确实省了不少事，但与此同时，其他学校的女生也不敢接近她。一般情况下是这样的。

"'我'怎么了？你想说'我很可爱吗'？你说得太对了！这么可爱的女生，不多抱抱就亏了啊！"

"嗵。"吹雪的额头被轻轻戳了一下。

她抬起头来，发现立花坏笑着，露出一脸恶作剧似的表情。

"就算打了这么可爱的女孩子也会被原谅，我简直爱死剑道了。"

啊——这个人，我喜欢。

吹雪的小辫晃来晃去。

"叫我吹雪，立花。等大将来了，我绝对干死他。"

"嗯。叫我缠就可以了。啊，我不行了，真的太可爱了。吹雪，你有男朋友吗？"

"没有。太碍事了。缠你有吗？"

"很可惜，我现在也一样。像我这样的美女，要是被那些垃圾占了便宜，岂不是很浪费？"

吹雪连连点头。自己也是这么想的，强者以外的自己都看不上。

就在她们闲聊的时候，江坂和蓝原一起朝这边走了过来。那个人，也会是这种感觉吗？

就在吹雪兴奋得有所期待时，缠突然意识到了什么，紧张得双手抱头。

"那、那个，吹雪，有件事我希望你能记在心上。"

"嗯。是什么？"

"不要和我抢哦……"

天啊，我太喜欢这个人了，可以把她带回家吗——吹雪像撒娇一样久久抱着缠不放，突然，她像触电一般弹开了。她抬起左脚跟，稳稳地转了一圈，然后猛地睁开她那黑曜石般的眼睛，瞄准不断逼近的弹丸。她将左手挡在脸前，做好防御的姿势，耐冲击准备……来了！

啪！

"疼！你干吗把钥匙扔过来啊？乱来也得有个限度啊。"

"反正你也接到了不是吗？乾，你去把车上的护具搬出来。我待会儿也会过去的，钥匙你不用拔就行了。还有就是……"

蓝原的声音又变了。从刚才开始，只要说到有关那套护具的话题，她就一直这样。

"你一定要记得把'那个'也带上。拜托喽。"

吹雪点点头。终于要开始练习了。她跑向停在南门前的车，直接绕到车后面，打开了后备厢。

护具袋有三个，竹刀袋也有三个，得搬两趟。接下来该怎么办呢？从这个充满谜团的护具开始吧……

埋首后备厢的吹雪仍然什么都不知道。

她手中握着的，就是她多年来一直在追寻的希望之光。

***

另一边，悠也对即将到来的邂逅毫不知情。

在同一时间，悠正从离学校最近的车站向南门走来。

他与史织在一起，两人是在电车中偶遇的。

"周日还来学校，真是太了不起了。你怎么这么认真？是因为戴了眼镜，所以干脆把来学校当作义务了？"

"我戴眼镜又不是为了好看！这可是真正的有度数的眼镜！你要不信的话试试？保证你一戴就会头晕。你试试，试试！"

"啊——行了行了。知道了啦。你再这样就没法走路了。"

他推开凑上来的史织,就好像嫌她碍事一样。史织感到很意外,瞪圆了眼睛。

"你怎么了,突然变得这么冷淡?你要是不想去的话,现在就可以回去!"

"回?我才不回去呢!他把话都说到那个份上了,我反而想去见识见识了!"

不一般。这孩子果然是适合练剑道的天邪鬼①。

"我还是第一次碰到你这种反应的……你不觉得这样太冷淡了吗?"

"这不很正常吗?如果不和深濑你保持适当的距离,感觉会很危险啊。"

"等、等一下!你干吗把我说得像地雷女②一样?"

深濑虽然生气,却依然能够像一个后辈那样微笑。然而,与这孩子的交往真的不能太过深入。

"因为你给人的感觉就是会成为那种人啊。所以,我不想和你走得太近。"

"怎么这样……你、你是不是不喜欢太强的女生?"

"不是哦。我最喜欢强大的人了。"

悠说的是真心话。

---
① 日本传说中的恶神。形容爱故意和别人唱反调、违逆他人言行想法、性格别扭的人。
② 喜欢约束人、三心二意、给人以沉重感的人。这类人往往有过剩的自我显示欲和自我意识,对自身的认知也存在偏差。

"在哪儿呢，如果有的话我还真想见见——强大的女生。"

邂逅，来得是那么突然。

南门附近停着一辆车，后备厢在嘎吱嘎吱地摇晃。悠看到后觉得奇怪，打算再走近些。就在靠近车的那一瞬间，他愣住了。这一刻，仿佛整个世界的时间都停住了。

一个全身闪耀着光芒的美少女从里面爬了出来。

少女将三个护具袋背在身上，手上还抱着三个竹刀袋。从来没见过和剑道道具这么搭的人。不知道为什么，悠就是无法从她的身上将视线移开。

悠被她背着的其中一个护具袋所吸引，跟跟跄跄地向她走去。

***

试了好半天，终于找到了……能够一次性把护具和竹刀运过去的最完美的姿势！

"OK。这样能行……"

吹雪用力地踏出第一步，就如同她平时在剑道场中所做的那样。

然而很快，她的身体就开始摇晃。

没问题的……就这样保持平衡，我能做到的。

"等等等等！你这哪里行了！快停下！危险！"

一个神秘男子从背后突然跑过来，大叫一声，吓得她一下子失去了平衡，竹刀袋也全被那个人抢了过去。是自己大意了，看来锻炼还不够。不过和这个比起来……

"干什么呢？你谁啊？还给我！"

他笑起来软软的，看起来又弱又不靠谱。虽然脸还蛮帅的，不过对自己来说这只会碍事。

就像是突然被陌生人摸了一下的吉娃娃似的，吹雪向他露出了獠牙，扑了上去，将三把竹刀中的两把夺了回来。

"啊，你干什么！别乱来啊！你是桐樱的吧？你一个人搬不了这么多的，让我帮你吧……啊，对了，我叫水上悠。"

"没听过！我也不想知道！快还给我！"

"简直不讲道理！是你刚才问我名字的吧？！总之就交给我吧！"

"我不！我一个人也没问题。你也不想想我是谁。相信我！"

"你都抖成那样了要我怎么相信你！啊，烦死了！绝对不行！我绝对不能给你！"

"那、那个，两位前辈都冷静一下吧。这里有三个人，目的地又一样，我们把这些用具分成三份不就好了吗？这样是最合理的。"

从旁边突然冒出来一个看起来很聪明的美女，吹雪原本就瞪得圆圆的眼睛变得更大了。

好美！身材苗条，看起来也很成熟。但是她用了敬语，难道说她比我小？开什么玩笑……

想到这里，原本在道场中一步也不会后退的吹雪不由得向后退了几步。

"剑、剑道部的人吗？但是，你们怎么在……"

"有时间和精力在这里折腾的话，还不如用来练习，这样更有效率。"

咕呜呜——吉娃娃发出了低鸣。

吹雪非常清楚自己属于那种干什么都笨手笨脚、脑子里全是肌肉的类型，据理力争的话是说不过人家的，只好又向后退了一步。

也许是因为被她吸引了注意力而露出了破绽，那个男生以非常巧妙的方式将其中一个护具袋夺了过去。

那正是蓝原特意叮嘱过的那个护具袋。

"哈哈，这是我的啦！我这回死都不会放手了！好不容易才抢……"

还给我！

吹雪本打算喊出这句话，然后扑上去。然而，她做不到。

"为什么，会在这里……"

就好像全身的血在一瞬间冻住了似的，他的脸上失去了颜色。

吹雪并没有机会得知其中的缘由。因为在这一刻，蓝原从后方猛地跑了过来。

"阿悠！"

"瞳……"

悠发现，虽然几年没见，蓝原不管是相貌还是给人的感觉都完全没有变化。正因为如此，悠对自己的改变感到羞耻，同时痛恨她所做出的这种事情。

"深濑……不好意思，你先带着这孩子进去吧。这些剑道用具我等一下拿过去。"

"乾，老师这边也拜托你。先进去练习。"

面对这种不容分说的压力，二人只好回答"知道了"，朝道场跑去。

悠目送她们离去。然后，他刻意避开瞳的目光，用右手抓了抓头发。

"玩笑开得太过了……是你出的主意吗，瞳？这可一点都不像你。"

"嗯。应该是'我们'吧。我确实不太适合干这种事呢，这么快就暴露了……对不起。"

"你别摆出一副可怜巴巴的样子。为什么总是做这种事！明明好不容易才见到的……"

决定了。这件事待会儿再慢慢问她，现在先放一放。

悠正对着瞳站着，硬是挤出了一个高中二年级学生该有的、害羞感爆棚的笑容。

"好久不见了，瞳。那个，我……真的好想你"

"嗯，嗯。我也是，我也是，一直在想你！我有太多太多话想和你说，太多太多事情想托付给你，太多太多事情想求你原谅。"

蓝原毫不犹豫地向前踏出了一步。

"可以先让我抱一抱吗？"

悠迅速地向后退了一步。

"不行不行不行，你别过来……你冷静点，我都高二了。"

"哈啊？！我还以为你要说什么呢！这不才高二嘛！你就老老实实地让、我、抱、吧！"

悠正打算如脱兔一般竭尽全力逃跑，却被瞳抓住了制服，根本逃不掉。

"难受！你太用力了！啊，不行不行不行，要死了！快松手啊！真、真的会出事的！姐你不是高中老师吗？说好的职业伦理道德呢！"

"只要我觉得没问题就OK！哈哈哈，你叫我'姐'了。你这小子终于叫我'姐'了！爱你！"

这份沉重的、让人头秃的爱。

虽然很难为情，却让悠回想起了那遥远的无比怀念的过去。

***

剑道，好难懂啊——

"呀——啊啊啊啊啊啊！"

负责主审的缠咻的一下将左手的白旗斜向上抬起——那是代表藤宫男子部的颜色。

"胜负已分。"

由于江坂取得了胜利,现在的大比分是一比一,最后还剩大将之间的对决。也就是说,这次团队赛的最终胜负将由大将战决定。

"江坂前辈是部长,也就是说他是最强的吧?为什么不出任大将呢?"

"把最强的人员部署在副将的位置,是因为有时候没法将他放在最强的位置上……不过嘛,我估计肯定是八代又说了什么任性的话,像是想和乾对决一次之类的。"

看着在白线前一蹦一蹦的八代,悠小声窃笑。

没听明白有什么好笑的,史织歪起了脑袋。

"果然,那个人应该很强吧,虽然从外表上看不太出来。"

"很强吗……不一定吧,我觉得。"

"嗯?是这样吗?那为什么八代……"

"因为任何男人如果有机会和美女对决的话都会很高兴吧,就算只是呼吸同一片空气都会兴奋。"

史织立刻就明白了这句话是谎话。特别是"任何男人"这个词。

"前辈,你真渣……"

——以及,自作多情的自己。

而看破这一点的根据就是"前辈明明与自己在一起却并不快乐"。

"我知道,所以才劝你不要和我走得太近了。"

悠不再理会一旁的史织,将目光集中到了准备进行比赛的二人身上。

从左腰到右肩,从右腰到左肩,用来固定胴的绳子交叉穿过整个背部,在交叉点的部位有一个窄布条。八代背后的窄布条是白色的,而在"剑姬"背后的窄布条则应该是红色的。

"我这儿有一个孩子,你无法将视线从她身上移开。"

就在刚才,自己像是小猫一样被爱抚的时候,瞳说出了这句话。到底是怎样的一个孩子?

比赛即将开始,这个问题的答案就在前方。

三名裁判站成等边三角形将选手们包围。作为主审的缠站在三角形的顶点位置,双手各持一旗向选手们发出入场指令,"前进"。八代和吹雪踏入各自的白线区域,迈出三步停在了能够蹲踞①的位置。

简单行礼后,相互说出"拜托了"。注视着他们的悠同时也在无意识中发出了声音。

一步,两步,三步。"剑姬"威风凛凛地拔出剑,那一瞬间,仿佛她就是世界的中心……啊啊。

---

①剑道中的正式蹲姿。

"太漂亮了!"

"开始!"

"呀啊啊啊啊!"

突如其来的喊叫声将道场吞没。所有人的视线都被吹雪所吸引。所谓出类拔萃的风格就是这么一回事吧。她用优美的中段构①压制对方的中线,连续而有力地发起进攻。悠看着她,对她教科书式的进攻姿势表示赞美。

"前辈……你觉得乾怎么样?"

"很不错,比八代高出不止一个段位。真是人不可貌相。"

"是,这样吗?我不太懂规则,看不出来谁强谁弱。之前别人给我看的杂志上面也完全没有比赛相关的解说……"

史织哗啦哗啦地翻起了杂志,悠看了一眼,再一次被杂志的内容吓了一跳。

"又是'剑jour'吗……还真是阴魂不散呢,不管怎么甩都甩不掉。规则的话我来教你,把这个扔了!"

悠从史织的手中夺过那本杂志,扔到了无人的沙发角落,然后将手指向了比赛场地。

"那个正方形就是比赛场地,正中间用胶带粘出来的'X'形符号就是中心。离中心不远的那条很短的线是开始线,双方站在开始线前剑尖相交,然后还得做出一个叫蹲踞的奇怪仪式才能开打。高中生的比赛时间是四分钟,先取得两本的一方获

---

①中段持刀的姿势。

胜。一共有三名裁判，评分的时候会举旗，至少有两位裁判举旗面的话就算一本。基本上就是这么多吧。"

"啊，是。这些最基本的还是能看懂的，只不过……"

史织将注意力转移到赛场上。对战双方正右拳相碰，压护手对峙中。

压护手对峙——用格斗术语来解释就是紧紧按住对方的拳头。

这时，吹雪用向前蹬地的冲击力向后跳开，同时击打小手。

"手！"

看到这一幕，桐樱部员们兴奋得欢呼鼓掌，裁判们却没有一个人举旗。

"刚才那一下为什么不算呢？不是打中了吗？"

"嗯？刚才的小手①？没有没有，我之前也说过了那个是元打。从竹刀的尖端往下大概30厘米的地方不是有一个结吗，那个叫中结。按照刀的设计标准，如果不是用剑尖到中结的部分击打就属于没有杀伤力的元打，会被视为无效。"

"嘀呀，啦啊啊啊啊啊！"

"八代，拿出气势来！不要轻敌！"

"刚才那一下是用竹刀的前端打到的吧，那个也不算吗？"

"刚才江坂不是说了吗，那一下气势不够。踩踏无力，残心也没有。从刚才开始那二人就是在打中了之后才发出声音做做样子，你应该也看得出来吧？击面和击胴的时候直接穿了过去，

---

① 击打小手部位的动作可直接称为"小手"。

094

击小手的时候竹刀停在了击打的地方。

"他们缺少的是残心,即所谓 KIME(決め)。在真实的拼杀中,就算打中了,对方也有可能还活着。所以不能有丝毫放松,要留一个心眼,也就是残心。这种技巧在弓道里面也有。"

悠的解说结束之后,史织取下了眼镜,用手帕擦了擦。剑道这项运动简直自带新人劝退属性。深呼吸之后,史织再次将注意力集中到比赛上面。

这一刻,比赛的局势发生了改变。

吹雪快速挪动着双脚,一步一步地跳跃前进。她踮起的左脚上聚集的力量似乎能将地板挖去一块,然而,为了不让对方察觉,她的动作又如同微风一般轻盈。进入攻击范围后,她突然将剑尖朝下——明显的破绽。就在这一瞬间,八代似乎紧绷的弦断了,跃起一招,使出全力的击面。

"面!"

"手!吓啊啊啊啊,呀啊啊!"

然而八代并不知道,这是吹雪的诱敌之术。

就在他还没来得及抬起手的时候,吹雪的竹刀已经漂亮地打在了他的右手上。

咚的一声脆响,三名裁判同时举起了红旗。

"小手得分!"

"嗯,终于分出胜负了。这才是真正的一本。看到了吗?"

"哎？啊，刚刚那个，不是打中面了吗……"

"在那之前先被对方打中小手了。这叫'出小手'，在对方出手的一瞬间攻击对方的小手，是最常见的招式。在比赛中，如果统计击败对手的最后一击的话，一百次里面估计有四十次都是这个招式。"

史织听着悠的解说，目光追寻着刚刚打完第一轮的吹雪。

她喘着气为身体排出热量，沉默地从两名副裁判身后绕过去回到了开始线。刚才还和自己在一起走的，就好像人偶一样可爱的吹雪的影子，从她的身上已经找不到了，现在完全是另一个人。从护面格子的缝隙中，可以窥见她黑色的瞳孔仿佛寄宿着火焰。然而，这还不是全部。史织看到了，她如湿润的白桃一般漂亮的嘴唇正在编织着饥渴的语言。

——不够。

"第二轮开始！"

"吓啊啊啊啊——呀啊啊！！"

前进。前进。前进——

不这么做，就无法追上！

伴随着空灵的踩踏声，吹雪自如地挥舞着竹刀牵制对方，速度也变得非常快，可以说完全超越了女生的极限。

如果仅仅是这样，对于身为男生的八代来说并没有太大优势。绝对不会再中计了——八代冷静地看破她的一招一式，找到破绽，跳起，击面。

"哩呀啊啊！！"

吹雪也迅速做出了反应。她用竹刀接下了这招，然而并没有去承受对方的体重，而是将攻击推向一边，身轻如燕地向后躲开，击面。

"面！"

太危险了。八代凭直觉脖子向右一歪，看来是正解。

这漂亮的一击没有打中，吹雪立刻向后退去，与八代之间拉开了很大的距离。

然而，吹雪只用了不到一秒的时间就再一次将这段距离缩短了。

——好快！

无论是对吹雪速度的误判，还是先被对方拿到了一本。不管是什么理由，总之，那个时候的八代已经有些许焦虑。这也最终导致了他那头脑发热的一刀。

就好像条件反射一般，八代孤注一掷地使出了他拿手的击面——漂亮！就这样用气势压倒她！

然而，他的如意算盘打得太早了。

他所瞄准的吹雪的头部突然消失了。等他反应过来的时候就太迟了，吹雪反砍的一刀已经出现在他怀里。

"嗒啊啊啊啊！"

裁判们齐刷刷地举起了旗，之后才传来的击打声仿佛再一次宣告了吹雪的胜利。

"胴得分！"

八代的胴伴随着竹子回弹的声音，被对方夺去了一分。悠也跟着叹了口气。

"那个拔胴真漂亮。我都想把那一幕拍下来镶在相框里面了。"

"那个，前辈……"

"嗯？"

"刚才和前辈一起看比赛时我就在想，虽然前辈你这个那个说了一大堆否定剑道的话，但其实很喜欢剑道吧？"

悠露出一副惊慌失措的表情，很快便又露出了像往常一样拙劣的笑容，轻轻地摇了摇头。面对后辈，他毫不客气地用强硬的口吻说道："我最讨厌剑道了！我活到现在一次都没有，真的一次都没有觉得开心过。"

缠宣布"胜负已分"，两校开始列队。二比一，桐樱学院获胜。两校的学生开始向各自的顾问身边走去，寻求下一步指示。

然而，佐佐木和蓝原都向自己的学生举起一只手，阻止他们继续前进。

蓝原朝着佐佐木的方向走去。

"佐佐木老师，再比一场吧，女生之间……您看成吗？"

"嗯。我的孩子们肯定也不愿意就这么认输吧……不过，这都是借口。其实我也只是想见识一下。"

佐佐木微笑起来。蓝原则是一副快要哭出来的笑脸。她用严肃的口吻郑重地喊出了那个名字。

"阿悠。下一场比赛,你上。"

藤宫高中与桐樱学院的学生们都不明白她在说什么,纷纷开始议论。

唯一保持安静的只有被叫到名字的悠。他抱着胳膊,缓缓睁开了如熟睡一般闭着的双眼。

"说实话,我就知道你会这么说……如果我告诉你我不愿意呢?"

"啊哈。我还真没想这么多。怎么办好呢?可能我会在这里哭出来。"

"瞳,你总是这么狡猾。"

悠期待着一个拖延敷衍的答复。这样的话,就算是亲人也可以狠下心来一刀两断。

"嗯,我知道。你想讨厌就讨厌我吧,悠。"

然而瞳的反击却刺痛了悠的心。那是紧张又略显寂寞的声音,是自己打心底里爱着的师姐的声音。

"都这个时候了还在说这种话,你明明知道不可能。"

悠抬头望向天空。

那里有着使人感到拘束的天花板。悠愤怒地注视着那里,就好像有着杀父之仇一样,然后,他又仿佛是在哀悼一般闭上了眼睛。

"家人的请求吗……如果仅限于今天的话，瞳。"

"嗯。你愿意为我做这么多，我已经很满足了。"

"佐佐木老师，派我这种人上场，您那边也没问题吗？"

"你这个问题真的是很没有必要提。悠君，我是不可能拒绝你的。作为大人，作为老师，还有……"

悠见证了一头温柔的熊从沉睡中苏醒的瞬间。露出的獠牙虽不锋利，却依然耀眼。

而悠很清楚这道光芒的真实身份。

"作为同样是'御剑之刃'的人，我是不会放过你的。"

令人怀念的名字。绝对不想再听到第二遍的名字。

"我知道了……俊介。"

然而，为什么呢？果然已经深入骨髓了吗？真是可笑。

"你带我去更衣室吧。这比东京近得多了吧？"

***

剑道场附近，学生体育馆的一层有一间男子更衣室。

在这里，悠扑通一声将自己的护具袋和竹刀袋放在了地上。

一旁的城崎很开心。

"悠，我和你果然有一种奇怪的缘分！要不待会儿也和我打一场？"

"啊？我才不要。打架有什么好的，我不喜欢……你要当我是朋友的话，就别找我打架。"

就在二人说话的时候，黑濑也走进了更衣室。他手里拿着一把竹刀。

"哟，水上，节哀顺变。他人的不幸果然是最爽的。你就好好受折磨吧。"

"黑濑，你是典型的日本人体质吧？"

"叫我小黑就行……这把是三八的。拿去。反正你这家伙也没有吧。"

在剑道中，竹刀的尺寸分为初中、高中及以上三种类型。初中型三尺七寸，高中型三尺八寸，再往上就是三尺九寸。在正式比赛中，如果不按照规则来使用的话就会失去比赛资格。

悠苦笑着，接过了黑濑的竹刀。

"Thank you. 我确实没有三八的。护手我用自己的就行。"

悠解开竹刀袋。一旁的二人直勾勾地盯着他，让他非常不自在。

"干什么？就这么喜欢看男的换衣服吗？再看我回去了！"

"我不允许有人比我先回去，我一定要第一个回去……你这家伙，原来是御剑的。"

"你果然很强吗？！话说你这家伙居然和蓝原老师这么熟！到底是何方神圣？太狡猾了！"

悠一下子愣住了。

他不知道该做出什么表情，干脆挤出一副和往常一样温柔却略显僵硬的笑脸。

"不好意思,水上悠这个人并不存在任何光辉的战绩。很抱歉,不过这是事实……突然出现的转校生其实超强的,很自然就成为剑道部的一大主力——你们不觉得这太想当然了吗?而且这么巧的事,真的有可能发生吗?"

"哈哈,说得也是。不过真是这样的话倒是能轻松不少……那,回见。"

城崎一溜烟地跑了出去。黑濑并没有立刻离开。

他盯着悠的笑脸。

"梦想,完全看不到……你这家伙。"

"哈?"

"没什么,就当我没说。我只是有点想偷懒罢了。拜拜。"

这下真的就只剩下悠一个人了。他站在护具袋面前,脑海中浮现出了罪魁祸首的脸。

"那个绝对不能扔!"

就算搬到了这边,还是没忍心把这些东西扔掉。这一点还真符合那无可救药的妈妈的作风。

真是净做些多余的事。这边好不容易赌得正欢呢,庄家先拍拍屁股走人了。"重要的东西"已经不再重要了。

所以,我本是可以舍弃这些的。可是,现在这又是什么鬼状况?

"啊啊,我知道了。"

思之所至，苦笑留存。答案其实很单纯。

一旦选择了这条路，这个标签便会伴随一生。

"就像诅咒一样，一辈子无法摆脱……"

***

换好衣服的悠走进了道场。

胴、垂帘、竹刀，以及左腋下夹着的面和小手，口中还叼着头巾的他浅浅地吸了一口气，一股混合了浸透汗水的竹子和护具的特殊气味灌入他的鼻腔。他随意地驱赶着凑上来的部员们，在道场中开始做准备活动——让全身上下每一个部位都得到充分拉伸。

江坂看到这一幕，凑过来拍了拍悠的左肩。

"我来帮你做切反练习吧，水上。基础练习也行，如果时间不是太久的话也是可以通融的。"

"不用，你的心意我领了。不管怎么说我也有两年没练了，和热身比起来我还是觉得最大限度地放松身体更重要。要是在比赛中拉伤了肌肉可不是闹着玩儿的。"

"行。如果你觉得这样比较好的话我也没意见。不过对方的话……"

江坂用大拇指指了指白板。悠的名字混在女子队里面，与他对峙的人是乾。

我倒要看看这个御剑出身的男人会做出一副怎样的表情——江坂作为部长,决定测试一下悠。

"估计是一场愉快的约会。你会妒忌吗?"

"当然会。我刚才没去争取,结果被别的男人抢了先。"

江坂笑出声来,立刻就对这个男人产生了好感。他暗自在心中确定了下一个要劝诱的对象,然后拍了拍悠的背,离开了。

嗯!去做主审吧!

这样的家伙,当然要站在特等席去观看。

***

"向对方行礼!"

"请多多指教!"

伴随着掌声,双方阵营都退了下来,只留下先锋圆香和她的对手站在开始线附近。主审江坂,副审黑濑、城崎也都站到了裁判的位置上。女子战斗组外加一名非战斗人员组成的团队现在已经准备完毕。

"开始!"

两军的鼓掌声,混杂着对峙二人的喊叫声在道场中回荡。以倍速动画般的速度开始移动的桐樱先锋迅速地使出了一招小手面。而看穿了这一招的圆香一边防御一边将双方的距离拉近到了零。双方进入了压护手对峙的状态,这一刻,两校的比赛才真正开始。

白队，藤宫高中的出场顺序是先锋幸村、次锋藤野、中坚二宫、副将立花、大将水上。

红队，桐樱学院的出场顺序是先锋速水、次锋大贯、中坚三刀、副将柏仓、大将乾。

桐樱学院的出场顺序是与正式比赛一样的。那又怎样，怕你们不成？藤宫的女子队员们怒视着对手。

"这是部长的命令！一人砍一个，把她们全部干掉！有异议的家伙现在就给我切腹！"

缠的眼中燃烧着熊熊烈火。可以说是很沉稳了。

"我要杀了你碾碎你诅咒你，让你后悔出生在这个世界上！"

戴着护面、身材娇小的那个孩子大概是叫藤野，没完没了地口出狂言。

反而是平常多嘴的千纮，安静地积攒着斗气。

悠叹了口气。看来大家都没有去正视自己。

"辛村前辈，守住中线。"

回过神来，悠发现自己的双手放在嘴边大声喊了出来。距离上一次参加团体战已经过了不知道多少年。就在他思考的时候，视线的前方捕捉到了竹刀被弹开的画面。对峙的双方都处于一步一刀的距离，相交的竹刀几乎同时被举起。

"面！"

"呀哩呀！！"

二人都选择了击面，双方的竹刀也都打中了对方的头部。

这是被称为"相面"的状况。

到底是谁先打中的，只能在 0.1 秒以内的世界中去判明了。而造成这种微妙差距的，正是通过锻炼所培养的实力。

"面得分！"

这一次，胜利的旗帜依然属于桐樱学院。这之后，圆香也一直在坚持，试图夺回一本，然而终究没能做到，直到时间用尽的提示音响了起来。

"胜负已分！"

圆香一脸沮丧地走了回来。她将懊悔之意汇于拳心，轻轻打在了次锋的胴上面。

"对不起，叶月……"

"没事。"

圆香目送着叶月出场，回到自己的阵营里取下护面，什么话也不想说。

"辛村，这事儿不要放在心上。我去给你报仇，绝对不会输……"

下一个准备上场的千纮已经戴好护面，用力握着剑站了起来，走到远处去挥刀热身了。这样一来，次锋和中坚都不在了。

"圆香，你过来一下。"

缠将这位无精打采的同级生叫到跟前，双手搭在她的肩膀上。

"沮丧也得有个限度,你这可不是什么好习惯。"

"嗯,我知道。我也不想这样。只是想不明白为什么,我这么弱……"

"其实你真的没必要这么沮丧,刚才的比赛很精彩。"

面对悠的鼓励,圆香冲他笑了笑。

"谢谢你。你真的很体贴呢,水上君。不过,不行就是不行,我自己很清楚。"

"别老说自己不行,你要是坚持这么说的话假的也变成真的了。做得好的地方就骄傲一点,做得不好的地方就想办法立刻改正。一味地逃避虽然简单又轻松,却是不可取的。"

"嗯,谢谢你。"

啊,完了!悠赶紧捂住了嘴巴。

这种行为真的不是什么好习惯。要克制。

等他冷静下来,发现在一旁正坐的缠笑嘻嘻地看着他。

"哟,小嘴巴这么会说呢水上,就等你入部了。这样你还能多点机会和圆香眉来眼去。"

"我错了……我闭嘴。"

"别、别这么说啊!我其实……很高兴!"

总觉得心里憋得慌,这地方也没法待了。不过身为大将,距离上场还有一段时间,于是悠决定先去史织那里躲躲。史织一个人坐在长沙发上,一反常态地显得特别老实。

"啊,前辈,你终于来了。那个,我能再问一个问题吗?"

悠一走过来，那孩子就又突然回到了平时活泼的状态。这让悠不禁笑了出来。

"果然眼镜才是你的本体啊，史织。你想问什么？"

"不要每次我一认真起来就拿眼镜开我的玩笑好吗……那个，刚刚桐樱那边的旗帜向斜下方伸出来了，那是什么意思？"

二人望向赛场。比赛处于"暂停"阶段，叶月正从场外走回开始线的位置。主审江坂左手拿着双方的旗帜，空出来的右手竖起了一根手指。

"犯规，一次。"

"就像你刚才听到的，那个属于犯规。你可以理解为类似于足球比赛中的'foul'。犯规两次就算一本，所以选手们一般都会避免犯规。而且一旦有了记录，在比赛结束之前会一直保留。犯规有很多种，最具代表性的就三种：压护手对峙不规范、竹刀掉落以及出界。刚刚看到的那个就属于出界，在比赛的时候要特别注意自己的位置。只有一种例外的情况，就是姿势和气势到位了，击中对方后做出残心的动作时，不会算作出界。"

"如果是冲出去之后才拿出气势，这一下又不算一本的话会怎么样？"

"很可惜，这样的话算出界犯规，而且会显得特别蠢被大家笑话。"

"嗯，原来如此。也就是说，如果不是那种特别自恋的变态的话，没人敢这么做。"

会说就多说点，悠笑了起来。当他再一次将注意力拉回比赛中时，发现即使对手是桐樱，叶月也打得有声有势。虽然在实力方面完全是对方占优，然而叶月毫不退缩，冷静地见招拆招。

剑道比赛中，在时间用尽之前取得胜利是很难的。

估计会是个平手，悠做出了判断。

"差不多该去找大部队了……待会儿也轮到我上场了。估计会是很无聊的比赛，你站远点好好看看。"

"是……那个，前辈。"

悠听到声音转过头去，发现史织不知道为什么将脸偏向了一边。

"你、你穿道服的样子……意外地，很酷。"

"下回我穿制服的时候麻烦你也这么夸我。"

从来没有听过如此可悲的赞美，悠打心底里这么认为。

***

就在叶月做完收刀动作还没来得及退场的时候，千纮气势汹汹地进入了赛场。

不礼貌。但现在不是在意这些的时候。她平时多话的小嘴抿成了一条直线，目光投向了特殊的对手。而与她对峙的爱莉也一样，完全没有隐藏杀气的打算，并将这种杀气转换成了只有自己能听到的话。

——我要杀了你。

"开始!"

就好像是在犯规的边缘试探一般,话音未落二人就行动起来,喊叫声盖过了江坂的号令,火星四溅地打了起来。

"吓啊!"

"咔啊啊啊啊啊啊啊啊!"

这种变化,用"突如其来"形容也不为过。两军都不禁为自己同伴的变化感到吃惊。

"千、千纮,怎么感觉和平时不一样?"

"哎?你不知道吗?很有名啊。她们是初中的同级生。'清船中三剑客'就是指的她们几个……哦哦,我想起来了。圆香,你是从高中才开始练的。"

能够如此贴切地形容"打架"这个词的战斗已经找不出第二个了。即使被击打到护具之外的地方也无所谓,用蛮力将对方撞倒后也不打算收手,爱莉不依不饶地追上去使出了好几次击面。

"暂停!"

——我才不会伸手去拉你。自己站起来!

爱莉背对着千纮走回了开始线。

"开始!"

打破比赛平衡的契机,出现在再度开场的时候。冷静下来的千纮趁自己还没有头脑发热之前,做出了最佳选择。为了在这一招之内分出胜负,她做出假动作让对方误以为自己要使出相面。爱莉中招了。

"手!吓啊啊啊啊啊!"

胜利的旗帜依然会偏向冷静的一方。"砰"的一声,千纮擅长的出小手击中了对方。

"小手得分!"

然而,取得一本之后,千纮也丝毫没有放松。她最后取胜的原因就在于此吧。

"胜负已分!"

藤宫的先锋输了一分,次锋是平手,现在中坚拿了一分,两校比分是一比一。缠气势十足地站起来,走向了赛场。归队的千纮与她擦肩而过,坐到了悠的旁边。与此同时,缠的比赛也开始了。悠将注意力从赛场上拉回来,开始关心一旁的千纮。

"辛苦了,小千。你刚才很拼啊。"

"哈、哈……呼。嘿、嘿嘿……谢、谢你……"

肩膀一上一下,累得喘不过气来的千纮笑了起来。她一边咳嗽一边取下护面。这就是四分钟拼尽全力一直运动的结果——濒死状态。

"你没事吧?看起来快要死了。不过,这样看起来倒是挺色气的。每次比赛都会这样吗?"

"啊哈……这就是,反差萌啊。今天,稍微,有点特别……"

顺着千纮的视线望过去，桐樱阵营那边，刚刚被打败的那个叫三刀的孩子，手上套着小手正在捶地板，想必非常不甘心吧。

看到这一幕，千纮坏笑起来。第一次见到她这种表情。

"如过说她是竞争对手的话，还真有点不好意思……就算输给其他人也无所谓。只有她，我绝对不能输给她。死也不能。悠君，你没有吗，像这种的竞争对手？"

"嗯，估计没有吧。其实我也不清楚……"

悠用一口蹩脚的关西话把千纮的问题糊弄过去了，像往常一样敷衍地朝她笑了笑。他快速地面向千纮行了一个礼，将盖在护面上的头巾拿起、展开，贴在脑门处向上，使刘海全部包在里面。然后沿着头皮，经过耳朵绕一圈，将两角在前端交叉、打结。头巾右侧边在左鬓角处，左侧边在右鬓角处。

最后再用力拉了拉，头巾就算戴好了。

"悠君你不是说只参加过一段时间社团吗？动作很熟练嘛。"

"社团这种东西嘛……在那里被灌输的东西是深入骨髓的，到死也忘不掉，就像诅咒一样。"

悠戴上护面，用护面自带的绳子在后面打了个蝴蝶结，使劲拉了两下。啪，啪，让人愉悦的声音。

他深吸了一口气，使了点劲儿就将双手的小手都套了上去，拿起竹刀站起身来。

"那，我去去就回。"

"嗯，加油！今天这种情况，真的对不起。"

千纮不好意思地低下了头。

"但是呢，能够和你一起玩我真的很开心！"

然而，抬起来的那张脸还是和往常一样灿烂。

悠不知道该作何回答，朝千纮摆摆手后便向更宽敞的地方走去。他试着挥了挥手中的竹刀。

身体很沉，状态很不好。但是没有办法，只能硬着头皮上了。他抬头望向天花板，不禁自嘲。

"去瞳那里吧。"

"平手！"

缠可以说是立了大功，她拼尽全力，和强校的队长打了个平手。比赛的现状是圆香败、千纮胜，其他两局都是平手，比分还是维持在一比一。

"好了！该我上场了。希望别出什么差错……"

一切，都取决于大将战的结果。

***

不知道那个男生在和蓝原说些什么。不过，吹雪并没有兴趣去偷听他们的谈话。

我管你是蓝原看中的人还是什么，现在就去把你揍飞。就在她这么想着的时候——

"喂，难不成咱们之前在哪儿见过？"

突然被搭话了。她歪了歪脑袋，打算从垂帘上确认对方的姓……然而，没有。

"你的名字怎么了，没写呢。"

"啊啊，这个？我扔了……"

"不明白你在说什么……"

答案只有一个——不管你是男的还是女的，长得好看还是丑，都和我没关系。

"我不记得，我也不想记得。你还有什么要说的吗？"

冻住吧！颤抖吧！妨碍我的家伙都得死！

她抱着这样的想法瞪了他一眼。可是，对方却对她报以笑脸，真令人恼火。

"请手下留情……"

不知道叫什么的男生走向了对岸。面对他的背影，吹雪隔着护面小声念叨着。

"不好意思，我不擅长控制力道。"

比赛结束的铃声响起。这是自己已经听过无数遍的，冰冷的战场在召唤自己的信号。

瞳一下子打了个寒战……快点，裁判，快点喊出"上前"。

时间宝贵。我已经不能再止步不前了。

"上前。"

因为，我的目标是——

***

"Hello——藤宫漂亮的小姐姐。你叫什么名字？我能坐你旁边吗？"

"啊，好。我是藤宫高中一年级的深濑史织。"

原来是史织酱。蓝原点了点头，坐到了她旁边。

真的漂亮，就连我这个大人都不由得心生嫉妒。她要是把悠抢走了，我就小小地捉弄她一下。

但是我那可爱的弟弟估计也不会被她吸引吧。因为从这孩子身上根本就闻不到血的味道。

"史织酱，你是新手吧？以前没练过剑道？"

"是。所以，我请教了水上前辈很多……"

"我想也是……那个，阿悠刚才说过什么关于乾的事吗？"

"啊，说了。他一个人在那自言自语地说了些'出色、漂亮、高出不止一个段位'之类的话。"

"这样啊……漂亮吗？我想也是呢。"

蓝原用手托着下巴苦笑。

作为曾经一直被同样的话夸奖的女人，这种感觉很微妙。

"阿悠终究还是没能说出'强'那个字呢，一次都没有。"

"那个，有什么不一样吗？被夸漂亮不也挺好吗？"

"不一样。我不喜欢这样，真的很伤人。这比骂我丑更让我伤心……"

蓝原从口袋中取出手机，打开了录像功能。这是她与同伙的约定。

事到如今已经无法回头了。画面中映出了他的身影。

"我甚至还被评价过'仅仅'是漂亮而已。以那些高出我几百个、几千个段位的家伙的标准来看的话——"

啊啊,要开始了。想哭,但是必须忍住。

因为我是大人,是强迫你苏醒的坏人。

"对不起,史织酱。我要先给你道个歉。因为,已经无法回头了……"

"哎?"

"你要好好负起这个责任哦。"

"开始"的号令响彻全场。一阵猛烈的风从道场敞开的窗户中吹进来,作为春风来说确实略显猛烈了。

"早上好,'剑鬼'。对不起,把你吵醒了……"

放在史织身旁的《剑道 journal》被风刮开,敞开的那一页呼唤着他的名字。

第六十八次苍天旗六大道场大会。十八岁以下,男子个人赛。冠军:御剑悠 14 岁(御剑馆)

***

到底发生了什么,谁也无法说清楚。

"暂停！"

对吹雪来说，一般的男生根本就不够她打的，在战场上无论是面对谁她都不会后退。这在桐樱剑道部是众人皆知的事情。

正因为如此，眼前发生的事情才梦幻得令人难以置信。代表吹雪的红旗向右下方伸出。

"犯规，一次！"

向后退的一步，脚踩在了线上。从来不知道后退是何滋味的无双剑姬，自己踏出了那一步。

"开始！"

吹雪的嘴唇颤抖着。是因为恐惧吗，是因为寒冷吗？

都不是。毫无疑问，这是狂喜的颤抖。

"吓——啊啊啊！！"

她高声咆哮起来，立在附近的计分白板被震得一晃一晃的。她的剑尖以曲线方式变换，不断指向对方的喉咙使对方动摇。这一瞬间的动作充满了速度和力量，就算被误判成刺喉也毫不奇怪。

你过来啊！我看你往哪儿躲！

吹雪一脚踏下去，整个地面都在摇晃。

悠没有行动，也没必要行动。他眯起了眼睛。

都是幌子，他瞬间就排除了三个可能性，仅仅把竹刀伸向前方。

就在同一时间，吹雪游动的剑尖终于展现出了它的真面目——她飞起就是一招出鼻面①。然而，这蓄谋已久的一刀早已失去了它的意义，"啪"的一声脆响打在了护面的金属条上。可是到了这一步，攻击却无法再继续下去了。吹雪的动作停下了，应该说是她不得不停下。

悠的竹刀，分毫不差地杵在了她的喉咙上。

猛扑上去的结果就是，那股力量以刺喉的方式还给了自己。无法呼吸，但是——

吹雪狠狠地咬住嘴唇，灵光一闪，表面使出一招退击面，实际上是退击小手！

为了防范对手的连续进攻，如果去保护自己的面的话，手腕就会被打中，反之亦然，相当于做了两手准备。

不过，面对吹雪这灵光一闪的一击，悠的内心毫无波动。如同扫落灰尘一般，他将这一击扫向一边。

"吓啊！"

由于刚刚吹雪释放过退击技，因此二人之间有一定的距离。然而，紧接着悠所使出的追击面，却直接无视了距离上的限制向她袭来。

完了，要被打中了！

邦——一声低沉的敲击声从吹雪的肩头传来。

这意味着在做出来不及防御的判断之后，她在千钧一发之际将头扭向了一边，躲了过去。

---

①指读破对手的意图后抢先下手。

悠吃惊得瞪大了眼睛，随即就在陷入压护手对峙状态下的她面前叹了口气。

那样都能躲过去。悠不由得心生佩服。然而更加令人吃惊的，是她正挂着扭曲的笑容喃喃自语。

再多点！再多点！再多点——简直欲罢不能！！！

在场的所有人都保持着沉默，然而他们的心中都抱着同样一个疑问。

比谁都想知道真相的她，心中带着敬畏，向剑之彼方求解。

——你，到底是什么人？

右足尖发麻。就在这种触觉还没有传到脊椎之前，吹雪已经跳了起来。

这一刻，她感觉自己找到了通往胜利的那条几乎看不见的道路。没有谁能够保证这条路一定是正确的，但是，在跨越了无数的战场之后，吹雪选择相信自己的身体。

能行的。凝缩在一秒内！

击面。对面的悠也划出同样的轨道打了回来。然而相面结局并不代表着结束。吹雪继续使出连续技，这是只有双方在零距离的情况下才适用的招式。她脑海中想象着那令人憎恨的哥哥的形象，高举的竹刀向左划出一个圆弧，使出了几乎是这辈子最大的力气，打出了一击华丽的退击胴。砰！激烈的碰撞声响了两次……两次，完全同样的声音，吹雪的胴也发出了这种声音。

来不及去想到底发生了什么,吹雪紧接着使出了小手面。

面、退击胴、小手面。在短短的一秒钟之内,吹雪使出了四连击,这已经是她目前所能达到的极限。

然而,没有一招被判定为有效打击。就好像是在面对镜子击打一样,她的每一招都被同样的招式化解了。

"呀啊啊啊!!"

"……"

吹雪利用击面的剩余力量将自身化作子弹,用身体撞了上去。悠为了迎接这一击,将力量集中在下盘,保持身体平衡。就在这个时候,意外发生了。用力过猛的吹雪一不小心踩到了悠的袴[①]上。

混乱中,二人抱在一起摔倒了。

"暂停!"

"嘶,疼,疼……"

在跌倒的瞬间,悠护住了她。就算是这样暴力的比赛,他也不想有人白白受伤。

"没事吧?"

就算是透过护面也看得出,那是张端正又漂亮的脸,就算在如此残酷的比赛中看起来也像画一样。

"不需要你关心!你要是不认真和我打,我真的会杀了你!"

剑姬一个人站了起来,背对着他英姿飒爽地走回了开始线。

[①]剑道服中的裤裙。

看到这一幕，悠的嘴唇弯成一道弧线。

——不需要你关心，臭老头！给我认真点！

"是啊。我也是，这种人……"

悠慢慢地从地上爬起来。差不多到时间了。

他停下了体内的倒计时，为了确认时间望向正在拍视频的蓝原。蓝原从手机后面探出头来，脸上挂着孩子般的笑容，给他比了一个剪刀的手势。

悠也缓缓地松了口气，想起了赛前与她的对话。

"你待会儿记得就只赢她一分哦。一定要打满四分钟。"

"嗯？可以是可以，为什么？"

"我以前不是教过你很多次吗？约会的时间越长越好。"

"知道了。那还剩20秒的时候你用可爱的表情比个剪刀的手势给我看，行吗？"

"嗯？行啊……不过这对你来说有必要吗，光靠身体就能知道时间吧？"

"就当是对剑道的一种微不足道的复仇吧。"

在武道中，严禁出现表达胜利的姿势。当然，剪刀的手势也是不允许做的。

"用和平手段解决吧。这事儿就算是你今天给我添麻烦的补偿，我不想和姐姐你吵架。"

短暂的回忆后，悠望向天花板。

身体没有忘记战斗，体内的计时能力也没有出问题。这一现实冷酷地摆在自己面前，仿佛从那时起，自己的时间就停止了一般。这只能让他觉得悲哀。

再度闭上眼睛之前，他看了一眼与他对峙的吹雪的眼睛。

蕴藏着光芒，如宝石一般漂亮的眼睛。她一定爱着剑道吧。悠不忍直视，移开了视线。

他在心中向她低头道歉——对不起。

虽然你很出色，也很漂亮。不过仅仅只是这水平的话，不好意思，我都快睡着了，真的完全不够我打的。

梦该醒了。回去吧，只有一个人的世界。

手持竹刀，他走向世界的中心。闭上眼睛，深呼吸。

为了不让任何人靠近，为了斩断所有的关系。

果然，最后还是要选那一招。

***

烦人的心跳声。泛红的面颊。紧握竹刀的双手也能清晰地感觉到脉搏的跳动，就好像血循环一直连通到了竹刀的前端一样。

整个人都快要融化了。

这个人到底是谁？垂帘上没写名字，这让吹雪又着急又遗憾。

吹雪回想起刚才的那四招，就好像是在对着镜子一样。然而选择的招式正好相同并不是因为偶然，而是看到自己出招后，对方才用同样的招式来化解的。也就是说，对方比自己要快上好几个段位，完全可以从容地对付自己。吹雪自身的实力也是顶级，正因为如此，她最终得出了一个结论。

他对我放水了。

等她意识到这点的时候，被热浪侵蚀的身体已经擅自地编织出了这句话。

简直是屈辱。然而她却对他——对藏在镜子后面的他的真实身份更有兴趣了。

在世界的中心，吹雪持剑摆好架势。五感比之前变得更加敏锐。

剑的重量。呼吸的声音。他变得犀利的双眼。还有……气味？

"开始！"

本已放弃的春天，就在那里。

"嘎啊啊啊——啊啊啊！！"

声音不一样。吹雪咽了口唾沫。

透过布满金属条的护面看到的，是那暴躁得如同火焰一般的双眼。

握住竹刀的双手在发热，内心在燃烧。我想飞，我想变得自由，我想拿出自己的全部，与这个人战斗！

狂喜的颤抖通过竹刀表现出来。把中线交出来！吹雪试图动摇对方，而悠丝毫不受影响。

"呲！"心脏发出了撤退的命令。

感觉不到任何重心的偏移，悠迈着优美的步伐一下子就将双方的距离缩短了。

好快。好可怕。但是，不要退缩！

在这场比赛中，悠的竹刀第一次离开了中线。这把刀就好像蛇一样是活的，几乎使人产生刀身是弯着的错觉，刀尖划出打破常规的运动轨迹杀向吹雪。令人呕吐的巨大压力——到底是哪里，到底瞄准了什么地方？！

所有的打击点看起来都像是他的目标，但又好像都不是。不给吹雪任何犹豫的机会，悠将竹刀收回中线，终于攻了上来。

悠的速度太快，以至于普通人甚至无法动弹。然而对手是吹雪，她瞬间采取了最强的防御方法。

她将右小手和面藏起来，握住竹刀的左手护住右腰。面、小手、胴。这是能将所有的打击部位同时藏起来的终极回避招式。瞬间破解这招是最难的——理论上是这样的。

然而——

时间停止。在变慢的世界中，吹雪确实看见了。

那不祥的恶鬼露出獠牙的表情。

在静止的世界中，悠行动起来。他并没有选择从中线击打面的最短距离，而是将竹刀举到顶点，向右划出了一道弧线。

那是一道美丽的弧线。

仿佛是穿插在时间的缝隙中的这一刀，攻向了终极回避招式唯一的漏洞。

这一招是除了退击技以外，唯一一个以后退的方式做残心的特殊招式，也是最难被判定为有效打击的招式。击打处原本是有大小两把刀插在那里的[①]，如果不是使出全力的一击，就会被视为无法伤到敌人。

精确无比的，极致的一刀，攻向了对方的左胴。

砰！回弹的竹刀被顺手拉回身边，将对手的躯干连同佩刀斩成了两段。观众们沸腾了。这一招的名字就是——

"胴——吓啊啊啊！！"

逆胴。

吹雪的左腰处，天雷落下。

一直面对的镜子在自己面前崩坏。刀尖撕裂空间，引出了他真正的姿态。

明明只能看见天花板的剑道场。

然而那一刻，吹雪在剑之彼方，看到了那悠远的天空。

"胴……胴得分！"

道场喧闹起来。吹雪呆住了。然而悠就好像理所当然一样，对举起的三把白旗看都不看一眼地走回开始线。回过神来的吹雪也匆忙走了回去。

"开始！"

[①]江户时代的武士会在左腰上佩戴一长一短两把刀。

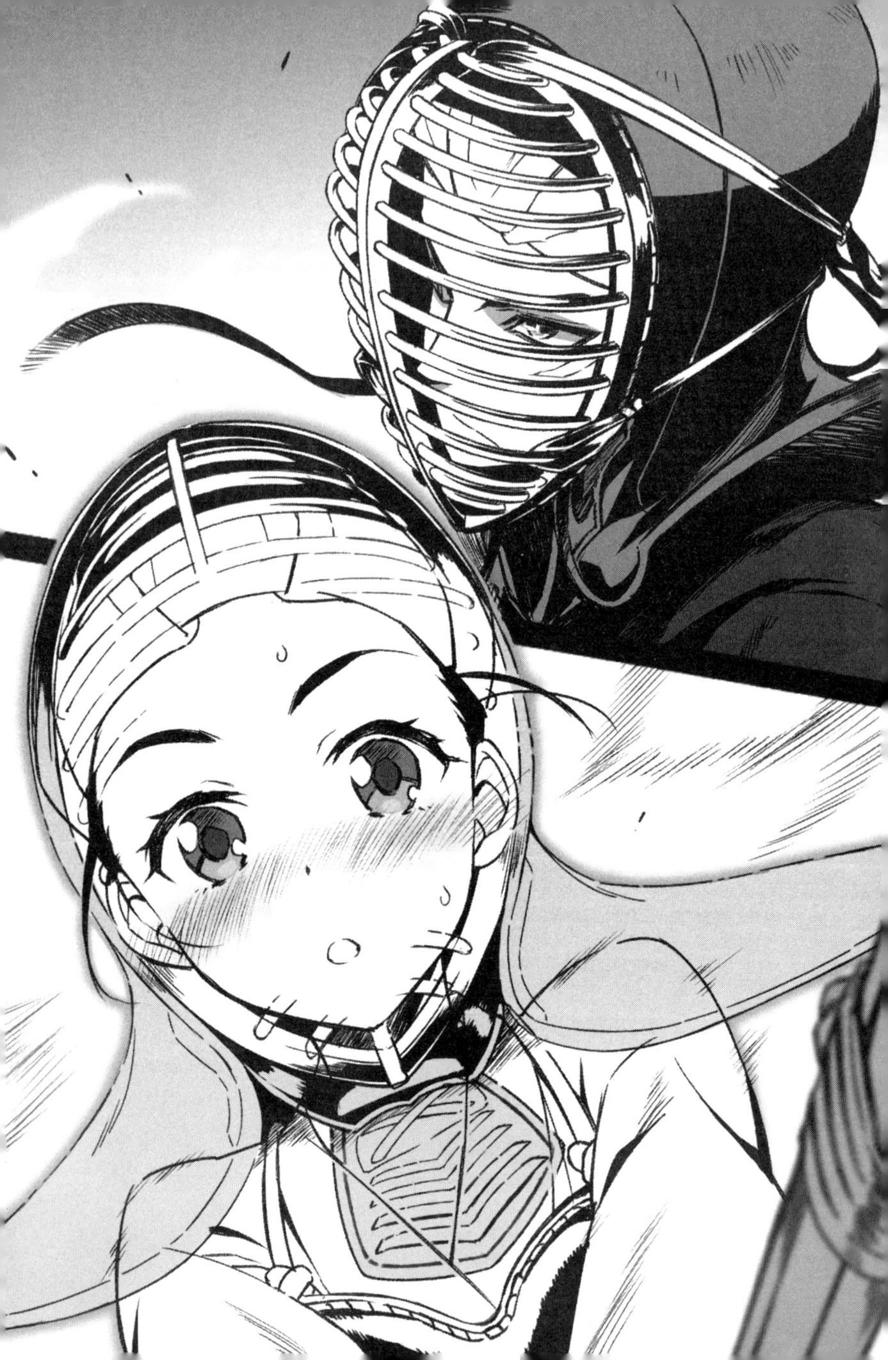

啊啊，不要就这么结束。

就好像是在无视吹雪心中的呼唤一般，悠突然大幅向后退了三步。

吹雪瞠目结舌，不知道他在搞什么鬼。于是乎就像魔法一样，比赛结束的铃声恰好在这个时候响起。

"结束……胜负已分！"

两边阵营开始鼓掌。这是比赛结束时形式上的礼节，但是在场的每一个人都毫不怀疑，这次的掌声是发自真心的。

悠在变得喧闹的道场中取下护面。视线很宽阔，空气很香甜。然而只有这种总觉得有些拘束的感觉，无论任何时候都不会消失。

深呼吸后，稍微冷静点了。他看了看竹刀，想快点还给黑濑。

"哎！"

在赛前还没有任何问题的打突部位①到处起了毛边，已经到不可修复的程度了。

必须向他道歉了。悠站了起来。

"等一下。"

一个大男人挡在了他面前。

这个男人是前辈，不可能对他说出"滚开"这种话。

"请也和我打一场，拜托了。仅仅站在主审的位置上已经远

---

①指竹刀从刀尖到中结的部分。

远满足不了我了。"

"死皮赖脸的男人是会被讨厌的,江坂部长……"

悠觉得自己真的是蠢透了。特意躲到这边来,却还是做着同样的事情。

"不好意思。这次的对手,我不会让给任何人……和我赌一把,水上悠。一本决胜负①。要是我输了你想怎么样都行,你的愿望我会尽可能地帮你实现。不管是钱、是关系,还是时间,只要是你希望的都可以。但是……"

"如果部长你赢了呢?"

"那就请你加入剑道部。拜托了。"

悠无话可说。自己的前辈,一个大男人,面对自己这样的废物,厚着脸皮、诚心诚意地向自己低下头。

"为什么,要做到这种地步……"

"这个部就是我的一切。为了赢,我需要你的力量。"

面对如此坦率的回答,悠将脸偏向一边,无法正视他的眼睛。

左手的刀无法放下。悠向这把刀宣泄出一切的仇恨,狠狠地,狠狠地,握紧了刀柄。

"你一定会……后悔的……"

无法拒绝,也无法斩断。一定是自己的刀生锈了。

会对这种事情感到憎恨的自己真的很自私。这注定是悲伤的一天。

---

①指拿到一本就算胜利的比赛方式。

四合目 水上，加入社团啦

鬼,在哭泣。

犹如在高远无人的冻土上的镇魂钟一般,他悲哀的抽泣声,在众人的耳边飘荡。

伴随着地面的低鸣,激烈的一刀又一次砍向了敌人的胴体,鲜血四溅。

"胴得分!"

鬼没有回头,脸上失去了喜悦的神色。他的背影越来越远,走过的地方都结上了冰。

这样的背影,已经没有人可以追得上了。即使是这样,他仍然在继续战斗,就好像是在等待某个人的答复一般,失去了语言的鬼转而用剑寻求答案。

在哪里?到底在哪里?从现在起我不准你赢了就跑。这把剑,我到底该指向哪里?!

"面得分""小手得分""刺喉得分""胴得分……胜负已分!"

不需要。这种东西我不需要。即使在河滩上用没有价值的小石子垒石造塔，到了地狱中也不会变成任何有价值的东西。我很清楚。然而人实在是太脆弱，脆弱到无法去追求替代品。

啊啊，我也不想变成鬼——

放弃了人类身份的他在阴暗处低语，太阳只能在栅栏的另一侧咬紧嘴唇注视着他。

这是一把可悲的剑。

如此的可悲，如此的狰狞，如此的有破坏性。不过也正因为如此，才如此的梦幻美丽。

"快停下……"

然而——

"住手。不要再鼓掌了！你们听不到这个声音吗？！"

为什么我现在会站在这里，而不是在观众席上？

"叫我不哭的不就是你吗！"

为什么，我这么弱小。

人类的语言无法到达鬼的耳朵。最后一刀回弹的声音淹没了一切。地面上散落的竹子碎片映入眼帘，看来是坏掉了。可是，鬼顾不上去修整武器，他摆好架势，等待下一个对手。是谁？下一个是谁？我还得再砍多少人才行？

到底要去到哪里，我才能再一次见到那家伙？

穷尽一生的仰慕，剑之彼方。

本应该站在那里的那个人，即便在地狱中也找不到。

***

"快晴……快晴，快起来。早餐做好了。"

"啊啊……对不起，妈妈。我马上起来。"

"虽然说今天没有晨练，不过你没有自己醒还真是挺少见的。"

快晴在自己的房间中清醒过来。他摸了摸后背，虚汗湿透了衣服。看来自己睡得很沉，连闹钟的声音都没听到。好久没做苍天旗的梦了。

他看了看窗外，暴雨如注。是湿度的原因吗？

"今天和平时正好反过来了呢。吹雪那懒虫居然比妈妈先起来了，明明不用晨练。"

"难怪外边儿雨下这么大……"

就算下雨了练习也不会中止，剑道还真该多学学棒球。快晴一边这么想着，一边敏捷地换好制服，下楼去了。这是他与生俱来的优点——不开心的事情睡一觉就忘了。

"哎？爸，现在就要走了吗？"

"哦哦，下雨的话电车就不开了。我先走了……喂，快晴，吹雪有点奇怪。"

父亲脸上带着诧异的神色，在玄关处换上了皮鞋。

"奇怪？那笨蛋每天不都这样吗？"

"我知道！不过今天真的不一样！就、就好像是那种，准备嫁人的感觉！"

"说什么呢。爸你没睡好吧？这种事还需要操心吗？就那种性格谁敢娶啊！"

希望是这样吧，父亲并不完全赞同他的说法，打开了玄关的大门。快晴在目送他离开后，坐到了客厅的桌子边上。他随口喊了声早安，然后端起了水杯。不管怎么样，得先润润自己由于那场梦而变得干渴的喉咙。

"早安，欧尼酱……"

"哼！"

如幻听一般的敬称，而且还是用的那种高烧说胡话一般的语调。快晴呛了一口水。

"恶心死了。脏死了。哥，去死！"

"不都是因为你说了那种恶心的话！"

"我说什么了吗？好了哥，能不能快点吃？要迟到了……"

这家伙是谁？快晴一时语塞。

要是平时的话，一大早她绝对一言不发，像关心她哥这种事更是不可能，简直就是傲慢的集合体。

"发生什么事了吗？看你好像发烧了。"

"也许，是吧……哥，你知道水上这个名字吗？在水的上面，水上。"

"水上？在我的高中？"

"不是。他也是练剑道的。"

快晴抱着胳膊思考了数秒，实在想不起来有这个人。

"我不认识这个人。不管是县内、全国还是苍天旗，我都没见过这个名字。"

"是嘛。果然哥你还是那么没用。我吃饱了。这儿没你的事儿了……"

"哎呀！吹雪，你怎么剩下了！"

"总觉得，从昨天开始就心里堵……"

母亲和快晴受到了冲击。按照她平时的饭量，日本旧社会那么大的碗她能吃三碗。

"妈，这家伙不是吹雪，估计是被谁砍了然后调包了吧？今天，是要下雪的节奏啊……"

"哎哟，妈妈我是不是该去买点红小豆糯米饭①了？"

突然变得格外高兴的母亲是个谜，将饭吃一半坐在沙发上用手机看视频的妹妹也是个谜。对快晴来说，女性这种生物有时候比火星人还要神秘。

"从昨天回来后，她就一直在房间里看着视频傻笑，还说这是别人给她的。妈妈我也不太清楚，昨天是有什么活动吗？"

"没什么，我听说就是普通的上门切磋……对方应该是佐佐木老师的学校吧。"

①糯米和小豆同蒸的饭，用于喜庆的场合。

快晴一边吃着早餐，一边望着沉迷于视频的妹妹。至少穿条裙子啊，笨蛋。

"噗，噗噗。噗噗，噗噗噗……"

放松的脸颊呈现出了散漫的表情，每隔数秒便试图收回去，然而还是没能忍住。

她这种状态，直截了当地说就是——恶心。到底在看什么？快晴还没傻到会去偷看的程度，绕到她后面的话就会被踢——就像马一样。所以他决定，仅仅靠着播放的声音来判断。

每一天都会听到的竹子的声音，以及声音抖变的吹雪的声音。他立刻明白了那是什么视频。

"你用什么方法赢的，这么开心？"

不由得感到羡慕。自己从那一天起，一次都没有因为剑道而笑过。

"不不……是我输了，输得体无完肤。"

"哈？"

他正准备问那为什么没发脾气，还没说出口便放弃了。只见吹雪按住心脏和左腰，雪白的脸颊上泛着圆圆的红晕。

"终于，找到了。"

窗外淫雨霏霏。不久，吹雪手中的液晶屏里出现了仿佛天雷落下的一刀。

那不是人类所能使出的招式和咆哮。快晴一个哆嗦，感觉心脏快跳到嗓子眼儿里了。

"吹雪……"

快晴认识这个声音。他知道。

这道雷使他跌落地狱,改变了他的人生。这道光拭去了他的眼泪,他怎么可能忘记。

"快给我也看看!"

在冲淡春天印记的这场雨中,快晴终于找到了他一直在寻找的对手。

***

"水上,这个资料集给我看下,我忘带了。"

第六节课,移动教室上的是《日本史》。

雨已经停了,悠坐在窗边望着外面,旁边一个身材娇小的女生拉了拉他的袖子。

她叫藤野叶月,留着波波头,总是一副同样的表情。她是剑道部二年级的女生。

"哦?叶酱的忙我当然得帮。不过你旁边不是有女生吗,找她借也行哦。"

"不要。借资料集是借口,我是想和水上你聊聊天。"

一脸淡定却语出惊人。

这孩子说不定是个少男杀手呢。悠笑了笑,立刻就将桌子拼了上去,在上面摊开资料集。为了坐起来舒服,他把叶月的椅子拉了过来。

叶月的眼睛以厘米为单位瞬间瞪得圆圆的。看来是被吓到了。

"水上,你有异性的姐妹吗……感觉你很习惯和女生接触。"

"是这样吗?我觉得这是你的错觉。我是独生子,和母亲两个人住。"

"但是,你叫桐樱的蓝原老师'姐姐',我听到了。"

"哇啊,那个千万别说出去啊,太难为情了……就作为借你资料集的费用吧。"

悠跟着上课的进度翻动着资料集,他决定稍微说一些关于自己的历史。

"从我小时候开始,瞳就和我一起一直待在'御剑',所以我当她是姐姐。而且,不只有瞳,还有其他的哥哥姐姐,很多很多人……后来大家都各奔东西,最后就只剩下我了。"

"就只剩下你?"

"我没法去追随他们的脚步。初次见面,我叫御剑悠,老家是开道场的。"

"这样……所以你才,那么的……"

接下来的话是什么,悠并不清楚。叶月思考了一会儿,便随手翻起了悠的资料集,从弥生时代一口气穿越到了幕府末期。令人欣慰的恶作剧,他不禁想摸摸她的头。

"喂,干什么呢,叶酱?"

"土器,无聊。女人就该直接跳到幕府末期。"

叶月的小手打算在页脚处留一个折痕。然而，她进行了一半就停下了。

"已经折好了？水上也是我的同伴？"

"你别净找些我的黑历史啊。反正我就是那种永远都治不好的中二病，偶尔会胡思乱想，要是我出生在那个时代的话该多好啊之类的。很逊吧。"

"没有的事。你很棒，虽然也只有在比赛的时候。乾吹雪，活该。"

胳膊被她那小小的手指戳了一下。

不能就这么单方面地被她撩，悠决定给她点颜色看看。

"'虽然也只有在比赛的时候'这句话是多余的吧……叶酱，咱们结婚吧？"

"讨厌。水上，你不是我喜欢的类型。这种玩笑你还是找千纮去开吧。油嘴滑舌。"

一点面子都不给就一刀两断啊。悠抱着吐血的心情望向天花板，这时，下课铃声响了。

啊，今天的课也结束了。

悠深深地叹了口气。与之相对应，叶月的脸上挂着一副愉悦的表情。

"走吧，有机会再找你玩。和水上你在一起，很开心。"

"你刚刚不是说'不是我喜欢的类型吗'？"

"就算不是主食也可以当点心。"

说着，她从自己座位的桌子里取出了藏起来的资料集。

悠愣住了。一贯不苟言笑的她解禁了自己满脸的笑容，给了他致命一击。

"很可惜。下次，社团见。"

叶月迈着小碎步离开了。悠无法直视她的背影，不由得望向窗外。

"城里的女孩子等级也太高了吧，都这么厉害啊？"

樱花树的嫩芽在雨露中显得娇艳美丽。象征着开始的四月，即将结束。

"可恶，让人心神不宁。这笔账，就留在自由练习的时候跟她算吧……"

水上悠，加入了剑道部。

***

"说好了就最后一本啊，八代酱。不延长，一言为定。"

"别啰唆，我知道！还有不准叫我八代酱！"

很有活力嘛。悠看着他，笑了笑没有答话，然后手握竹刀，摆出拿手的架势。

他看了一眼身旁的时钟。今天的练习已经进入最后阶段了，部员们在相互组队进行自由练习，还有十分钟就结束了。每组练习时间固定，有通过太鼓的声音进行划分的，也有像这样通过看时间相互提醒的。

最后的一本胜负，大家一般都会认真打。

只是，如果是在面对自己后辈的情况下，很多时候会故意输掉。

"看招，胴！OK，搞定。死这么快，你是spelunker①吗？辛苦了！"

悠因为觉得麻烦，所以不这么干。他故意将面部暴露，看起来全是破绽。八代立刻就冲了上来，接着就吃了一招如同爆弹一般毫不留情的反击胴②。"蠢货就该死"，这是御剑简单粗暴的教诲。

"可、可恶……再来一本！"

"不行。刚不是说好了'不延长'吗？再说命只有一条，你这样太轻率了。"

"但、但是……不是还有时间吗？再打一场吧？！"

"不行。这位客官，麻烦您看看后面的长队。"

人形游乐设施，水上悠，后面已经有三个人在排队了。今天真的是一直在运转，完全没有休息。

果然，新设施就是有人气呢。悠自嘲道。

"好好想想再行动，你这个第90名……啊，我刚才说过的那个，能拜托你吗？"

---

①任天堂1983年出品的一款经典游戏。因为难度超高，主角被称为游戏史上最弱的主人公。
②巧妙地运用对手的力量反击的技巧。

"喊，我答应还不行吗！大男人说一不二！"

"很好。我就喜欢你这一点，八代酱。看你这张脸还能再战三十分钟。"

"再说一遍试试？看我不弄死你！"八代在一旁猖狂狂吠。悠直接无视他，做出了收刀的动作。下一个对手正准备上前来。悠伸出右手拦住了他，跑到另一个后辈的身边。

她将用具库翻了个底朝天也没找到适合自己尺寸的胴甲。她身上穿着的白色剑道服以及用缠的旧袴改过的白袴却很适合她。

"你穿剑道服的样子意外地很好看呢，后辈。"

"你是特意过来挖苦我的吗？前辈还真是闲呢！反正也会被护具挡住！"

从头到脚全副武装的史织，动作僵硬，举步维艰，一副怒气冲冲的样子。穿着护具真的不方便行动。

"我是来传达命令的。等会儿我会叫八代酱过来，你和他练练闪躲的技巧。他是我们这里动作最快的，经验值应该一下就涨起来了……比赛，你也想参加吧？"

"嗯，好的，虽然那小子很狂……我知道了。我就用八代将就一下。"

"哈哈，你不也很狂吗？加油，不是说好了要满足我吗？"

偷偷地回想起那天赌气说下的话，护面中史织的脸变得通红。

"别、别老提这事儿啊！前辈，你真是个渣男！快出去！我……一个人也没问题！"

面对史织挥过来的竹刀，悠笑着轻轻地躲了过去，回到了自己的位置。

"悠君，来玩儿！快点！"

"你来啦，关西腔妖怪。要不我现在就叫人把你收了吧……小千，看你这样子应该有，七十吧？"

"哎？什么？你是说体重吗？！我可没那么重？！"

"不不，我是说颜值。最喜欢你了，小千。"

"呜啊！讨厌讨厌讨厌！你又开这种玩笑！"

一边嬉戏打闹，一边刀剑相交。

女子主将缠抱着胳膊，背靠墙壁，见证着这一切。

她望向了正在见习的一年级生。新加入的女生里面，包括史织一共有三人。男子也是，包括八代的话有三人。有这么多人愿意加入真是太好了。她正这么想着——

"怎么了，立花？哪里不舒服吗？"

"江坂……我在观察新人。有这么多人愿意加入，真的是太好了。"

"确实。对人数的误判反而成了惊喜。人当然是越多越好。"

"说的也是……话说刚才水上和八代打的那场你看了吗？"

"嗯，啊啊。"

最后一击是面反击胴，将竹刀以向右斜下方倾斜的角度接住对手的击面，然后顺势反击对手的胴的技巧。虽然在技巧上来讲，比起一边闪躲一边穿过去的击胴要安全，但是因为需要使出接和打两个动作，对速度有很高的要求。

"我不知道眼睛是不是出问题了。接和打的动作，在我看来就像是同时出现的。"

"这么巧啊。像你这么说的话，我的耳朵肯定也出毛病了。我听到的两个声音是重合的。其实那声音现在还在我脑子里回响呢。"

"对。这就是正在热播的《超常现象档案：水上篇》[①]喂，我想问你个事儿……"

缠是个急性子，属于那种看推理小说的时候从来不去思考直接往后翻的类型。

"你到底是怎么说服他入部的？我不觉得你有那种口才。"

"什么？我还以为这是你暗中操纵的结果。像你这种老司机，还不把他耍得团团转。"

"我可不记得我什么时候成了老司机了。你之前不是和他说了些什么吗？"

"啊啊……那个啊。"

被缠问到痛点，江坂苦笑了一下。他隔着小手按住脖子，想起了那令人不快的光景。

"他就没把我当回事，那一记刺喉直接断了我的念头。"

"怎么这样，到底是怎么回事？没有犯人？这种结果谁接受

[①]《超常现象档案》是 NHK2013 年 3 月开始播放的科学纪录片。

得了?"

"想不明白的事你去想也没用。赢了也不提要求……那家伙,是个谜。"

二人一同望着正在和千纮对战的悠。

"OK!面!搞定。小千你总是一激动就使出小手,傻瓜。"

"呜呜呜……刚才那是挑剑技①?你这是在作弊!作弊!"

女子部的王牌毫无还手之力。缠深深地吐了一口气,眯起了眼睛。

为什么他突然愿意加入了?和这个问题比起来,还有一个大得多的谜团。

"说起来……这么强的人,为什么放弃剑道了?"

***

"冥想!停。向对方,行礼!向老师,行礼!"

"谢谢您的指教!"

学生们行了坐礼之后,在对面正坐的佐佐木也回了坐礼。他没有参加今天的练习,所以穿着一身黑色的运动服正襟危坐,朝着正坐成两排的学生们笑了笑。前排的是高年级,后排的是缺乏经验的一年级。

"同学们,今天辛苦了。嗯……人数从一排变成两排,果然

---

①从外侧或里侧将对方的剑从斜下方挑向斜上方加以控制,掌握中心出击的技巧。

还是人多好啊。四月份还剩几天了,还有,从今天起入部体验期间结束。在场的各位同学正式确定为今年的社团成员。再一次,请各位多多指教。"

城崎俊介望了望四周,就如同他平时在教室中那样。

用力握紧双拳的圆香很可爱。一脸冷淡的八代一点都不可爱。

不过,对于这种有"萌点"的后辈还是不要多加追究了。毕竟从今年起,自己也是前辈了。

"那么。我来说一下黄金周的安排吧。今年也一样,我们受到了邀请,在连休的前几天参加武人炼成会。机会难得,我们应该参加。相信这件事你们已经从江坂和立花那里听说了,不过由于今天有一年级在场,所以我强调一遍。另外,在连休的最后几天,我们没有安排活动。如果大家同意的话,就休息吧。"

"爽!"

一旁的黑濑大声叫了出来,比起练习时的声音要精神得多,让人不禁想笑。

望向周围,其他的部员也都挂着同样的笑脸。能够休息还是最爽的啊,在那种日子里,自己绝对会睡到中午才起来。城崎重重地点了下头。

"最后说一句。同学们要注意身体,别感冒了。今天就到这里,解散!"

谢谢您——全体部员向老师行了一个礼。

悠正在光速整理自己的护具。城崎看到便和他开起玩笑。

"你干吗这么着急？练习已经结束了，慢点也没事儿。"

"不是这个问题，工作结束了就快点回家。我必须得给我妈做个榜样！"

"那也不用这么拼吧？话说你这家伙还真是厉害啊！简直无法想象你和我一样是人类。我都有点感动了。"

"别说这种丧气话嘛，人类。来，把你的英语作业作为供品借我抄一下。"

"英语的话小黑比我厉害吧……不过，你是真的强，就算是乾你也能打赢吧？"

悠抱着胳膊，思考了几秒。然而，他对这个名字完全没有印象。

"乾？谁？叶酱，你知道吗？"

"水上……你是认真的吗？"

叶月用一种仿佛是看外星人一般的眼神看着他，使他产生了极大的心理压力。

难道说踩到地雷了？悠吓出一身冷汗，开始拼命地思考。

"啊，啊啊！我想起来了！上次来这儿上门切磋的桐樱的那孩子，对吧！"

"嗯，虽然这么说也没错吧……你这家伙，你是真的，真的不知道吧。那对最强的兄妹……这么说吧，就算退一百步你不知道乾快晴也就算了，不提醒你，你居然连吹雪酱都想不起来。"

二人投来鄙视的眼神，看得悠浑身难受。不要，不要这么看着我。

快点离开道场。自己的身体在如此呼救道。然而——

"乾、快、晴？"

不知道为什么，嘴巴不自觉地说出了这个名字。脑海中闪过一些模糊的画面。

"乾快晴，'不会笑的男人'，吹雪的哥哥。现在是被誉为最强的人。你是真的不知道吗？那家伙不管是在全国、苍天旗，还是其他所有的大会上都拿了冠军。"

"不好意思，我不知道。我只在初一参加过夏季赛，时间上和他错开了吧，我估计……嗯，原来她还有一个哥哥啊。多谢，我记住了。"

结果最终还是没能揭示那个既视感的真面目。就在悠准备逃离这个地方的时候——

"喂，水上，待会儿我会和小黑、二宫他们出去转转，你呢？"

"不好意思。今天的营业时间已经结束了，我也有点累了。下次吧。"

悠说的是实话。他深深地叹了口气，在体育馆外面停住了脚步。

"真没用啊。明明练习的时候还不觉得累的……"

疲劳感应该不是身体的原因。像这种程度的练习，就算连续进行三周也完全没问题。

然而不知道为什么，总感觉有各种东西压在自己身上，透不过气来。

悠不由得望向初夜的天空。

"喂，水上。今天辛苦了。"

他回过头来，女子副部长辛村圆香正笑眯眯地看着他。手中握着奔拉的头巾。

"那个，我想请教你个事儿。"

"哦？是什么，辛村前辈？只要是本剑道AI——水上悠能够办到的事儿，都可以！无论是退击技巧还是投资信托，既然加入了剑道部，我就要为部里做贡献。"

"水上君，社团，不开心吧？"

正中要害的一刀。

"啊，终于变回来了，这才是后辈该有的表情嘛……太好了，被我说中了。"

悠眼中的她，在这一刻，比起今天对战过的任何人看起来都要强大，都要温柔。

他一时语塞。看到他这个样子，她温柔地笑了起来。

"对不起……但是，希望你至少能坚持到炼成会那天。我最喜欢那个了，能够和大家一起尽情地战斗，也能看清更多的东西。如果你也能通过那场大会收获些什么的话，我会很高兴的。"

从后面走过来的圆香，用如羽毛一般轻柔的手抚摸着悠的后背。

"只能把希望寄托给他人，对不起……我没有能力去让你开心，真的不好意思。"

那只抚摸后背的手颤抖着。在圆香离开之前，悠站在原地一动不动。

居然会有这么强大的人存在。悠在心里默默念叨着。

仗着半桶水的剑技就到处耀武扬威的自己，简直卑微得不行。

***

"小手！哎哎……哎哎？！"

不可能。三刀爱莉自己都不敢相信，她使出的出小手击中了吹雪。

绝对不可能。为什么这么容易！就好像几个闺蜜合伙欺负某一个人的男朋友那样简单。

那可是乾吹雪，剑姬，不可能这么简单就被打败。

"吹、吹雪，刚才那一下虽然是最后一本……咱们还是可以重来的，是吧？"

"不用。我输了。就这样吧……"

"Come on，Apple 售后！这孩子中毒了！我什么都没做她就坏了！"

蓝原因为职员会议不在，今天的练习沉浸在一种自由的氛围中。

大贯林檎从另一边应召唤而来。

"你们这些个网盲怎么老是这样！肯定是又做了什么蠢事给整坏了！好好反省一下原因啊！求求你们了，林檎氏不是神，不要总是网一坏就找我好吗？啊啊，我受够了，为什么要这样欺负我……"

林檎不知道是回想起了什么心理阴影，像是受了刺激一般。爱莉顾不上去安慰她，抓住吹雪的双肩就开始摇晃。

"你怎么啦吹雪。怎么不说'不够不够'了啊！你这样让我很担心啊！"

林檎也发现吹雪不对劲了，开始坐立不安。她看了看吹雪的反应。

如宝石一般的漂亮眼睛，眼泪汪汪的，感觉她马上就会哭出来。

"林檎，爱莉……救我……我感觉很奇怪，就好像……坏掉了一样……"

二人的心脏莫名跳到了嗓子眼。技术售后确认这属于紧急事态，立刻进入了问诊环节。

"奇怪？奇怪是什么意思？具体来说是什么时候开始的？哪里奇怪？希望你能把细节告诉林檎氏！"

被问及此事，吹雪试图用语言将这种感觉描述出来。她将双手按在胸口上。

"自从上门切磋那次……输了之后，我就常常发呆，常常傻笑,常常焦虑……还有……常常心跳得很快。被他打败之后,我就觉得胸口痛,特别堵……"

二人相互看了一眼。接着,如同国会答辩一般,爱莉庄严地举起了手。

"三刀防卫大臣。"

"我、我认为……这该不会就是,爱情吧?"

审议的结果……吹雪点了点头,藏在护面下的脸涨得通红。

就好像融化的雪一般。

"林檎!"

"把所有人叫过来!练习结束后,集合!"

***

"作战 time!"

准了!

在爱莉的号令下,桐樱的正式选手——五名女生,在社团活动结束后,来到了 JK 的圣地——赛利亚。

今天少女会议的主角是吹雪。这可是惊天动地的大事件,大家的眼中都冒着星星。

"那就开始吧,诸位。哎,咱们都冷静一下。先喝杯茶吧。"

主将柏仓由季将又黑又直的头发挂在了耳朵后面,举手投足与说话方式间渗透出难以掩盖的高贵气质。她优雅地将红茶送到嘴边——看！这才是真正的大家闺秀！

"啊烫！烫！"

然而流于表面。

在由季的旁边，是与她相伴了两年，长着一张娃娃脸的闺蜜。她喝了一口黑咖啡。

"啊，果然家庭餐厅的东西都好难吃啊。不过考虑到价格的话还行吧。"

不过，她的内在可是非常成熟可靠的。小个子的她在桐樱学院是受人仰仗的大姐头。

速水樱子将杯子放回桌子上，抱起了胳膊。

"还有，林檎和爱莉看中的人应该没问题。为什么男人的事情要把我们也扯进来？"

"说什么呢樱子。谈论男人的话肯定得找我啊，这可是写在汉谟拉比法典上的。"

"林檎，只叫上柏仓前辈不就好了吗？"

"没事儿，除了爱莉以外大家都没经验。林檎氏是一个讲究形式美的宅女。"

"那个，请不要无视我这个队长好吗？"

由季的眼中含着泪水，看来今天这个话题就到此为止了。吹雪看了看四周，大家脸上都挂着同一副表情，排成一排，笑嘻嘻地望着她。

"吹雪酱——♪"

"呜……我、我先回去了!"

吹雪心里慌得很,拿起包正准备逃跑,立刻就被爱莉和林檎阻止了。两位三年级生围上来,对她施展了无限摸头杀,不给她任何脱身的机会。吹雪无法反抗,只能任由她们摆布。以多欺少,太狡猾了。

特别是樱子。被她以那样温柔的方式握住双手的话,就连反抗也做不到了。

"你喜欢的是水上君吧?能理解能理解,那家伙确实有点小帅。"

"林檎氏要是遇到这么强的人肯定会觉得 hold 不住,压力山大。不愧是吹雪,眼光这么高。太可爱了。"

林檎看着吹雪,脸上浮现出圣母般的笑容。

"呜……呜……求别说了……"

就在吹雪害臊得扭动身子的时候,一旁的由季用一块看起来很高级的手帕擦了擦脸颊。

"遗憾的是……咱们家可爱的小公举,就要被不知道哪里跑来的野男人给糟蹋了……"

"要演就演得更伤感一点好吗?吹雪,水上君到底哪里好了?"
"也、也许是第一次碰到……可能比我哥还强的人!"

啊啊,果然咱家的小公举就喜欢这种。

大家相视而笑。吹雪则手忙脚乱地辩解。

"还、还不确定呢！我还一、一次都没喜欢过别人，所以……不确定……是不是……恋情！不、不准乱猜！"

这个女人简直了，不管什么时候都让人放心不下。

由季和樱子挠了挠头，立刻决定帮吹雪一把。

"但是，你还是想再见到他吧？所以，咱们要主动。首先要收集情报。"

"话是这么说没错，可从哪儿收集呢？还是得去问蓝原老师吧？"

"等下！那个鬼畜老师是敌人的可能性很大！他们俩站在一起的时候，那气氛简直……林檎氏同人数据库的雷达已经在报警了……"

"哈哈哈。不必担心。是时候发挥爱莉我真正的实力了。"

爱莉从包里面取出了校规禁止携带的手机，两根手指在屏幕上高速滑动输入指令，把那个家伙叫了出来。

大概也就过了十五分钟——

那个毫无防备的笨蛋立刻就上钩了。

"爱莉！我来啦！好久没有和清船中学的小伙伴们……在……哪里？"

"哟，二宫。看到你这么笨我就放心了。来，坐吧……先坐下。"

见面不过五秒，突然被绑架。

千纮坐在椅子上，被一脸坏笑的桐樱五人组团团围住，完全无法动弹。

"想、想干什么？我做了什么得罪你们了吗？

"虽然你也没得罪我们……但是不好意思，把你知道的都说出来吧。"

"拜托了，二宫，我们不会亏待你的。"

由季将菜单立在自己的脸旁边，露出一副邪恶的笑容，已经做好用"钞能力"让二宫屈服的准备了。

"我、我是什么都不会说的！绝对不会！我二宫千纮就是饿死，死外边，从这里跳下去，也不会吃你们一点东西！"

巨大的黑影将千纮包围。她的身后，挂着意大利风味餐厅常见的临摹画——《最后的晚餐》。

***

【千纮】悠君。银币30枚，放到现在的话估计值3000日元吧？真香！

"小千从刚才开始到底在说些什么？"

刚洗完澡的悠一边用毛巾擦着头发一边随意滑动着手机屏幕。尽是些莫名其妙的话，什么最后还是败给了赛利亚，什么喜欢的食物、异性的类型、衣服款式之类的，还有异性的哪些行为会让自己心动，等等。总之，问题五花八门。

"硬要说的话，像是把头发挂在耳朵上，或者是只有在上课的时候才戴眼镜这样的小动作挺让我心动的。"

不过话说回来，如果不喜欢这个人的话，那些特点有没有都无所谓吧。悠打心底里这么想。

然而最让悠在意的，却是刚才聊到一半的时候，千纮无意中抛出来的问题。

【千纮】结婚的话，想找什么样的人？

"顾家的人，不过对我来说也只是一种奢望吧……"

零点前，一个人坐在饭桌前苦笑。人，就是会想去奢求那些自己所没有的东西。

"不过我也已经习惯了。"

他关掉了和千纮的对话框，转而打开了今天早些时候和妈妈的对话。

【悠】护具的事我没生气，真的。社团挺开心的。

【悠】今天我做了两种口味的意面，快点回来吃。我可是从酱汁开始做起的。

【母】谢谢你。但是对不起，今天还有工作没做完。你先睡吧。

明天就是炼成会了，也就是说，今天其实是假期时间，连休还没结束。然而她却……

"连这种时候也找工作的借口不回家，你不配做一个母亲！"

就算是平时说不出口的话，一个人的时候想怎么说都行。

但是，抱怨并不会带来任何改变，这一点悠自己也清楚。

"我也不太擅长和人接触……在这一点上我们还真是像呢。也许这就是母子吧。"

就算是如此别扭的关系，也比大吵一架之后双方冷战要好得多。

针锋相对的最后，身边的人只会一个个离开自己。

这一点，绝对接受不了。

"嗯？瞳？这个时间？"

噼扣！手机发出了通知音。悠点了下新消息的图标。

【蓝原瞳】忘了说了。之前拍的那段视频，我发给吹雪了。先斩后奏，抱歉。

"这是人干的事吗……"

发给她自己被打败的视频，而且还是那么丢脸的内容。要是我的话早把那手机抢过来删了。

"看那种东西还能嗨起来的家伙，那得多变态啊……我绝对不要和那种人做朋友。"

关灯，回房间。今天，打烊。

***

"啊啊，可以无限循环……简直太奢侈了。再看一遍！"

练习结束后，乾快晴用手机看着视频，脸上的表情令人毛骨悚然，和他当初看视频的妹妹一个样。为了准备明天的炼成会，秋水的活动室里因堆满了护具袋和竹刀袋而变得十分狭窄。然而快晴却是这样一种状态。被败了兴子的其他部员凑过来，和桥仓挤在了一起。

"喂，挤什么挤！影下！泷本！全身都是汗臭味过来干什么啊！再靠近我杀了你！"

"可、可、可是你不觉得乾前辈坏掉了吗？太恐怖了！我没有这样的前辈！！"

在桥仓身旁瑟瑟发抖的是一年级的影下彰。这个总是处于班级的中心，茶色眼睛的少年，实际上是才华横溢、备受期待的免费生。从中学三年级开始，他就一直被默认为是剑道部的正式选手，所以总是给人一种无所畏惧、充满自信的感觉。对于这样的角色，当然要特殊对待。

"就算是我也接受不来这种……太、太恶心了。"

从一年级开始就一直担任主将的泷本龙伍同样是免费生。筋骨发达，剃着光头，体重超过一百九十斤的他曾经是秋水的象征，经常和桥仓一起被人们并称为"技巧看桥仓，力量看泷本"。至少在那个看着手机、一脸恶心笑容的"不会笑的男人"入部之前，一直是这样。

不要增加我的工作量啊。桥仓叹了口气。

他只身上前，向快晴表达自己的不满。

"喂，快晴，你从刚才开始就一直在看什么好东西？有那么见不得人吗?"

"对。是我妹妹的视频,被人乱来的那种。"

"这、这还真是……罪孽深重呢……"

但是嘛,也不是不能理解。像这种又帅又强大的人,要是没有一两个见不得人的性癖,那就完全失去平衡了啊。

桥仓越害怕越想看,他悄悄地绕到了快晴的后面。影下和泷本则在一旁默默地注视着他。

只看了一眼,他就十分露骨地表现出自己的失望。

"搞什么啊。原来是剑道。你这家伙果然够变态……"

又看了一眼,他两眼放光。似乎找到了一点希望。

"哦,这不是吹雪酱嘛。什么嘛,原来妹妹的视频说的是这个意思。"

再看一眼。他皱紧了眉头,把脸更加凑近了看。

"嗯?这家伙,是谁……"

最后,仿佛是看到了被诅咒的录像一般,他的脸上布满了恐惧和惊讶。

"啊、啊、啊……啊啊?!这、这家伙……不是御剑吗!"

听到这个名字,泷本巨大的身体弹了起来,仿佛受到了电击一般。

"什么?!开什么玩笑!"

"我没有开玩笑……啊啊,太好了。果然前辈们也知道这个人。"

"笨蛋！我怎么可能忘记这家伙！哈？为什么？哈？！"

快晴的脸上莫名挂着一副得意的表情。

而仓桥则是异常地吵闹。这在影下看来很不可思议。

"前辈们为什么那么激动？你们说的这个'御剑'，他厉害吗？"

"不是厉不厉害的问题！简直就是鬼神！初一就制霸全初中的怪物！我倒是奇怪，这种人你为什么不知道！"

"就算你问我为什么……对我来说，制霸全初中的一直都是乾前辈。"

泷本也凑过去看快晴手中的视频。就好像在看伟人生前的录像一般，他不由得在嘴里念叨。

"还真的是御剑，原来他还活着……影下不知道也难怪，因为御剑那家伙一般只参加苍天旗的比赛。初一的夏季赛第三名，冬季赛第二名；初二的夏季赛弃权，冬季赛冠军。但是到了第三年，就没见过他出场了，而且也没见到他参加其他比赛。有传言说他放弃剑道了，也有传言说他死了，不知道是因为出事了还是生病了。"

"慢着慢着慢着。他明明这么强，为什么不参加比赛呢？"

"你问我我也不知道啊……不过，既然知道他还活着，这个问题已经不重要了。"

快晴收起手机，取了一张炼成会的宣传单。他看了一眼参加的学校名称那一栏，嘴角微微上扬。

"一定能见到……我一直,在等着这一天。"

明天的计划依然是剑道,然而,快晴内心却无比期待。

五合目 "第一次" 邂逅

五月，连休的早晨。

悠带着成套护具在公交站等车。就在他打哈欠的时候，车来了。上车后，他立刻就发现了一个面前摆着巨大护具袋的乘客坐在那里。

假日的早班公交上没什么人，反而使那挺直的腰背和漂亮的坐姿变得更加显眼。

"啊，部长。早上好。这么巧啊。"

"早啊，原来你也走这条线啊……先坐下吧。"

"那我就不客气了。"

像后辈必须站着之类的礼节，他们之间并不需要。悠坐到了江坂的旁边。护具很碍事，使座位变得狭窄。

"你多久没参加过练习赛了？"

"嗯，怎么说呢。像炼成会这种大型的比赛，估计最后一次参加是在初二的时候吧。"

剑道部每次一到黄金周或者放长假的时候，一般都会举行名为炼成会的练习赛。

在大型体育馆中聚集数量众多的学校，三校或者四校编成一组进行比赛，结束后再重新分组，就这样不断重复。多的时候比赛场数可以达到二十场。最后，再将全部学校的学生混合在一起，让他们自己寻找合适的对手，自由练习。可以说一整天都完全沉浸在比赛中。

"这是个很好的机会，可以和各种不同的对手比试，而且在正式比赛中不让用的招式在这里也没有限制。不过最重要的还是，对于最初的战斗来说，这是最好的热身。"

"最初的战斗是什么意思？"

"全国高校总体剑道大会的预选。下个月就是了。如果输了的话，三年级的基本上可以直接退役了。"

个人战是在六月上旬，团体战是在六月中旬。八月份有全国大会，要求是个人战的前两名和团体战的冠军校才有资格去。基本上大部分剑道部都以这次正式比赛为契机，来完成部内成员的更新换代。当然，七八月份也有非官方举办的剑道大会，由于没有参赛条件的限制，一般也只有强校才会去。

"太快了。你当初花那么大力气邀请我加入，自己却这么快就要走了。部长，你还真是坏心眼呢。"

"别担心，我今年会一直待到夏天为止……申请通过了吗？"

"通过了。老师的面子还是大啊。和对方说了之后，马上就同意了。"

转校生如果不通过审核的话是不能参加比赛的。像悠这样由于家庭原因转校的，申请表上会标明"迫不得已"字样，这样的话申请就获得通过了。

"太好了，我就是担心这个……今年一定要打败秋水！一定！"

"乾的哥哥，是吧？你就那么想打败他吗？"

"当然。不过，你居然不知道乾，这确实让我感到意外。"

无论怎么说，不知道的事就是不知道。

悠露出一副和平时一样软软的笑容，糊弄过去了。

"我一般对他人没什么兴趣。不过，你们一个个的都在说他很强。"

"是呢。和我这种普通人比简直不是一个次元的……其实以前他也没强到这个地步，虽然说还是很强，但偶尔也会输，也会被对方拿下一本，在全国决赛中总是险胜。这是我们常人能够理解的强大。但是，不知道是不是他的才能觉醒了。初三之后，他突然强到没有对手了。特别是退击面，动作真的快到看不见。"

"嚯。"

"是不是想会会他了？今天秋水也会来，运气好的话就能和他打一场。运气不好的话，在全国高校总体剑道大会的个人战上用实力往上爬就行。乾一定会出场，不管你愿不愿意都会碰上他。"

全国高校总体剑道大会的预选不会让全体成员参加，比如个人战，一所学校只能派出两人。有很多学校是老师直接决定出场选手，藤宫高校采取的是更加传统的方法。

悠也听说了那个方法，但是并不觉得有什么特别的。

"怎样都好。不管能不能和他打……更重要的是，要利用好今天的机会好好练习。"

从那天起，圆香的那句话就一直在他脑海中飘荡。

"水上君，社团，不开心吧？"

"今天一定要和大家搞好关系。好不容易进来了，就该好好体验社团活动的乐趣。"

没事的，一定会做得很好。我的话一定没问题……不，不对。不是这样。

我必须做得很好。

"如果做不到的话，我为什么要来这里？"

"对不起……"

"嗯？哎？你、你怎么啦？我刚才做了什么需要你道歉的事吗？"

"没事儿，我只是自己过意不去。我真的，不配做部长……"江坂自嘲着，将目光从悠脸上移开，然后仿佛是在寻求救赎一般地说道,"那个时候的赌注……你的愿望定下来了吗?"

"啊,那个呀,确实是有这么一回事儿。"

悠望向窗外,不知道他的脸上现在是何种表情。

"给我点时间考虑。该说的时候我会说的,该说的时候……"

悠很清楚,今后这个男人恐怕不会再向他提出任何请求了。

虽说江坂是自作自受,但是悠坚持不接受他的好意,这使他感到无比寂寞。

***

上午九点。炼成会举办会场的大门一开,大量杀气腾腾的剑道部员就冲了进去。

"保持次序!不要跑!"

然而,越是这么喊,部员们跑得越快。这也是没办法的事,如果不快点占一个放行李的位置,等一下就连换衣服和吃午餐的地方都找不到了,这才是最惨的。藤宫的部员们也一样,他们用令短跑选手相形见绌的速度从人群中冲了出来,奔向二楼的观众席。站在最前面的缠大声吼了起来:

"喂!快点!你们这群男的在磨蹭什么啊!八代,你是一年级的吧。快去占座!"

"立花前辈,有你这么使唤人的吗?喊!我去占入口对面的位置。竹刀给我。"

正准备跑起来的八代被不慌不忙的黑濑给叫住了。

"八代,只用竹刀占座会显得很没规矩。你把护具也带上。"

"藤野护具,for you——八代,加油!"

"呜哇!这么重吗!明明在我初中的时候用竹刀占座都OK的!"

"管住嘴,迈开腿,这是部长命令。你看看城崎他们已经跑那么远了。"

江坂一边向前走,一边指了指已经跑远的城崎。圆香"哦"了一声。

"城崎君最近很有精神啊,感觉他做什么都很有兴致。"

"我也是!我也是!我最近特别有精神,做什么都得劲儿!一口气能上五楼!我有预感,今天绝对不会输!"

"千纮前辈不管什么时候不都特别有精神吗……"

史织用右手的食指和拇指捏住镜框的中间,向上抬了一下。

不仅仅是刚才的那两人,她感觉最近二年级所有前辈的士气都有所提升。

昨天的练习结束后,叶月拜托她留下来作为受攻击的一方帮忙练习退击小手。史织对这件事印象很深,她记得在练习过程中叶月一直都在尝试,面无表情地歪头思考"如何才能做出那个动作"。

除此之外,昨天居然连黑濑都留下来了,简直让人大跌眼镜。据他本人解释"都是因为某个笨蛋把我的竹刀打坏了",所以他一整天都得坐在椅子上修整已经散开的竹刀。

"刚才那招是怎么看破的？啊，原来右手边有一个假动作。这样啊……"

然而史织知道他到底在干什么。膝盖上播放着他练习时的录像，这是一年级生帮他拍的。

"大家……都在向水上前辈看齐吗？"

那是一种什么样的感觉呢？

同龄人中有那个人在的感觉。

比其他人小一岁的自己并不能理解这种感觉。不如说，最近对那个人只感到不满。

"什么都交给八代……也不多关心下我。"

虽然来邀请我练习的人很多，我也知道这样更有效率，但是……

"为什么，为什么不肯主动接触我……还总是一个人先回家。笨蛋！"

虽然我确实说过不准碰我之类的话。不过用脚趾头想都知道，那不过是碍于面子而已啊。为什么就是不明白呢？

心中的怒火无处发泄，她要寻找罪魁祸首。

然而悠早就消失得无影无踪了。

＊＊＊

"受不了人多的地方。就冲这一点来说，我已经不适合在城里生活了……"

故意磨磨蹭蹭地上了个厕所，悠在人群开始变得稀疏的体育馆中艰难穿梭。离开幕式还有一段时间，现在会场是开放给学生做热身用的。然而练习场地有限，遵循先来后到的原则，每所学校都在努力争取抢占更大、更好的区域。

在这种情况下，不热身就戴护面的，戴护面时被其他学校抢占了场地的，互相争夺场地的，练习时撞到别人的……什么奇葩都有。

"啊啊……比赛这种东西，果然还是喜欢不起来啊。"

无论是比赛前的练习，还是其他各种类型的比赛，都是这种画风。

悠一下子就郁闷了，然而他意识到这样下去不行，便晃着脑袋，试图将这种感觉忘掉。

为了换衣服，悠一边往下看，一边沿着楼梯往观众席走去。手持护面和小手，身穿藏青色道服的二人与他擦肩而过。垂帘上写着他们学校的名字——秋水大附中。那是传说中"欧尼酱"的学校。

悠不由得将头扭了过去。

"桥仓前辈，乾前辈去哪儿了？"

"估计在上边儿做体操吧……啊，对了，你还不是很了解快晴吧，那家伙从以前开始就这样，只要一比赛就心情不好。像今天这么多人的话，他估计更不爽了。"

"哎?为什么?不应该高兴吗?比赛可比练习有意思多了!"

"谁知道呢……也许是不喜欢人多的地方吧。这种心情我能理解。"

二人沿着楼梯往下走,消失在一楼会场的大门外,完全没注意到擦肩而过的悠。

"在他人眼中是这么个讨人厌的家伙吗……就像我一样。"

悠不禁自嘲。他再度迈出脚步,沿着楼梯慢慢地往上爬。阳光从窗户照进来,十分耀眼,使他一度在楼梯平台处停了下来。在光和楼梯的尽头,有一个人站在那里。

"终于找到你了。"

阳光太刺眼,看不清他的真实相貌,只能听到说话的声音。那是仍带有少许少年般的天真、低沉又富有磁性的声音。或许,这个声音并不存在于他的记忆之中。

"我还以为再也见不到你了。"

悠提着竹刀袋,透过刺眼的阳光,远远地看到了一个人。他穿着藏青色的剑道服和棉袴,腰上还绑着胴甲和垂帘。那一头乌黑光亮的秀发,总觉得似曾相识。也许最近在哪儿见过吧。长睫毛、双眼皮,高雅的双唇透出知性美。垂帘上刻着最强者的名字。他与他妹妹长得有些像,不知为何,那张脸却显得扭曲,就好像感情功能失调了那般,想要笑出来,却克制地紧咬

秋水

乾

嘴唇。这在悠看来，就好像是在强忍住不哭一样。

"你是快晴吧？"

快晴倒吸一口凉气。他简直不敢相信自己的眼睛。

自己的偶像明明已经消失了，现在却站在那里，这本身就已经是奇迹了，居然……还记得自己的名字。

他激动万分，三步并作两步跳到了楼梯平台上。

"你……你还记得我？"

"嗯？我听别人提起过你。你是乾的哥哥吧。听说你挺强的。"

悠的脸上挂着一副人畜无害的笑容。

时隔数年，令人感动的再会，迎接快晴的却是当头一棒。

他先是瞪大了眼睛，然后叹了口气，苦笑了一下。

"是的呢。不过，这也是没有办法的事……"

"哦！这份强者的自信。厉害的人就是不一样呢。"

"哎！啊啊，不是的！我不是这个意思！"

快晴慌忙摆手，打算将误会解开。但是，当他看到悠提着的护具和竹刀的一刹那，这个念头就完全打消了。

"我也是服了我自己，就这么不会说话吗"

但是这样也好，或者说这样更好。快晴将竹刀袋扛在肩膀上，从悠的身旁绕过去一直下到了楼梯的最底端。然后，他停下，抬起头，再一次望向了站在高处的悠。

和以前比起来，他给人的印象不一样了，会带着笑容，温柔地和别人说话了。

"你知道我是谁吗？"

"嗯。我好像认识一个和你很像的人，说不定我能想起来。"

既然这样……快晴嘴角上扬，将竹刀袋指向悠，看起来无比狂妄。

"待会儿咱们好好谈谈。我能感觉到，我一直、一直在等着你……"

留下这句话，快晴迈着轻快的脚步离开了。

不知道为什么，悠无法将自己的视线从他身上移开。

"如此挑衅的'欧尼酱'，到底在哪个大会上见过？"

快晴……这么漂亮又令人印象深刻的名字，不管是地区、全国还是苍天旗，都没听说过。

悠在今天是第一次打心眼儿里感到开心。他将剩下的楼梯爬完，来到二楼，嘴里小声嘟哝着。

"乾。"

"在、在的！"

人已经不在了，却有人答应，弄得悠一时间不知所措。他定睛一看，无论是声音还是形象都显得过分可爱了，道服也由藏青色变成了白色，垂帘上的校名写着桐樱学院。

"啊！好久不见！我记得你哟……吹雪！"

悠"啪"地拍了下拿着竹刀袋的手，然后用右手做出手枪状指着吹雪①。

怎么样俊介，看到了吧！就算是我这种人，只要肯下功夫，可爱女生的名字还是能记得住一两个的！

虽然这是悠出于高兴无意识做出的动作，吹雪却很配合。她按住那微微凸起的胸部，做出痛苦地扭动身体的样子。

"啊，呜……居、居然直接叫我下面的名字……"

她扮作痛苦的样子看起来特别逼真，脸也很红。悠感到很意外，原来她这么会玩儿呢。

"啊，对不起。我玩笑开得太过了。这样太没礼貌了。我今后还是叫你乾好了。"

"别、别这样叫！还是叫吹雪好。"

她双手握拳，语气坚定。悠不由得后退了一步，"哦，哦"地回答道。

也许，她喜欢自己的名字吧。这份心情还是能理解的。

"很有意境呢，吹雪这个名字。"

"很、很有意境……"

相比起来，自己的名字不过是"遥远"的意思，真的爱不起来。

人如其名，这句话一点也不假。

---

①韩国组合 Wonder Girls 的歌曲《Nobody》表演时经典的舞蹈动作，与这个动作配合的歌词是"I want nobody nobody but you"。

吹雪没有理解悠的真实想法，以为他只是在赞美自己的容貌，欣喜若狂。

妈妈，我爱你。谢谢你优秀的基因。但是在出生顺序上我绝对不原谅你。

"喂，吹雪。你找我有什么事吗？如果没事的话就……"

"哎！啊，等、等一下！那个，我……今、今天天气真好啊！"

说完连自己都觉得尴尬到不行，要是爱莉在旁边的话一定秒被她打脸。

"哈哈。不愧是兄妹，结巴起来都一个样。其实我刚才见到你哥了。"

而且，还如此的不合时宜。

原本无比兴奋的吹雪瞬间拉下了脸。最不想听到的话，却偏偏被自己喜欢的异性说出了口。

"仔细对比一下，你们长得还真像啊。"

"哪里像了！那种人才不是我哥！"

吹雪打断他的话，不由得喊了出来。

等她回过神来，发现眼前的悠正在苦笑，显得有些遥远。她仿佛听到悠正在小声嘀咕着什么。良好的听觉为她捕捉到了一个词，如果这不是错觉的话——

羡慕。

"对不起，吹雪，我必须走了。再不走就要被队友们骂了。"

"啊……嗯，我知道了……那、那个！水上……君！"

自己真的没用，太傻了。没有勇气直接叫他下面的名字。但是至少，要把这句话说出口！

"今、今天中午，我想和你一起吃饭！就这次机会，大家都在找以前的朋友聚餐。所以……"

"啊，这样啊。可以哟。那待会儿见！"

悠小跑着离开，估计是真的在赶时间吧。

"成、成……功了！"

胜利就是胜利。吹雪原地半蹲，振臂高呼。

从下面传来切反练习的声音，与她的心跳声一道响得越来越激烈。

武人炼成会的序幕就此拉开。

***

"接下来，第一场比赛，开始！"

"请多多指教！"

在巨大的体育馆中，到处充斥着比赛开始的铃声。紧随其后的便是观众们的鼓掌声。今天是三校编成一组进行比赛，结束后再重新分组，不断重复。暂时不上场的学校就出人当裁判。

"开始！"

"啦啊啊啊啊啊！"

"吓啊啊啊啊哩呀！"

在体育馆中有好几个用白线画出来的正方形场地，其中藤宫高校在最边上的A场地，第一场比赛就要参加。八代被任命为先锋，作为突击队长第一个上场。

悠作为副将出场时间要稍微靠后。他将护面和竹刀放在左边，盘腿坐下，轻轻地拉了拉坐在右边的大将的左袖。

"江坂部长，你那儿有分组表吗？"

"啊，有的，在放束袖带的包里。"

"悠，你顺便帮我把束袖带拿出来，绑一下吧？"

"好的，俊介。小黑的要拿吗？"

"不用了，刚才八代帮他们绑上了。果然后辈就是为了跑腿而存在的呀。"

悠从放束袖带的包里很快就发现了那张分组表。他大致浏览了一遍。

"是这里……吗？最后一组，在E场地举行第一场比赛是……'欧尼酱'的位置不动吗？这么远啊……"

秋水大附中不用变换场地，这是强校的特权。与之相对的，藤宫高校每换一组都得像牧民那样不停变换场地，这是非常麻烦的。而且，无论在哪一组，离最后到达秋水的场地位置都有相当的距离。

"虽然我是那种把喜欢的东西留在最后吃的人……可这连闻一下香味的机会都不给我吗？"

悠的声音变得低沉。

他麻利地帮城崎从后面绑上束袖带，再一次将腿盘起来。比赛时的坐姿有很多种，一般来说，在先锋战和大将战的时候应该采取正坐的姿势。

然而，悠没有这么做。虽然什么也看不见，他依然眯起眼睛，将目光投向了秋水大附中所在的方向。

就算不看也能猜到结果，反正比赛很快就会结束，最后肯定是那个"欧尼酱"会赢。

但是为什么就不让我看一眼呢？哪怕是一会儿也好，哪怕是忽悠我也好，为什么连个盼头都不给我？

"接下来这一整天得怎么熬啊……"

啊啊，别乱想别乱想……这样不好。

"喂，悠，你没穿束袖带吧？我来帮你绑上。"

"俊介……"

来得真及时。悠背对着他叹了口气。和认识的人说说话，多少能忘掉些不开心的事吧。

"悠，今天也靠你了！来一个砍一个！把那些家伙统统打倒吧！你今天的任务，就是要为'两本取胜'①这个词代言！"

城崎一边说着，一边把固定胴的绳子和束袖带系在一起。然而，悠对这句话没有做出任何反应。

城崎明白，悠有点不高兴了。

"我说你吧，其实挺期待今天的比赛吧？这不是你的风格

---

①比赛开始后，比分上首先取得二比零的一方获胜。

啊。既然有这个能力,那就还是想赢吧?赢了的话会很开心吧?我这个人本身没什么能力,但是如果有你在的话……"

"俊介。"

悠头也不回地打断了他。

"俊介,我一直在想咱们之间是不是有什么误会,难不成你把我当成了从天而降的英雄吗?"

"哎,英雄?就像是剑道部的救世主这样的角色吧?"

"不,不是这样的。我之前就说过,你们这样太想当然了。"

强调了那么多遍,这种理所当然的事为什么就是不明白。

"俊介,我就一暴脾气的渣男,不要把我想得太好了。"

"瞎、瞎说什么呢!如果你都算是渣男的话,那我这种人是不是不用活了。"

城崎慌张地向他投去笑脸,但却不敢直视他的眼睛。

"好好看清楚,俊介,不要对我这种人抱有任何期待……我建议你待会儿做下比赛记录,你就会明白我这人有多过分了……我和你不一样,我不是个好人。"

悠对他行了一个坐礼,然后戴上护面,遮住脸,不想被任何人看到。

"今天就从这些人开始练手吗?"

啊啊,这样不好、这样不好、这样不好……但是没有办法。

站姿,穿衣方式,拔刀方式,以及走路的姿势。根本不需要和对方过招,仅从这几个方面就能知道对方几斤几两。

"赢了的话，会很开心……吗？"

像这种垃圾，不管砍倒多少都没有成就感好吗。

他站起来，望向天花板——如此压抑又令人厌倦的天花板。

为什么现在，我的手中会握着剑呢？

——能够看清更多的东西。

"对不起，幸村前辈。我只看到了，自己……"

自己是如此的弱小，实在惭愧。

***

"面！"

仿佛是钝器破裂的声音。就在竹刀弹起的同时，裁判们毫无异议地举起了三面旗。

快晴小跑着回到开始线。快点。快点。再快点！

"胜负已分……行礼！"

"谢谢您的指教！"

就好像是理所当然一样的两本取胜。快晴在整完队之后立刻取下了护面，看了看时间。

"啊，会被他发现的！不好意思，我先走了！"

"喂，等一下，乾，已经到午休时间了。你急什么——"

然而，快晴已经从场地上消失了。泷本用手刀在空中做出一个劈砍的动作。

"真够快的啊。早上那几场全部都是两本取胜。照这势头下去的话,下午那帮家伙也别想得分了!"

"你是不是傻。这种事对快晴来说不就是正常操作吗?还'真够快啊',这种速度是能用真够快来形容的吗?啊,这家伙也越来越没人性了。"

站在影下旁边的桥仓一边开玩笑一边在比赛记录上画着什么。他把"面"字圈起来,然后由于刚才的退击面得分,他在这个字的右下角、快晴的那一栏上又写了一个"面"字,最后他用一个大圈把这两个字圈起来,顺便按停了秒表。

五十七秒。

"我中途就在想该不会真是这样吧,就拿秒表记录了一下,看来还真被我蒙对了。那家伙,今天所有比赛都是在一分钟之内取胜的。"

秋水大附中的全体部员,都在一瞬间僵住了。

他到底是不是故意的,这个问题除了不在场的魔王之外没有人清楚。

"而且,他今天也是每次只挥两次剑……每次都这样,每次都这样,做些我们想都不敢想的事。"

能够将比赛记录全部用两本取胜的成绩填满已经足够让常人望尘莫及了。然而,他的能力还远远不止如此。

桥仓无奈地笑着,赠了他一句话。

"怪物。"

***

"这里的空气,还真是让人神清气爽。"

休息时间,二楼的观众席上,一脸笑容的缠穿着道服盘着腿,将比赛记录放在膝盖上翻来翻去。

"我以前还没看出来,原来八代你这么能打呢。听说你初中差一点就打进全国大赛,果然名不虚传。"

"这有什么厉害的。这种实力……和那家伙比起来什么也不是。"

他在缠身旁非常不满地咂了下嘴。

"可恶。那家伙是魔鬼……"

悠也在二楼的观众席这里,但他站得离藤宫部员们集体休息的地方远远的,所以他也没能听到刚才八代抱怨的那句话。他不想让其他人知道,上午的比赛他全部都是两本取胜的。

"哎哟!八代你怎么这么乖呢?我还在想要是发飙的话你肯定是第一个。"

"啊?发飙?为什么?是这个比赛记录有什么问题吗?"

面对抿着嘴笑的缠,八代粗暴地从她手中将比赛记录抢了过来。

刚和黑濑搭过话的城崎觉得奇怪,凑了上来。

"缠学姐，发生什么事了？又是八代在捣乱？"

"谁知道呢。估计待会儿就会开始捣乱了吧……比赛记录我看了，那上面的字都是你写的吧？"

"啊，是的！还算工整吧？今天做记录做得还挺开心的。"

城崎望了望远处的悠。

自第一场比赛开始前那场意味深长的对话之后，两个人就没再好好说过话。不知道那个时候，是不是自己说错了什么得罪他了。那之后的交谈只存在于二人交替上场的一瞬间，并且只限于悠排在自己后面的时候。

"行啊你。下一场咱们也要拿下来。"

"好可惜，差点儿就赢了。剩下的交给我吧。"

"没事。我去帮你赢回来。"

悠笑着说出的胜利宣言，全都变成了现实。

城崎很清楚，只要有悠殿后，他们的队伍就绝对不可能输。

"是嘛……我说你啊，明明是自己写的，自己都没发现吗？"

"哎？"

就在这个瞬间，八代突然从座位上弹起来冲了出去。比赛记录被他"啪"的一声扔在了座位上，冲击力将书页翻开。缠将那本记录捡起来，交到了城崎的手上。

"如果要下决心的话，最好快点。你们已经二年级了吧，时间比你们想象的还要紧迫。真的……哈，真羡慕你们这群笨蛋。"

加油！男子汉！缠拍了拍他的肩膀，将鼓励的话语通过这种方式传达给他。然后，她站了起来，准备离开。

"等、等一下缠学姐……下决心是，下什么决心？"

"这还用问吗？"

就好像在等待开奖一般，缠回了他一个意味深长的笑容。

"你是想就这样下去好呢，还是想要改变呢？"

***

"喂！"

面对站在那里的面无表情的怪物，八代毫不畏惧地朝他大吼了一声。

就好像是从睡眠模式中被唤醒的机器一样，悠的脸上慢慢地开始有了人类的表情。

"怎么啦，八代？有什么……"

"你故意的吧？！"

八代直接打断他的话。毫不畏惧，直直盯着他的眼睛。

"我在问你是不是故意这么做的！"

"啊……你说得没错。"

五脏六腑都在翻腾。八代狠狠地咬着牙，几乎要咬碎自己的牙齿。这种感情到底是什么？愤怒吗？屈辱吗？还是说，两个都不是？

自己也明白自己脑袋不好使，所以在没想明白之前嘴巴就先采取了行动。

"我最讨厌的就是你这种态度了!"

就算你是前辈又怎么样,就算你骂我狂又怎么样,就算最后落到要和你打一架的地步我也无所谓。

然而——

"嗯。我也一样……"

为什么还能笑得出来?这家伙,我打心眼儿里讨厌你。

"喂!八代,你干什么呢!前辈你也是!"

看到二人在争吵,大吃一惊的史织跑了过来。因为比赛中需要戴护面,现在她用的是隐形眼镜。

"吵死了……没什么,不用你管。"

"什么叫没什么。我之前就一直挺在意这事儿的。八代你为什么这么狂妄不逊?你不和我一样是一年级吗?说话没大没小,在水上前辈面前就没见你用过敬语!就算前辈再怎么好脾气你这样也实在是太——"

"行了,深濑。是我不好。你就别再责备八代了。"

再一次,八代觉得这个人很奇怪。他为什么站在自己这一边?

"喊……"

锐气受挫的八代粗暴地挠了挠头发,离开了。

"前辈,你为什么每次都,每次都不接受我的……啊啊,烦死了！他都这种态度了你还不生气！为什么？！该生气的时候就生气！该教训的时候就教训！你不是剑道部的吗？！这么厾！"

八代才刚走，现在轮到史织发火了。满腹牢骚的她本打算收敛一下自己的暴脾气，在前辈面前扮演一个可爱的学妹，可是每次只要碰到这个人就……

"剑道部吗……年龄根本就不是问题，谁都会长大的。特别是像我这种中途转校过来的二年级，更不用把我当回事了。不需要假装尊敬我，这种行为很可笑。还有深濑你也是，没必要对我说敬语的。像这样，'喂，悠'，随便叫就好。"

"这、这种事情，我绝对做不出来！"

如果你能主动叫我史织的话……到那个时候我就……真是的，为什么就是不明白呢？

史织微微涨红了脸，她偷偷看了悠一眼，想看看他对这句话的反应。

悠寂寞地笑了出来，仿佛无形中拉开了二人的距离。

"原来是这样。我记得第一次见到你的时候你也说过这种话。'不喜欢用这种方式称呼不熟悉的人'，我现在算是明白了……"

"不！不是！前辈你为什么……为什么总是从字面意思去理解——"

"打搅一下。"

吹雪分开正在争吵的二人，以飒爽的姿态登场了。这位全国闻名的"剑姬"先是用冰冷的视线从后面将悠上下打量了一番,然后又将带有杀气的眼神投向了史织。

"请问……是乾同学吗?"

史织正面接受了这份挑衅。

"你说得没错,你打搅到我们了。你没看到我正在和前辈说话吗?先来后到明白吗?"

言语中透露着杀气。冰冷的笑容蕴含着强势的压迫感。然而——

"嗯。所以,是我赢了。咱们走吧,水上君。让你久等了……"

吹雪得意地"哼"了一声,故意将手中提着的可爱便当盒在她面前晃了两下。看到这一幕,史织的眼睛湿润了。

"这、这又是什么情况?"

"啊,我之前没和你说吧。今天早上,我碰巧遇到吹雪了,约好了中午一起吃饭。"

相互对峙不过才几秒钟就败下阵来,史织的脸上写满了屈辱。她明白,"碰巧"这个词绝对是说谎。桐樱学院的座席离这儿有十万八千里呢。那个得意的眼神,越看越来气。而且,吹雪……他居然直接叫她吹雪!

"到底是谁允许你这么做的……"

"谁允许的,不就是吹雪吗……"

悠歪着脑袋,再一次选择了错误的答案。

"啊,不好意思。难不成,你是来找我吃午饭的吗?我就没想过有这种可能性,所以完全没意识到啊……嗯,那这样吧。"

——你要来一起吃吗？

——敢来的话弄死你。

二人投来的视线更是胜过雄辩的言语。史织紧咬着嘴唇，立刻做出了决断。

"我退出，你们两位去吃吧。我一个人也没问题的。"

就是死也不会接受你们的施舍。

但是，史织也不是这么简单就会认输的人，她决定放下身段做出最后的挣扎。

"前辈。今天一起回去吧。护具还得放回仓库里吧？如果你能顺便把我送回去的话，我这个后辈会很开心的。"

史织像个小妖精一样对着悠撒娇。

"哈哈。什么嘛，原来你也会提这种要求啊……行啊。今天是你第一次比赛吧，顺便我再请你吃顿饭吧，就当是慰劳你了。反正你今天肯定会输得很惨就是了。"

太好了。扳回一局。

看到一旁气得咬嘴唇的吹雪，史织的心中充满了愉悦。

"两位快点去吃吧。我和前辈在一个学校，今后想什么时候在一起吃都行。"

在挑衅人方面史织可是专业的。相对地，吹雪在这方面的耐受度可以说是零，气得牙痒痒。

她在攻击我。这样下去不行，得想办法。不过吹雪并没有考虑这么多，她只是单纯地很生气。

"我也送你份大礼吧。作为纪念……你绝对,一辈子忘不掉。"

吹雪选择回到自己的王位,等待她的挑战。

"哎……那我就不客气地收下了。您把宝贝放哪儿了?"

"大将的脑袋,一定要来拿哦。"

二人怒目相视,仿佛有电流在噼啪作响,火花四溅。

在一旁观战的悠一脸茫然,姑且将与吹雪的约定作为优先事项,跟着吹雪离开了。

走在前面的吹雪却看似不太高兴,悠不知道该和她说些什么好。

"我说啊,吹雪,你怎么啦?从刚才开始就——"

"我、我比那个女人强多了。"

回过头来的她,脸鼓得像生气的河豚一样。

"今、今后我也绝对不会输给她……所以,我也想要你的奖励。"

一个小小的任性就使她涨红了脸。真的很令人欣慰。看到这一幕,悠笑了。

"比她强,所以呢?今后也绝对不会输?为什么?"

就好像是在窥探一口干枯的、深不见底的井似的。悠往里面扔了一块石头,来探她的底。

"吹雪,你赢的时候开心吗?"

"哎?嗯,嗯……说是开心也没错吧,虽然偶尔也会有些想不通的事。"

"你很喜欢剑道吧？"

面对这个问题，吹雪抱着胳膊开始苦恼。这个时候，悠已经明白了，她不是。

"都练了这么久了，要我放弃的话也不太可能。如果这样也能算是喜欢的话……"

"这样啊……吹雪，原来你是那边的人啊。"

他最后小声念叨的那句话，不知道有没有传到她耳朵里。不过，已经无所谓了。他尝试着投入黑暗中的试金石，连碎掉的声音都没听到。这对悠来说已经足够了。

"对不起，吹雪……下回我一定会补偿你的。所以，今天的午餐你能一个人吃吗？"

在说出这句话的瞬间，吹雪那原本就已经如白雪一般的肌肤变得更加苍白了。

"哎？为、为什么？我做了什么，让水上君你……"

从她那美丽的双瞳中，透明的泪水眼看着就要流出来。那楚楚可怜的样子实在是令人不忍直视。

"我不是这个意思……只是，有点不舒服。拜托你了，让我一个人待会儿……"

正因为如此，必须得趁自己还觉得她可怜的时候……

"求你了，吹雪。我不想迁怒他人……"

"我明白了……"

"对不起。"

悠飞快地跑了起来,就好像是从水中冲上地面寻求氧气一般。他跑啊跑,一直逃到了场馆外面。已经再也不想看到剑了。剑身上的倒影无情地述说着这样一个事实——你已经不是人了。他用双手粗暴地揪着自己的头发,竭尽全力地将自己残存的人性汇聚成一句话。

"必须,快点,退出社团……"

无法抑制这种冲动。再不快点做些什么就无法挽回了。明明这么想和大家好好相处的,不过,看来也到极限了。吹雪和自己居然不是一类人,这种事真的是想都没想过。

脑子坏掉了吧……为什么会想对女孩子说出"无聊,滚"这种话?

自己已经不正常了。明明做了这么多的思想准备,但是一旦手握竹刀,自己就会——

"谁来救救我……"

他知道,绝对没有任何人会来救他。即便如此,他依然挣扎着将手伸向了天空。

在晴朗的天空中,已经成为星星的那个人到底在哪里呢?

***

"啊啊,喂,你真的不生气吗,叶酱?"

面对千纮的质问，叶月保持正坐的姿势重重地点了点头。

就算不说出来，她那投向对岸桐樱阵营的，如同诅咒人偶一般怨念的眼神已经说明了一切。千纮明白，她与自己一样不甘心。和多话的自己正好相反，叶月几乎不怎么说话。就算把二人的能力平均一下的话依然会是自己比较能说吧。一开始就没想过能和她合得来的，不过不知不觉中和她相处也已经一年了。

"这也是没办法的事啊……你看看，只要悠君不来帮我们了，就搞成这个样子。"

不知道从什么时候开始，叶月变得能够毫无顾忌地吐露自己的心声了。千纮刚才作为中坚参赛过，她坚持用自己的手，将自己的败绩写在比赛记录上面。这样一来就是先锋、次锋、中坚三连败，桐樱将再一次取得胜利。对面，三刀爱莉正在一脸愉悦地嘲笑着他们。千纮将失败化作力量，紧咬着嘴唇，直到微微渗出血来。不甘心……

是因为初中同级生的缘故，还是因为同样被称为"清船中三剑客"？

都不是。

"以前，明明每天都找她练习的……为什么现在差距会这么大？"

自己拖了悠的后腿。自己过于弱小，以至于，自己的朋友也会被他们笑话。

不甘心，想大声地与他们争辩"不是这样的"。那么有趣的男人，上哪儿去找第二个？

"叶、叶酱，这种事我只对你说哦。我、我不是一直都在被悠君捉弄吗？那个，其实，我还有点开心……"

"母猪！"

"喂！不是的！不是你想象的那样！"

安静的倾听者在一旁窃笑。她一定是早就猜到了千绂的心思才这么开玩笑的。

"那种时候只是有点开心……真的只是一点点。你看悠君那时候不也挺开心吗，对吧？"

"不满？"

"不。从来没这么想过。"

悠没有下定决心来捉弄我，所以，我也没有资格尽全力去吐槽他。

"必须得想办法成为更有趣的女人啊，要是被他嫌弃了我可受不了。"

"你喜欢他吗？"

"这还用问吗？你这朋友怎么当的！"

千绂以正坐姿势将双手撑在地上。四肢着地的她给人一种随时都可以开始冲刺的感觉。

想更多地与你玩耍，想更多地与你分享。不要装作不在乎，一起奔跑吧。客气这种玩意儿就让它见鬼去吧。我要抓住你的项圈绳子，一点一点地把你拉到我身边。

"加油。咱们要是什么都不干的话,悠君就会被那家伙霸占了。"

千纮生气地鼓起脸,瞪了一眼自己队伍里即将出征的大将——完全就是一副新手的样子。

"悠君这个人,还真是什么都写在脸上呢,眼睛一直都在围着史织转。"

"嗯,太明显了。嫉妒吗?"

"嗯。太狡猾了!我不也很……虽然想这么说,但是我现在也稍微能理解了。"

千纮长舒了口气,将两腮中的空气排了出来,不甘心地笑了笑。

那个男人为什么愿意加入社团,这个谜团的真相也很明显了。

"那家伙就是罪魁祸首吧,大概……"

眼前,自己的后辈正面迎战"剑姬",勇敢地拔出了腰间的剑,虽然动作看起来依然是那么的生硬。

然而,将来她一定会成为"剑姬"的强敌,光明的未来在她的剑尖闪耀。

"开始!"

***

比赛结束了。史织想一个人待着,便在等其他学校比赛结束前的空闲时段走了出去。外面烈日当空,却不敌她体内几乎令她昏厥的热浪。她将这份痛苦藏在心底,找到了一个体育馆外的自动贩卖机,在一旁的长凳上坐了下来。她低着头,紧咬着嘴唇,就好像刚刚打完比赛的拳击手一样。

仅仅用了两刀。这就是她和吹雪之间实力上的差距。

这是无可撼动的事实。但是,不甘心就这么认输。思考被仇恨支配,就连时间的感觉也淡化了,甚至没有注意到一个男生来到了一旁的自动贩卖机买喝的。她小声嘟哝着,声音充满了杀意。

"乾⋯⋯"

"啊,在的!"

男人吓了一跳。史织这才意识到他的存在,抬起了头。那个男生穿着胴甲和垂帘,上面写着"乾"。

这是她现在,最想杀死的敌人的名字。就连脸都长得这么像,肯定没错。

"你这家伙什么时候变成男的啦!乾!"

"我、我一生下来就是男的啊⋯⋯你是不是,把我和妹妹搞混了?"

听到快晴的这句话,史织慢慢地恢复了理智。她警惕地用装了水的塑料瓶指着的男生,确实不是乾吹雪。他看起来既温柔又绅士。

"对不⋯⋯起,刚刚失去冷静了。原来,她有个哥哥啊。"

"哎？原来你不知道我啊……听你这么说，我还有点高兴。你看，我们家是兄妹都在练剑道，所以总是被人说三道四的，平时也格外显眼。"

也不知道有什么好笑的，男生脸上带着安静的笑容坐在了史织旁边的凳子上。

他告诉我，他叫快晴。但是你知道吗，我这边可是在下暴雨。本来想着至少不去迁怒他人才一个人跑到外面来的，你要是主动找上门来的话，我就管不了那么多了。

"刚才，我和你妹妹打了一场。我居然会输给那种家伙……"

"啊哈哈，那家伙姑且也是全国冠军，在女生里面算是很强的了。"

"烦死了。和这种事没关系！"

这么说吧，就算她再怎么强，悠也能甩她十条街。史织将牙咬得嘎吱响。

"那个女人除了剑道还会什么！而且，而且，撒个娇就有人惯着她。真是气死我了！为什么她什么都有！我……"

自以为是又怎么样，自视过高又怎么样。我现在的想法就只有一个。

"不甘心！我要疯了！快点，必须快点变强！要不然的话，就来不及了……"

"为什么想变强呢?"

真的很像。与曾经一直被人叫作"爱哭鬼快晴"的自己很像,与一直在后悔为什么没有早一点变强的自己很像。

"因为……因为,心里有一个放不下的人。"

她抓住袴裙,握紧双手,说出了一句令快晴感到很意外的话。

"那个,我其实算是很漂亮的那种吧。啊,不要告诉别人我说过这句话哦,会招来仇恨的。"

"嗯。确实无法反驳你这句话……"

被人抢占了先机,快晴有些退缩了。

自己被别人主动进攻这种事,已经好几年都没发生了。

"但是,我性格太不好了,单这一条我就已经没救了!而且我一点都没反省!什么事都怪在他人头上!我这种扭曲的性格都是那群像蝗虫一样,整天想占我便宜的轻浮家伙造成的!我真心这么认为!我讨厌……这样的自己。所以,我一直在努力,努力把这种性格藏起来。都这么努力在改变了,可是那个人为什么、为什么还总是一副寂寞的表情!"

这个漂亮女生双手抱头,五官因为激动而扭曲。

"每个人都这么不负责任、都瞎了。强又怎么样,漂亮又怎么样,都是些表面的东西!我又不是喜欢才长这样的!什么叫'一个人也没关系',就没有想过人家说这句话的时候是抱着怎样的一种心情吗?!"

她到底在说谁,快晴已经心里有数了。一定是他,消失在剑之彼方的自己的偶像。

"那个时候，我们约好了。我对他说，我会想办法的……现实却是，我如此弱，弱到只配被别人嘲笑。"

"不。你很强……"

快晴被感动了。

在这一刻，他眼中的她比起今天对战过的任何人都要强大，都值得尊敬。

反观自己，觉得炼成会很没意思，与他人对战都是报以敷衍的态度，实在惭愧。

"深濑同学是吧，我记住了。让我教你一招吧。你不是想变强吗？"

快晴决定将自己最为珍视的那一招传授给她。

"下次，你可以试试退击面。秘诀是'集中，消除'。"

"集中……消除？"

"对方不是会使出不同的招式进攻吗，将注意力集中在对对方招式的预判上。这样一来，就能让对方从脑海中消除你会打出退击面的可能性。接着你就能很容易地打中了。你可以试试……你行的，一定可以的。你绝对有这方面的天赋。"

快晴微微一笑，手里拿着装了水的塑料瓶站起来。面对这如同竹刀一般指向自己塑料瓶，她有些困惑。

"我可以……相信你吗？"

"嗯。相信我。为这一招，我堵上了我的全部。"

这句话从一个陌生的男生口中说出来，一定缺少说服力吧。

"没事的。别看我这样，我还挺强的。"

所以现在，我要用行动向你证明。你就在一旁见证吧。

快晴朝着体育馆的方向出发了。终于，终于要和藤宫比试了。他一边走着，一边难以掩饰自己无比激动的心情，抬头望向天空。

"反正，她说的一定是悠君吧？还是老样子，在哪儿都是迷人精……"

真是个漂亮的女孩儿。

虽然她老说自己性格差，不过在我看来好像也没她说的那么严重。希望她不要输给我妹妹。

"我也不能输……不想把他让给任何人。"

前进吧。为了这一天，我始终没有松开过手中的剑。

所以啊，剑之神，我求求你，让我和他尽情地打一场吧。

***

我拒绝！

贴出来的出场顺序如果会说话，它一定会这样喊出来吧。在一旁见证了这一幕的快晴一脸惊讶。

秋水的出场顺序是：先锋，绀野；次锋，影下；中坚，桥仓；副将，乾；大将，泷本。

与之对战的藤宫则是：先锋，城崎；次锋，水上；中坚，黑濑；副将，八代；大将，江坂。

"次、锋？"

这个位置对战局影响不大，一般队伍里最弱的人才会被安排在这里。简直太荒唐了。

"哎？为什么会这样……再怎么差也会是中坚或者副将吧……"

充满全身的愤怒，发自灵魂的怨念。勉强挤出这句话后，快晴望向了悠那边。

站在对面的那个人，无比用力地握紧了双拳——啊，原来你也和我一样不甘心。

一边是大失所望的快晴，一边是无比激动的悠。后者坚定地举起拳头，将满溢的心声化作言语。

"Love and peace——吵架是不好的，还是得用和平的方式解决。"

原来是猜拳里的"石头"。

队伍里的八代和江坂都想和乾对战，吵了起来。没办法，只好用猜拳来决定出场顺序。赢了的当大将，然后是副将，依次往下排。这是最公平的方式。

"喂。你现在不能反悔了啊。都这个时候了就算你想改也不行。"

当然，也不排除有人出千。

"行啊八代，随你便。不过作为交换，这事儿你一定要保密。我的话不管谁来当对手都行。反正，不管谁来都一样……"

八代感觉背脊发凉，仿佛从悠的身上感受不到作为一个人该有的温度。

然而悠并不会去考虑八代的心情。他望向对面，脑袋一歪。

"那个'欧尼酱'怎么从刚才开始就一直在叹气？"

秋水阵营这边，桥仓抬起腿踢了快晴一下。

"喂，快晴，你在嘀咕什么呢。走了！你不是一直盼着和藤宫打一场吗？"

"影下，你行行好，今天让我替你上场吧？就这一次！"

"这家伙到底在说什么……"

"绝对不行！我也超级期待和那家伙打一场的！"

除了磨磨蹭蹭的快晴以外，还有被败了兴致、觉得不爽的泷本，以及无比兴奋的影下。面对这样一群队友，桥仓也拿他们没有办法。

"超级期待吗……虽然不知道他现在是什么水平，但我估计足已唤醒我的心理阴影了。喂，影下，我不管你是想尝试也好，干什么也好，希望你浅尝辄止。"

哎……什么意思？

"我的意思是别把自己玩坏了。在那家伙眼中，一个人和一张纸没有任何区别。"

桥仓整理了一下垂帘，向自己的队伍走去，与他们排成一列。六大道场出身的他小声嘟哝道：

"好久不见了,'剑鬼'。终于见到你了。"

"相互,行礼!"

"请多多指教!"

今天藤宫高中的状态不错。现在这场比赛是第十六场,之前的比赛八成以上都赢了。

很明显,胜利女神今天是站在他们这一边的。如果只是一般的对手,很容易就能取胜。

"可恶——啊啊啊!"

"切!"

但是,当这场对决来临的时候,他们的运气就到此为止了。

对手是秋水大附中,男女队都是县内最强的,在全国范围内也赫赫有名。

城崎一边与对手压护手对峙,一边冒着冷汗,一秒钟都不敢松懈。

二人一旦拉开距离,对手的竹刀便夹带着假动作缓急自如地向城崎袭来。对方的运动资质,可以说比目前为止遇到的任何对手都要高出几个段位,完全无法想象这个人与自己正在进行着同一种被称为"剑道"的运动。

不管怎么说,强劲的对手在气势上就胜自己一筹。一旦采取守势的话,就会一直被对方压制,绝对没法补救了。

"哦哦哦!"

"杀啊!"

城崎很清楚这一点，所以唯有进攻，唯有不断地进攻。

我要赢。我必须赢。如果连这种对手都赢不了就太不像话了。

因为我一定要在那家伙面前——

作为县内最强校的选手，当然不会天真到放过如此明显的情绪波动。

等城崎意识到的时候，右手腕处已经传来麻痹感，就像有电流跑过一样。

"小手得分！"

"可……"

可恶。可恶可恶可恶！为什么我会犯这种低级错误！

城崎开始着急了，他迫切地想夺回这一分。但是就算着急，剩余时间也不会随着他的意愿而改变。比赛结束的铃声在这一刻响起，无情地宣判着比赛结果——城崎落后一分，输了。

"胜负已分！"

他咬紧嘴唇，收刀，离开了赛场。

该轮到下一个人上场了，悠在场下等着他。二人交替之际，城崎感觉自己丢了集体的脸，本来不愿意去看悠的眼睛的。

"可恶。对不起……"

但是，他没有选择逃避，而是坚定地望了过去。

"没事。我去帮你赢回来"

机械性地不断重复的这句话，令城崎背上泛起鸡皮疙瘩。那漆黑的眼睛毫无光泽，就好像是在窥视昆虫的眼睛一样，完全看不透这个人在想什么。城崎慢慢地明白了，悠根本就没把自己这种人放在眼中。他的眼中没有任何人。从一开始，这个人不过是在与自己玩一场扮演朋友的游戏罢了。

因为，这家伙对他人并没有报以任何期待。

"可恶！"

回到自己的阵营后，摘下面具的城崎失去理智般地大喊道。江坂和黑濑都被这声喊叫惊吓到了，纷纷扭过头来。

"怎么了，俊。这不像你啊。刚才的比赛不是打得很好吗？"

"是啊，和秋水对阵也那么勇敢。就算输了也没事，把经验教训运用到正式比赛中就好。"

"烦死了！赢不了就没有任何意义可言！"

江坂瞪圆了眼睛。他感觉到这不是平时的城崎。正常情况下，他肯定会说"和秋水这种级别的打都只差一分，我还是有点实力的吧"之类的话。说好听点是开心果，说难听点是没脸没皮。这样的人，现在却……

很明显，他正在冲着自己发火。

"妈的，畜生……和他来往这么久，我真是瞎了眼。还好朋友呢，笑死人了。既然这样的话……既然这样的话，我要悠那家伙……"

江坂琢磨着，黑濑一定会去劝劝他的，就他们二人的关系来看的话一定会这样。

但是，黑濑并没有这么做。他戴着护面，安静地注视着远处的悠。

"那家伙，又要赢了……一脸生无可恋的表情。"

"这不明摆着无聊嘛！连招式都是固定的！那家伙，下一招是击胴。刚才用过拔胴了，所以这次肯定是逆胴。最后用刺击结束！这种套路我们早就摸透了！"

听到城崎的叫喊，江坂身旁的八代咂了下嘴。

"那个浑蛋，打秋水这种级别的都跟玩儿似的……"

"什么意思，八代，你在说什么？"

将自己与那个人隔开的也许仅仅是赛场中的一条白线，但是为什么会感觉如此遥远呢？这个问题八代一直在思考，现在终于明白了……这就是差异，作为一个人而存在的相位层面上的差异。

如果不是这样的话，这么过分的事，是一般人能做得出来的吗？

"那家伙，今天一共只用了四种招式，而且全部都是按顺序使出来的。"

***

仿佛是从画中出来的一样，无可挑剔的漂亮架势。

影下彰，拥有不到一年就成为剑道强校秋水正式队员的实力，在这个敌人的威压面前，他心跳加速，几乎忘记了叫喊。面对敌人无懈可击的架势，意志几乎被摧毁的他只能靠着身体记忆，愚直地尝试取得中心的控制权。

然而他做不到。对手纹丝不动，就好像在用一根针去戳碎一块岩石一般困难。这样下去不行。影下这么想着，向后退了几步，与对手拉开了两足一刀[①]的距离。这时，他感受到了大气的波动。

刚才，他的手好像抖了一下，仅仅只是这个动作——

"面！"

刹那间，竹刀就飞到了眼前，这一定是不断积累的练习量所孕育的奇迹。剑身包裹着风压向影下袭来。虽然在千钧一发之际挡住了，但是安心感也仅仅存在于此刻。下一个瞬间，对方已经使出了退击小手，在攻击的同时以自由落体般的速度向后退去。惯性对鬼这种生物来说，一定不适用吧。

然而，这一招实际上并不是退击小手，甚至连招都算不上。仅仅只是靠蛮力粗暴地击打剑身的下端，试图把竹刀打到地上。影下勉强接下了这一招后，将竹刀拉回了原来的位置。

[①]指往前两步就可以用竹刀打到对方的距离。

"搞什么——"

到底怎么回事。太乱来了。啊啊,下一招要来了!

影下拼命地把竹刀往上抬。挡住挡住,一定要挡住!不然脑袋就——

为了接下这个非人生物的击面,影下调动全身的反射神经去捕捉他的进攻路径。不过,这正中悠的下怀。仿佛是在嘲笑影下抬起的双手一般,一道闪光从他的左腰穿了过去。

"胴!啊啊啊!"

伴随着响彻体育馆的清脆击打声,所有人都将目光投向了那里。无可挑剔的击胴,裁判纷纷举起了旗帜。

"胴得分!"

没有兴趣。对扬起的旗帜连看都不看一眼。面对着背对自己的悠,影下的身体有了反应。

是对超越理解的未知所产生的恐惧吗,还是说因为吃了一记逆胴这种高难度技巧而感到羞耻?

都不是。全身的血液都在沸腾的他,迫切期盼的仅仅是开始的号令。

"开始!"

这一次,影下打算在向前迈出第一步的同时,大声咆哮。然而,这个动作直到最后都没能完成。

"噗"的一声钝响,这是剑刺进肉里的声音。但这个声音并不是从体内传来的,而是自己的听觉捕捉到的。

突然涌向喉咙的呕吐感。到底是怎么回事？！

身体不听使唤，只有眼球还能转动。从自己的喉咙那里，生出了一个长长的东西。

"刺击！"

听到这一声叫喊，影下才终于反应过来。

"刺……刺喉得分！"

呼吸机能受损，影下趴在地上不断地咳嗽，一时半会儿站不起来。

泪水条件反射般地充盈他的双眼，眼前的景色模糊了。这时候，一只手伸了过来。

"能站起来吗？"

"啊……可以……"

影下点了点头，回到了开始线。他叹了口气，做出了收刀的动作。

"胜负已分！"

悠胡乱收起刀，赶紧离开了赛场，出于礼貌地拍了拍黑濑的胴，将下一场交给他。

长久以来的习惯，悠望着天花板小声嘟哝着——全国强校，秋水大附中……吗？

"和其他学校有区别吗？"

自己已经失去理智了，然而悠并没有意识到这一点。

***

就好像失了魂似的，影下摇摇晃晃地回到了自己的阵营。途中与桥仓擦肩而过，作为交接信号，桥仓拍了拍他的肩膀，他却没有感觉到。被击中部位的麻痹感依然没有消失，他取下护面，一时半会儿没缓过来。不久，一句毫无技术含量的话从他嘴边冒了出来。

"厉害……"

不是恐惧，是畏惧，是尊敬。就算让自己再多练五辈子，也不可能打得过他。就是这种感觉。

但是，自打练习剑道开始，这种感觉并不是第一次。

能让他产生这种感觉的男人，这个世界上还有一个。

"那个人和乾前辈，到底谁更强呢……前辈？"

影下还没来得及和快晴搭话，就被泷本抓住了肩膀。泷本冲他摇了摇头，劝他放弃。

"别叫了，他现在什么都听不到"

"……"

二人之间，穿着战袍的那个男人站了起来。

在他全身迸发出的寒气影响下，一旁的影下几乎产生了毛孔收缩的错觉。

对面的悠也感到背脊发凉，他抬起头，捕捉到了造成这种异常情况的人的真实身份。然后，他睁开了眼睛。

是幻觉吗？在这个温柔的男子脸上，仿佛看到了魔王的样子。

"啊啊……太好了。很强，真的很强……"

黑色的憎恶，甜蜜的陶醉，这些情感相互融化、混合，最终化为情不自禁的大笑。

记录无法展现他的实力，记忆无法重现他的光彩。

将自己引入这个永远下着雨的世界中的罪魁祸首——自己的偶像，终于出现在自己眼前。

"果然，他是最棒的……就算要我等一百年也值得。这种对手，怎么可能让给别人！"

自己已经扭曲到无法回头了。但是，如果能变得和他一样的话，就算这样也无所谓。

可是为什么……

"为什么不是我？"

这难道是噩梦的延续吗？曾几何时，自己也做过类似的梦，就连抱怨的话语都一样。

但是，这一次应该是真实的。无聊到摆出一副臭脸，在赛场上能做出这么过分事情的人只有他了。

"明明是我最想和他打的……"

气死我了。气死了气死了气死了。

站姿，穿衣方式，拔刀方式，以及走路的姿势。根本不需要和对方过招，仅从这几个方面就能知道对方几斤几两。

只让我和这些渣渣打,你们这些人到底是何居心?

"不行,这样不好。但是,会这么想也是没办法的事……"

在最后的良心消失之前,他想起了自己之前说过的那句话。

——没事的。别看我这样,我还挺强的。

虽然是实话,但是只要看看那个人就能明白吧,自己一点都不强。

"是你们这些人太弱了。"

拥有最强之名的那个男人,现在,越过了白线。

作为另一个非人生物的他,安静地拔出了刀。

嘶——

与之对战的八代,紧接着听到了对手拔刀之外的另一个声音。

"开始!"

直到最后八代都没有意识到,那是他自己被斩杀的声音。

"杀——啊啊啊啊啊啊啊啊!!"

沉睡在快晴体内的巨龙在咆哮。

伴随着体育馆的震动,八代脑海中对胜利的描绘也消失得无影无踪。

取而代之的,是一副凄惨的景象。

右手腕以下的部分不见了。双腿无法动弹,低下头来才发现,连接腰部和下半身的部位分成了两节。

随着上半身的坠落,视野逐渐偏离,最终——

"噢啊啊啊啊啊啊!"

八代放声大喊，试图将这幅画面从脑海中抹去。就好像是一头被枪打中后垂死挣扎的野兽一般，他冲了上去。

一下接着一下，他使出了雨点般的攻击，试图通过这种方式逃离这个噩梦，尽管他明白这么做毫无意义。

"呜啊啊啊啊啊啊!!"

他选择逃去最安全的距离——能与对手压护手对峙的贴身距离。

八代抬起头，在一排排金属条的后面，他看到了那个人透着蓝光、如同冰一般犀利的眼神。

汗毛竖起，双脚冰冷，无法动弹，整个人就好像被冻住了一样。

你这家伙，到底是怎么回事?!

八代向怪物提出疑问。然而，对方并没有回答。

不见了! 压护手对峙的对手消失了! 啊，找到了，但是奇怪……

为什么，在那么远的位置?

"面——吓啊啊啊啊啊!"

头上挨了一记重击，眼前一黑。

接下来便听到一声踩踏地板的钝响，仿佛是陨石撞击地面一般，整个体育馆都随之沉没。双膝摇摇欲坠，现在还能保持站姿本身已是奇迹。

"面得分!"

在变得扭曲的视野角落,他看到了敌方的旗帜,这才反应过来发生了什么。

退击面。魔王的必杀技。自己被这一招砍了。

"畜生……"

不能就这么结束。八代回到开始线,再一次望向对方的眼睛。

只是,那一双眼睛所注视的已经不是自己了。

在快晴视线的彼方,悠一改刚才盘着腿的坐姿,挺直腰背保持正坐的姿势——明明只是副将战而已。

心跳加速,汗水浸湿的左手在微微颤抖。

曾经以为那个男人的强大都是吹出来的。反正他人的评价标准肯定不靠谱,不管怎么说自己已经被坑了太多次。如果不是自己亲眼看到的,他一般不会相信。然而……

"强!"

不记得自己有多少年没说过这句话了。他打心底里佩服一个人。

只要见过他那异于常人速度的一刀,是真是假立刻就能明白,他是真的有实力。

但是,这个男人依然有一些让人看不透的地方。在第二轮比赛的途中,悠抱着胳膊开始思考。

为什么不攻击?如果是自己的话,在刚刚过去的三十秒内可以击中五次了。

这算是放水吧,放过对方那么多破绽也太不自然了。就在这个时候——

比赛中不断调整位置的二人与坐着的悠刚好排在了一条直线上,而快晴一直在等着这一刻。

时间静止了。

在静止的世界中,八代的身体动弹不得。可是,对方的嘴唇却动了起来。

——去死吧。

凭实力霸占着中心的竹刀,朝着对方的喉咙如同一道光一般喷涌而出。

"刺击——呀啊啊啊!!"

左手刺击。同时拥有着最短距离、最高速度称号的这一招,以毁灭般的速度刺向了八代。

一边是做出残心、保持静止的快晴,一边是如同弹丸般被击飞的八代。

悠用单手接住飞过来的八代,嘴里没有说一句安慰的话。与之相对地,他死死盯着这个屠宰了他后辈的男人。

比赛还在进行中,一般来说与快晴对上眼是不可能的。然而,二人的视线却不可思议地交织在一起。

这在某种意义上来说是理所当然的，因为快晴的视线从一开始就只注视着悠一个人。

悠那温柔又充满着知性美的双唇，现在如同恶魔一般扭曲着。他发出来的是不能被称作语言的语言，是只有同为非人生物才能明白的语言——

"哼哼……"

藤宫高中的所有人都愣住了——不是因为快晴的强势。

"哼哼哼……"

总是笑起来软软的悠，他那人畜无害的笑容消失了。

事到如今终于明白，那不过是他的面具。

"你是在报复我吗？我一直在等你主动找上门来。哼哼……"

鬼在狂笑。两年间无人踏足的冻土，终于迎来了第一位客人。

"找到了……终于找到了。原来你这家伙也是这边的人啊！"

悠的声音充满喜悦。满面春风的他低声狂喜。

就连在上一场比赛结束后，行完礼，队员交换上场的时候，他也一直是这副表情。

看到这一幕，城崎小声嘟哝着"原来是这样"。

"这才是你这家伙真正的样子吧！"

可怕。看不透。令人毛骨悚然。不明白他为什么要笑。各种心情，连同想要逃离此地的心情交织在一起。但是，和这些比起来……

"喂，小黑，我呢，想做件蠢事……"

"你还嫌你蠢事做得不够多？干什么？"

"交易。我有个东西想卖出去……"

黑框眼镜后面的那双眼睛瞪得圆圆的。黑濑如同往常一样冷酷地笑了起来。

"你没看到那家伙长着一张对什么都不感兴趣的臭脸吗？就你这本事你卖得出去吗？"

"哈哈，我不正好借此机会展现我真正的实力吗？你就在一边吃瓜看戏吧。"

"啊啊。不管怎么说我都是永久中立的嘛……我欠你的，该帮你的时候我会帮的。"

你是想就这样下去好呢，还是想要改变呢？

"喂，悠。"

"嗯？"

"认真地和我打一场吧？"

这样下去一点也不好，缠学姐。

因为，即使是像我这种人，也要做个男子汉。

***

"那个，江坂部长……可以把护面放你旁边吗？"

比赛结束，所有学生都以学校为单位在自己的位置上保持着正坐的姿势。最后还剩一项自由练习，整个体育馆中人声嘈杂。江坂露出了笑容,因为悠脸上挂着奇特的表情主动找他搭话。

"为什么要这么问,水上,我根本就没有理由拒绝你吧。真快啊……已经到最后自由练习的阶段了呀。迄今为止我也参加过很多场练习比赛了,但是像今天这般充足、有收获的比赛还是第一次。谢谢你,都是因为有你在……"

他深深地、毫不犹豫地低下了头,对一个比自己年纪还小的人。

"你别、别这样。别总是做这种事啊!那个时候也是!我根本就没做什么!剑道不是个人竞技吗?!能赢一定是大家的功劳!和我没关系!"

"说什么呢,水上……正因为如此,我才和你道谢不是吗。"

啊啊,是谁?那些把水上称作怪物的家伙到底是谁?那些人眼睛都瞎了吗?

没看到他傻得如此可爱吗?!

"因为你的加入,我们所有人都变强了。无论男女,所有人。你再多关注一下周围的人吧……其实,大家都挺喜欢你的。作为部长,我很自豪。"

"不是的!不要老说这种不负责任的话!"

悠极力争辩,脸上挂着一副快哭了的表情。江坂很欣慰,安静地接受了他的反驳。

"这根本就不可能!我在平时自由练习的时候就一直在放水!江坂部长你应该明白我在说什么吧?!如果对方是十的话

我就是十一，九十的话我就是一百，五百的话我就是六百，像这样！像我这种人，净做些看不起人的事情，有谁会喜欢！"

"正因为如此，不是吗……看来你这家伙是真的傻，还没弄明白剑道部是怎么一回事。哪怕你是抱着这样的心态去玩弄别人，他们就算是为了争口气也会再次来挑战你的。"

江坂清了清嗓子，笑了起来。紧接着他想起了那本惊为天人的比赛记录。

"今天也是，你玩儿得够狠啊。包括下午的比赛在内，完美演绎了每一场都按顺序使出面、小手、胴、刺击，这是怎么样的一种体验！"

"啊，我做得太过火了，肯定是要露馅的。对不起……"

"嗯？你为什么要道歉？明明很酷、很有意思不是吗？你大可以放开膀子玩儿，我早上可是说过这种话的。"

说实话，真的很羡慕他这么轻松就做到我们这些常人想都不敢想的事。如果可以的话，自己也想试试。

"我原谅你。再任性一些也没事。如果谁对你有意见的话，我来负责，放开膀子去玩儿吧。从你的剑中能看出你的不自信，你到底在顾虑什么？"

"从我的……剑中？"

"什么嘛，就连这点自知之明都没有吗？真让人头疼。剑道这么无聊，就是因为你这种人太多了。希望我刚才那一番话，能让你更放开一点。你太拘束了。"

第一次和他相遇的时候，这家伙给人一种深不可测的感觉。但是，现在不同。

如此简单、如此朴素的笨蛋，上哪儿去找？

"其实，你最大的愿望是——"

"接下来，将进入30分钟的自由练习环节。以三分钟为单位我们会敲响太鼓，请以这个声音为信号互换对手。请注意，要与最后一组的对手进行切反练习，之后今天的所有流程就结束了……请问有什么问题吗？如果没有的话，各位同学可以戴上护面开始了！"

广播说的什么，他一个字都没听进去。刚才的话语就是这么具有冲击力，然而，却并不觉得反感。

"为什么缠学姐对你毫无抵抗力，我现在终于明白了。你这样太狡猾了……"

"嗯？这事儿和立花有什么关系？"

"问你自己啊，直男。顺便再问你个别的事儿吧……"

悠一边绑着头巾，一边向江坂请教，脑海中浮现的是那实力不济的二人的身影。

"有人主动挑衅我……我该怎么办？"

"哈哈哈。鬼知道，这种事别问我。自己想！"

"哎，等等，太过分了吧？！我这人憋了五亿年好不容易想找人谈谈，你就这种——"

"请多多指教！"
"请多多指教！"

狂风同时从两个方向吹来，打断了悠的话。藏青色和白色，两个穿着道服的人将双手撑在地上行礼。

垂帘上的校名不同，但是两个人的名字却一样。

几乎一模一样的两张脸抬了起来，果然是一副互看对方不爽的表情。

"哥，滚开。我先来的。"

"哈？怎么看都是我先来的好吧。你脑子有病也就算了，别祸害我啊！"

"可怜。我还以为你只是脸长残了，没想到连眼睛都瞎了。这么简单的事情都会看错，没救了。我劝你最好现在就放弃剑道。"

"哼。你就老老实实排我后面吧，就按出生的顺序来。"

"住口！不就比我早出生十分钟吗！"

"说明从那个时候开始你就已经比我慢了！"

"我生气了！打吗？"

"看来你这家伙是还没吸取教训啊……站对面去。我要让你再也不敢用这种态度对我说话。"

眼前，地表最强的兄妹对决即将上演。悠连忙跑过去劝架。
"不，不能打架，不能打架。用和平的方式——"

"滚一边儿去！"
"你闭嘴！"

这已经不是没人搭理他的程度了，悠可以说是直接被赶出来了。一旁的江坂看着他笑了起来。
"你看，至少可以证明那两个人都超级喜欢你。你完全可以再自信一点，太拘束的话只会显得很挫。"
"你说得对。……那个，江坂部长。之前咱们不是打过赌吗，关于那个奖励的事情？"
"哦哦，你已经想好了吗？是什么，快告诉我。"
——请允许我退出剑道部。
原本是打算这么说的。
"我还是……先保留吧。但是，到时候我一定会说的，最最奢侈的愿望。"
悠戴上护面，站了起来。他快步走到快晴面前，和他交流了几句后，立刻又退了回来。
"那么，就按前辈你说的，我今天要放开膀子玩儿。已经什么都不想管了。"
"你不等乾打完这一场吗？"

"我是那种把喜欢吃的留在最后吃的人,去搞下外遇再回来……啊,男人受欢迎是真的累!"

悠消失在人群中。看不到他的脸,但是能听到他的声音已经足够了。

他的脸上,一定与那时是同一副表情,那是第一次与"乾"对阵时的表情。

"估计会是一场愉快的约会。你会妒忌吗?"

"当然会妒忌,乾。真羡慕你这家伙。"

***

"阿悠——来玩!"

"哎,瞳?!你怎么在?!"

"当然在。桐樱来了,姐姐我肯定也来了啊。"

冷静下来想想确实是这么一回事。悠取下小手,挠了挠头。

自由练习已经进行了将近一半。想起来已经和好几个人打过了,完全没有时间休息。

"刚才,我碰到了一个以前的朋友……他还记得我。"

"啊哈,记得你不是很正常吗?你也不想想,是谁把你栽培出来的?你觉得和你打过的人还能看得上普通人吗?"

"真的是诅咒啊……越来越这么觉得。"

自己一点也不普通。悠很清楚这一点。

那么，自己是否应当打心底里感谢所有今天遇到的人？

他将目光投向自己所期待的那个对手。那个人又在做着令自己感到羡慕的事情。

"关系真好啊，那对兄妹……"

"喂！和你姐一起还到处看！快准备！咱们来场激烈的，我保证让你站不起来。"

糟糕的台词。难道是因为自己处于青春期？悠苦笑了一下，架起竹刀。

"那我就要让你嫁不出去。快站到对面去。"

"啊哈。我本来就没指望能嫁出去。这辈子就靠你照顾了。"

比赛开始的间隙，悠望向了天花板。

"原来是这样，原来我也能做得到。姐弟对决……"

和之前比起来，感觉不那么拘束了。

***

咚！比太鼓的声音要低沉得多的钝响从快晴的右手发出。他站在原地，叹了口气，呼吸间透着疲惫。快晴将目光投向远方，像这种情况的对决，已经记不清经历过多少回了。

"啊啊，这一下退击小手真漂亮。不好意思，吹雪，就算我输了好了。对不起。"

"开什么玩笑！你根本就是在应付我，你该不会以为你这样都能赢我吧?!"

"我不是已经认输了吗?放过我吧姑奶奶……"

快晴哭笑不得。赢了发飙,输了也发飙,到底想怎样?兄妹俩的每一次对决都会是这种结果。而且,快晴一次也没有赢过吹雪。

"不需要你放水!你要是不认真和我打我真的会杀了你!"

吹雪自己也意识到曾经说过同样的话。简直是对那段回忆的侮辱!

那个时候,自己的身体被热浪侵蚀,整个人都快要融化了,明明是如此兴奋的感觉。可是为什么,为什么偏偏是这个家伙,为什么必须对他说同样的话!这家伙是敌人,是剥夺自己梦想的敌人!

"再打一本。这次真的是最后了,好不好?"

"好吧……那就再打最后一本。别再抱怨了啊。"

拉开距离,再次摆好架势。吹雪咆哮着,发泄心中的憎恶,显然是一副要杀掉对方的气势。与之对峙的快晴则保持沉默。二人慢慢逼近对方,就好像在水面上滑动一般。他们心中都有一个目标,将对方一刀两断,尽快结束这场闹剧。

如镜子一般平静的水面上,波纹——来了!

吹雪跳起来,使出了出小手。她对他哥哥的套路非常熟悉,已经完全看穿了,这一击小手绝对能打中。

"呲——"

"手！面！！"

然而，水中倒映的不过是哥哥的幻影。面对吹雪选择的招式，快晴连续使出两招打了回去，胜负已分。

相小手面①几乎是同时使出来的两招，令人不得不怀疑"连续技"这个词的定义。

"行了，结束。那我走了哈，我还约了其他人。"

"你不配……"

"嗯？什么？不是说好了不抱怨——"

"你这家伙不配做我哥！最最最最讨厌你了！"

嘈杂的会场，自由练习的击剑声、喊叫声，淹没了吹雪积攒多年的怨气。喊出这一声后，她跑着离开了。

只留下快晴一个人不明所以地歪着脑袋。然而下一个瞬间，他已经不在乎这些了。

反正妹妹发脾气是不需要理由的，没必要担心。与此相比——

"啊啊啊？！"

时间显示，自由练习已经进入到最后一组了。

他赶紧环顾四周，就如同在考试的最后一分钟发现错误的考生一样。

找到了！最里面！

快晴推开挡道的人群，拼命跑了过去，终于赶到了悠的面前。

---

① 在对方使出击小手的同时击打对方小手，使对方的击小手无效化，紧接着使出击面的技术。

"太慢了,'欧尼酱'!你到底要我等到什么时候!"

"对、对不起!不过,这句话,从你嘴里说出来,倒是……让我想哭。"

快晴使劲闭上双眼,克制自己的感情。

看到他这个样子,悠有一种既视感,却怎么也想不起来。

"喂……我们在哪里见过吧?"

面对悠的提问,快晴睁大了眼睛。然后他安静地笑了笑,摇了摇头。

"不。没见过……这是第一次,水上悠。我叫乾快晴,以后可别忘了。"

"哼哼,你有本事让我记住吗?"

"如果你能活下来的话。"

在体育馆的最里面,此刻,二人拔出了剑。

一瞬间从容的对峙,更胜过千言万语。

悠的左手微微颤抖。

啊,久违的感觉。这个呼吸,这个斗气,这种大脑在兴奋的感觉。

哼哼,看来你这家伙真的是这边的人!

"啊啊啊啊啊!!"

伴随着悠的咆哮,场馆四周的玻璃都在哗啦哗啦地震动。

"那又怎么样!"快晴也跟着咆哮了起来。

"杀啊啊啊啊啊啊啊!!"

来吧，悠君！我活着就是为了这一天！以前的事情你记得也好不记得也好，已经无所谓了。因为接下来，我会让你一辈子都记住这个名字！

"哈啊！"

快晴手中的竹刀划出残影，一瞬间便设下了三个陷阱，诱导对方露出破绽。

恍惚间，他仿佛捕捉到了一丝胜利的曙光，身体条件反射般趁着这道光攻向了对方的手腕——不行！快停下！

"嗒啊啊啊啊！"

然而，这道光是魔镜的邪光，擦到即死。悠使出的相小手面以疯狂的速度向他袭来。千钧一发之际，快晴看破了这一招。他靠着蛮力将手腕怼上去，利用元打避过了这一本。

冷汗直流，耳朵里传来悠不屑的咂嘴声。护面之下，那张脸不由得笑了起来。

简直不敢相信。难道他能看到未来？

这个男人对动作的预判和对时机的把握，就是这么令人惊叹。同为强者的快晴立刻就察觉到了这一点。

在预判和瞬间应变能力上，水上悠比自己要高上好几个段位。就像刚才那招，本来以为绝对可以打中的，这份自信差点害死了自己。自己的底牌早就被他看透了，必须要做好这样的心理准备。

简直是在开玩笑，简直是在做噩梦，简直……太棒了！

来吧！既然被你看透了的话——

快晴慢慢地吐出一口气，犀利的双眼泛着冰冷的蓝光。

压护手对峙陷入僵持，就好像跌入深海一般令人感到巨大的压力和痛苦。悠不由得停止了呼吸。

第一次有这种感觉。与自己拳剑相交的对手是如此沉重，同时又是如此的轻盈。

稍微一松懈，对方的剑便会立刻砍向自己；稍微一用力，力量便如同一阵风一般从他身上穿了过去。就是这种感觉。

悠盯着快晴的眼睛。他轻轻地吸了口气，试图从这里找到突破口——

"面！吓啊啊！！"

快晴从悠的身后消失了。

快晴毫不犹豫地使出了看不见的必杀技，将空气连同重力劈成两半。冲击过后，声音才终于追了上来。无比尖锐，那是竹子弹开的声音。

用竹刀接住了！不，应该是被接住了！明明知道他会这么进攻，但就是来不及避开。

虽然不清楚刚才那一下是怎么避开的——侥幸！

对手后退的时候是进攻的最佳时期。悠如同一阵疾风般追上正在做残心的快晴，使出了最高精度的三连打。小手——被他一个转身避开了。绕过去再来一次，小手——快晴像玩杂技一样放开右手的竹刀躲了过去。

吃我这招去死吧——面！

难以置信，他又躲了过去，这次是将头扭向左边。

这下悠也没辙了，他无奈地笑了笑，只好再度将对手拉入压护手对峙的局面。

想不通，他刚才那下是怎么躲过去的？是反射神经太好了——还是说，眼睛？

一定是眼睛太厉害了。不需要"运气"，不需要"差一点"，他有着十足的把握能够躲开那些攻击。

乾快晴在身体能力上比自己高出好几个段位，悠意识到了这一点。

刚才那下小手面绝对超出了快晴的预判能力，但也被他强行避开了。恶魔一般灵活的身体，使不属于这个世界的速度成为可能。也就是说，无论自己的预判多么超前，大部分的攻击都能被他用眼睛避过去。

如此的绝望！如此的不利！如此的……有意思！

来吧！既然被你看透了的话……

推开对方，从压护手对峙的状态拉开距离时，悠看到了。一个穿着道服的老师正在击打太鼓。

开什么玩笑！这不才过了一分钟吗！

不要！我不要就这么结束！一定得决出个胜负！

在一秒不到的时间里，在走马灯般的记忆中，一个招式在悠的脑海中闪现。

来了!

快晴摆好架势。不管你出什么招,我一定能避开!因为我一直,一直都在看着你!

一足一刀的距离。悠的竹刀开始划出残影。

"哎?"

刀尖划出了一个小圈。这是在实战中几乎不存在的特殊轨道,从中产生了一阵旋风。

风压包裹着刀身——不!它是活的!这把刀拥有生命!

快晴靠着他那超乎常人的眼睛,最终还是识破了旋风的真身。

蛇——就在他看清缠绕在剑上的那东西的真身时,双手握剑的感觉消失了。

仿佛能看到天空——没有那烦人的天花板阻挡的天空一般,在那里自己的竹刀在飞舞。

"面!"

咚!咚!咚!最后的太鼓声缓缓传来。

其中还交织着"哐啷"的一声响。那是快晴的竹刀掉在地上的声音。

快晴一下子愣住了,大概过了十秒吧,要理解自己身上到底发生了什么,就需要这么久。

但是,愣住的不仅仅是快晴。悠在做了残心之后,终于理解了快晴在那一瞬间到底做了什么。只有悠听到了，混在太鼓声中的，撞击金属的钝响。

号令之后是最后的切反练习，整个会场被竹刀撞击的声音淹没，就好像下雨一样。在这之中，二人脸上挂着同样的表情，相视而笑。

一刀，两刀，依依不舍。二人竹刀相交，加入了切反练习的大军。最后，他们和所有人一起完成练习，收刀。二人坐在一起，悠先把护面摘了下来。

"可恶……居然被你躲过去了！这可是我在正式比赛中没用过的撒手锏。"

卷技。

将对方手中的竹刀卷住，挑飞——这是在实战中很难见到的梦幻招式。但是把竹刀挑飞只能算一次犯规，并不能得分。

挑飞之后，悠还使出了追击的单手面。这一次，情急之中快晴把头往上扬，结果竹刀打在了护面的金属网上，不能算一本。

悠叹了口气。刚才那一下是真真正正压箱底的招式，再加上之前比赛的时候让这个男人看到了自己的逆胴。也就是说，下次和快晴对阵的时候，自己已经没有任何奇袭的手段可以用来对付他了。

悠为自己愚蠢的行为苦笑了一下。这时，快晴才终于取下护面。

"厉……厉害！简直太帅了！那招怎么打出来的?！"

悠惊讶得说不出话来。快晴感到奇怪，刚才问的那个问题有那么蠢吗？

"你、你这家伙……难道是，快晴？"

快晴心跳加速。

为了不让眼泪流出来，他用力闭紧了双眼。

"你就是那个，炼心馆的爱哭鬼，快晴……吗？"

"太迟了！到现在才想起来！你到底要我等到什么时候！"

这一次不是梦。

想见你。想告诉你。想亲自传达给你。多年来一直珍藏在心底的这句话。

"好久不见，悠君……我一直在等你。"

六合目 世界上最美丽的手

炼成会结束的当天晚上,吹雪趴在自己房间的床上,将头埋在枕头里,全身瘫软。她连衣服都没脱,在床上趴成了一条直线,一动也不动。伴随着枕头的震动,怨念的声音从枕边传出。

"深濑……"

让那个女人得逞了,当着自己的面和自己喜欢的男人做了约定。这和承认自己败北有什么区别?

每次想到这一幕,吹雪都气得牙根痒痒。现在这个时候,那两个人想必吃得很开心吧——那顿本该属于自己的晚餐。

"那种……那种就算没有剑道也能活下去的女人,我……"

两刀就把她放倒了。然而,即便这样也完全得不到满足。

能赢是理所当然的。

自己将一切的一切都献给了剑道,即便是打败了那种对手,又有什么可自豪的?心酸。空虚。第一次对拿起剑感到了抵触。

"但是……都这个时候了,我也回不了头了……"

因为，舍去的东西已经太多了。事到如今已经无法挽回。即便自己变得越来越没用，越来越无可救药，即便自己很清楚这一点，也什么都做不到。

"谁叫我这么没用呢……"

自己的能力，只允许自己去追求一件事。像那种八面玲珑到哪儿都受欢迎的女人怎么可能理解我的痛苦！我明明……我明明已经什么都不要了，拼了命地在追赶了！

"行了，结束。那我走了哈，我还约了其他人。"

就连让他认真起来都做不到。

"对不起，吹雪……"

明明已经这么努力了，却还是不被接受——

"呜……呜呜呜——"

为什么！为什么！剑道什么的都去死吧！！回忆不断被唤醒，脑海中浮现出了那个男人的身影。

"吹雪，你赢的时候会开心吗？"

当初并不理解的这句话，事到如今终于明白了。

"看来，你很喜欢剑道呢……"

"原来是这个意思……原来他是抱着这样的一种心情……"

你这个蠢女人！蠢女人！我受够了！让我死吧！

在黑暗的房间里，吹雪一个人把脸埋在枕头里哭成了泪人。这个时候，一旁的手机屏幕突然点亮，响起 LINE 的通知声。

管他是谁，别烦我。就让我死在这里吧！

【悠】不好意思,突然给你发消息。我是水上悠。

【悠】冒昧地问一下,如果你明天有空的话,愿意一起出去吗?

【悠】请让我补偿你,吹雪,我想见见你!

"去——"

晴天霹雳。就连隔壁房间的快晴都被这一声喊叫吓得抖了一下。吹雪立刻开始着手准备战斗。

***

然而,在舞台的背后。

悠和史织……悠并没有和她在一起开心地吃饭。他现在在厨房里,搅拌着锅里的东西。闻起来特别香。

"结果两边都得罪了……啊,我这人算是没救了……"

他一边煮着咖喱一边反省,潜意识里充满了对自己的厌恶。在需要静下心来思考的时候,做这种花时间的料理是最合适的了。

"阿悠,你在那啰唆什么呢!快点做饭!咖喱!快点!"

蓝原瞳,自己敬爱的师姐,穿着一身运动服邋遢地摊在凳子上,手里拿着啤酒罐,嘴里不断嚷嚷着"想吃想吃",实在拿她没办法。

蓝原今年二十四岁,单身。在进入大学之前退出了御剑,按理来说一个人生活的时间应该很长。但是生活自理能力那么差又是怎么回事？到现在为止她到底是怎么活下来的？实在是个谜。

"吵什么！我又不是你老婆！你当这是你家啊！"

"哎——你也不体谅一下，姐姐我刚才还帮你练习了，这不肚子饿了嘛。刚才那、么、激、烈。"

"你怎么不想想我除了练习之外还参加比赛了呢！唉，咱们家的大人就一个靠谱的都没有吗？"

还有妈妈也是，突然就把做饭的事情推给我。本来想抱怨的，但她在电话里又哭又闹，什么"瞳还不会做饭""看在妈妈的分上"，到最后根本无法拒绝。难不成自己属于那种很不会拒绝人的类型？

"第一次参观剑道部的时候也是这样啊……话说，深濑的事情到底该怎么办？"

"嗯？那个可爱的一年级小姐姐怎么了？"

"本来和她约好了的，结果你来了，我就把那边推了。看来，我必须得找机会请她吃顿好的来补偿她了。"

悠叹了口气，脸色越来越沉重。相反地，瞳却越来越开心。

"噗。阿悠，和那孩子比起来你还是更喜欢你姐啊！"

"你、你别瞎说！我只不过是把家人放在第一位罢了！饭已经好了，快坐好！"

"啊哈，脸红了脸红了！哇，阿悠做的咖喱太棒了！"

两人坐到了饭桌前。就像往常一样，妈妈不在。不过，今天有自称姐姐的人在场。就好像家长面前的乖孩子一样，悠把今天发生的事情一五一十地和盘托出。比如又一次因为剑而破坏了人际关系；比如明天明明有很重要的比赛练习，却有人在这之前和自己约架；比如遇到了快晴；再比如……

"我真的做得很过分……啊，一想到那楚楚可怜的样子我就觉得心痛……"

碰到了吹雪，对方还好不容易主动邀请了自己。

看到悠越来越消沉，蓝原反而更有精神了。

"噗噗。原来如此。"

她妖艳地笑了笑，掏出手机开始在上面滑来滑去，就好像魔女在翻她的魔法书似的。然后，她戳了戳坐在对面的悠。

"阿悠，手机拿出来。作为一宿一饭的报答，姐姐来帮帮你。"

"可以是可以……怎么帮？还有，你刚才是不是说了一宿一饭？难不成你还想住一晚？！"

"别老是在意这些细节嘛，小心头秃哦。噗噗噗，我把那孩子的联络方式发你。"

说真的，还是有一点点嫉妒的。不过看在你今天陪我这么久的分上就原谅你好了。

蓝原将手中的勺子化作长剑，指向了悠——这个由御剑的女人们精心栽培出来的师弟，督促他上战场。

"阿悠。把吹雪约出来，来场约会！"

***

"不行了，累死了。讨厌东京，完全搞不懂怎么走……"

中午的西武新宿车站前，悠背靠着街灯，淹没在休息日的人流中。他抬头看了看眼前巨大的电器店，墙上有一个大屏幕，正在给接下来准备去看的电影做宣传。他叹了口气，感觉把灵魂都吐了出来。

东京，可怕。悠回想起那些心理阴影，身体不由得抖了一下。

"山手线人超多，新宿站也是人超多。'沙赞特拉斯(southern terrace) 出口'是什么鬼？'LUMINE①'和'LUMINE2'又有什么区别？还有我最不能理解的'OIOI'，绝对应该读作'哦一哦一'吧？"

心累，感觉浑身无力。但事先做好调查是约会的基本。

悠用了一上午的时间，把新宿转了个遍。虽然很累，但是预习算是做得很充分。他在约定碰头的地方拿出手机，向远程向导表示感谢。

【悠】真的非常感谢你。不愧是城里的女孩子。如果我是一个人的话肯定暴死街头了。

【深濑史织】我其实也没做什么，别客气。为了补偿自己的过失还特意做个预习，简直太可爱了。

---

① LUMINE 与 OIOI 都是日本著名的百货商店。

【悠】啊，不管怎么说都是我不好，得好好表现，毕竟是第一次来东京。

【深濑史织】那你想约什么时候？我什么时候都可以的！

【悠】嗯？嗯？什么时候？不就是今天吗？

【悠】今天正好都休息，像这样的机会很难得的。

【深濑史织】哎？时间！选今天？！你不觉得太突然了吗？！

【深濑史织】我这边也得花时间准备啊？！休息时间的话一直都是一起的不是吗！

"怎么会是一起的呢？总觉得在跨服聊天……"

既然这样的话，就不用"补偿"这种暧昧的字眼了，像个男人一样说清楚才符合自己的性格。悠用力地点了点头，开始输入文字。

【悠】休息时间不是一起的。而且也不是突然这么说，昨天我其实是有发出邀请的！

【悠】再一次向你表示感谢。感谢你为吹雪和我的约会提供帮助，我会好好照顾她的。

"OK……不过话说回来，她怎么还没到。"

悠再一次抬起头，望向电器店的大屏幕。距离约定的时间已经过了二十分钟，如果只是迟到的话还好，希望别出什么事了。

他再次确认了一下手机,想看看有没有吹雪的消息。

只见史织在剑道部的群里煽风点火,整个群都炸开了。

【深濑史织】(把悠的聊天记录截图发在了群里)

【深濑史织】报告!这家伙在和女人约会!

【悠】喂,快住手!!!!!!你做了什么?!

【幸村圆香】呀!不愧是水上君,真男人!

【江坂仁】一出手就是剑姬。不愧是一流的。

【叶月】神速。你是风速狗①吗?

【千纮】悠君你个大渣男!死变态!下手这么快!小城快出来一起喷他!

【俊介】喂,你别把我扯进去啊!这和我有什么关系!

【悠】深濑,我诅咒你。

【深濑史织】给我闭嘴!笨蛋!你就死外边儿吧!

【悠】莫名其妙啊!你为什么要生气!不过,要是谁有那个实力干掉我的话,我还真有点兴趣,麻烦你告诉我。

【辛村圆香】啊,剑道星人,你又在接收外星电波了吗?

【八代】太惨了,我都看不下去了……

【缠】你太棒了水上!不愧是我的后辈♥你指甲剪干净了吗?

【千纮】指甲?指甲怎么了?

---

①《宝可梦》中的一种犬类宝可梦,能缘飞一般奔跑,据说可以一天跑一万公里。

【黑濑】这位客官，我怀疑你在开车，而且我有证据，请跟我到局子里走一趟。

辛村圆香将缠踢出了群聊

【江坂仁】还真是一点面子都不给呢……

【辛村圆香】这家伙没救了，我也是迫不得已。

【千绽】虽然不太清楚发生了什么，不过辛村还是一如既往地严厉啊。

【叶月】立花称帝。幸村垂帘听政。

【黑濑】好不容易能休息一下，有空听你们扯这些，还不如打打FPS[1]，简直不能更爽。哎，要是每天都放假该多好……

【俊介】举双手赞同。不过我还有别的事想找你帮忙。等下私聊。

【悠】喂！你们两个别玩了！就不能帮我一下吗？！

【黑濑】不好意思，这之后的服务需要氪金，所以我拒绝。

【俊介】虽然有点对不起你，我也拒绝。自己加油吧。你们这不还没吵出个结果吗？

仿佛中了一剑一般，悠痛苦地按住了心脏。虽然说二人的拒绝在意料之中，但悠还是不甘心地咬住了嘴唇。

---
[1] 即第一人称射击游戏。

"你们这群人到底想怎么样。我不想和你们吵架,快住手——"

"我、我迟到了,对不起!"

就在他握紧手机的那一瞬间,听到了期盼已久的那个声音。他抬起头来。

"那、那个,我本来是打算在30分钟前到的!但是我的朋友们都……"

悠吃惊得瞪大双眼,完全不输给她那双圆溜溜的眼睛。因为,她实在是太可爱了。上天把这么一个可爱又略带腼腆的女孩子带到自己面前,要是不心存感激,那是要遭报应的。

"太……可爱了。我差点没认出来!你是剪头发了吗?"

吹雪一改以往的剑道服造型,连衣裙外面穿着一件浅色羊毛开衫,给人一种新鲜的感觉。很可爱。仔细观察会发现她脸上有淡淡的妆。有点意外,但是很适合。悠就这样一直看着她,看得吹雪有些手足无措。

"谢……谢谢你。我、我很高兴。"

只是……脸颊有些泛红。果然是还没有习惯化妆的缘故吗?

悠一时看得出了神,然后才终于想起了今天的主题。他以道歉的标准姿势弯下腰,向吹雪低头。

"昨天真的非常抱歉!"

"啊,你不用道歉的!谢谢你今天约我出来。我真的、真的非常开心!"

看到吹雪发自内心的笑容,悠这才放下心来。虽说瞳一直

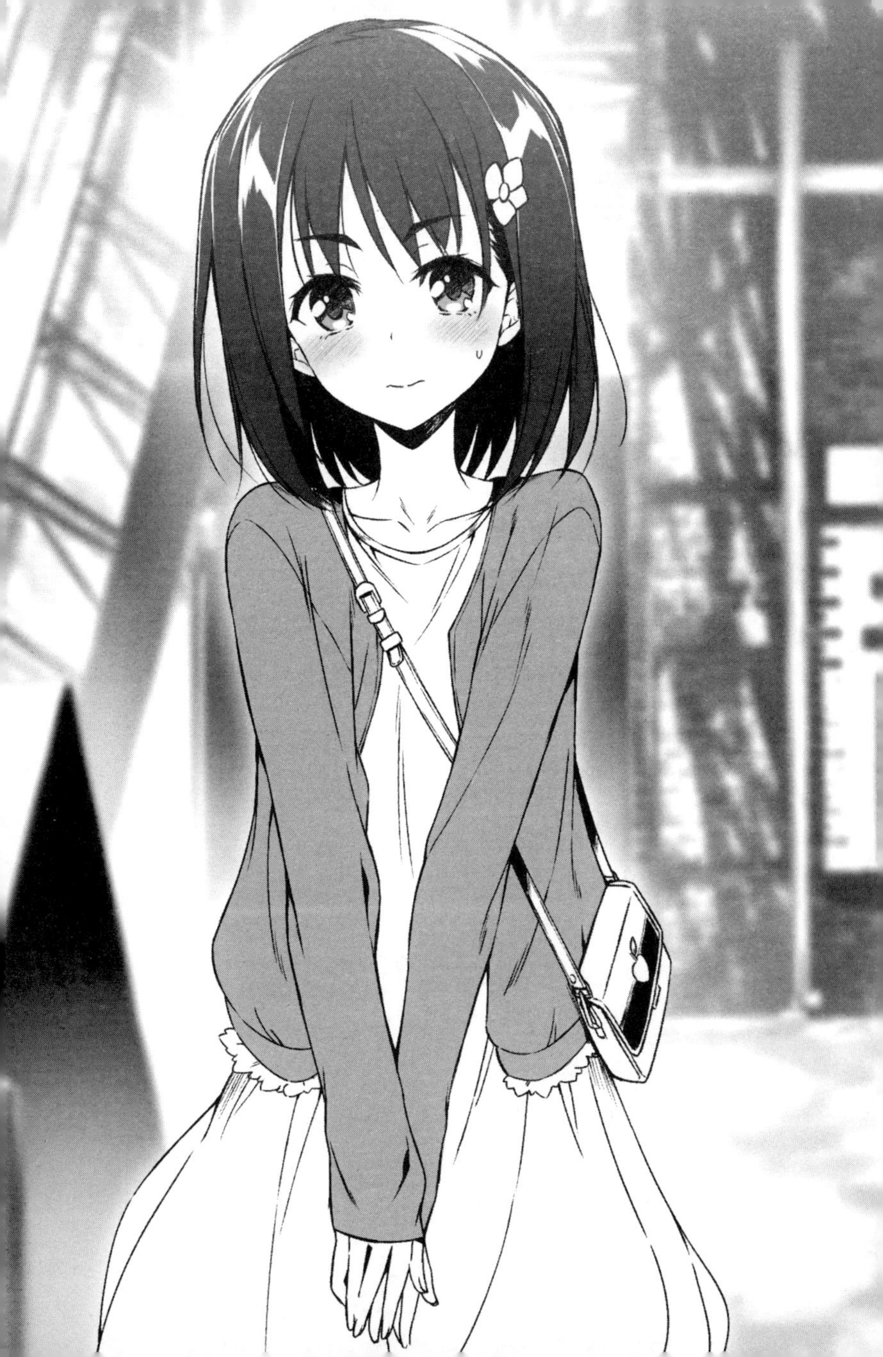

在向自己保证"没问题的",但他还是感到不安。回想起来,从第一次见面开始就没给她留过好印象,如果没有剑道的话,自己不过是个讨人厌的家伙。自己明明做了那么过分的事情,她居然还愿意来,这么好的女孩儿上哪去找。今天,一定要好好补偿她。

悠的眼睛里燃烧着火焰,充满了斗志。他看了看表,电影快开场了。

"走吧,吹雪。电影要开始了。"

"嗯……我真的,超级期待。"

悠头也不回地急着赶路,错过了吹雪那女神级别的笑容。他回想了一下之前调查过的路径,往歌舞伎町那个方向走的话就不会有错。不过……

在往那个方向行进之前,他突然把头扭向后方。

"怎、怎么啦?"

"人太多了……可能是我弄错了。不好意思,咱们继续走吧!"

望着悠和吹雪越走越远,爱莉和林檎看准时机,先后从附近的柱子后面探出了身体。

"水上氏太敏锐了,这是个问题。难不成咱们被他发现了?林檎氏有点担心。"

"就是嘛,简直比漫画还假……不对啊,你看他其实是在一边走一边戒备周围的人。不管怎么说这里都是亚洲最大的红灯区嘛。啊，羡慕。吹雪在他的保护下就像个公主。"

在爱莉的抱怨声中，一旁的林檎握紧了双手。

"加！油！吹雪！咱们桐樱五人今天一起打boss！把水上氏打到残血后扔大师球！"

"要是真这么容易就好了，那家伙可是相当难搞的。"

爱莉注视着悠的背影。他今天赞美了吹雪的精心打扮，还注意到吹雪剪了头发（在樱子家剪的）。除此之外，他应该还发现了自己给吹雪化的妆。这也太能干了，平时还真看不出来。难道这家伙是个花花公子？

"但是嘛，男人，适当地给他点好处让他吃点豆腐，这事不就成了。上啊，吹雪！速战速决！有那场爱情片助攻绝对……"

"等一下，爱莉，告诉你一个坏消息。吹雪选的那部电影不是爱情片。"

"哎？那到底选了什么？"

"希、希望你别误会！林檎氏阻止过她的！真的阻止过！但是拦不住……"

二人一直走到了能看清影院宣传广告的地方，林檎无奈地抬起手，指了指大屏幕。

那是充斥着血、硝烟、爆炸和肌肉的动作片。爱莉吃惊得连肩上的挎包都滑了下来。

"这还真是只有吹雪才干得出来……"

"别、别急着否定啊！万一有效果呢！话说由季前辈和樱子前辈去哪儿了?"

"由季在上钢琴课。大姐头应该在家里帮忙吧。"

"嗯,这样啊。爱莉,在他们看完电影出来之前,林檎氏想去逛 Animeito①。"

林檎眼睛里闪烁着光芒,一脸祈求的表情。爱莉叹了口气,重新把挎包背好。

"好吧。不过作为交换,你要先陪我去看衣服,怎么样?我可以帮你配衣服。"

"不!我拒绝!爱莉会把林檎氏的黑色素统统夺走!肥宅怎么可以屈服于暖色系!"

"行了行了快走吧,中二黑暗之魂。"

就像拎着猫的后颈一样,爱莉一步一步地把不断挣扎的林檎拽走了。

高中生们短暂的休息日开始了。

***

"厉害啊……"

午饭时间,悠不由得发出一声感叹,嗓音低沉而充满男性魅力,就好像刚刚看过的电影中的男配音一般。

"嗯?嗯马?以昂昂哦了嗯马?"

---

①一家专门经营动漫及动漫周边产品的商店。

吹雪嘴里塞满了东西，吧唧吧唧地吃着，令人欣慰。悠笑着看她，继续说道：

"哈哈，没什么。你先把东西吃完再慢慢说。"

二人在一家蛋包饭专营店开始了这顿稍微有点迟的午餐。巨大的蛋包饭是这里的招牌，简直是为吹雪量身定制的。她吃得比悠还快，瞬间就把最大分量的蛋包饭一扫而空，然后两眼放光。

"好吃！"

看她吃得开心，悠也高兴。对平时做饭的人来说，这个满足的表情就是最好的回报。羡慕这家店的员工，真希望这顿饭是自己做的。

"是吗？你喜欢就好！"

虽然有点怀疑自己的眼睛，但高兴就是高兴。坐在对面的吹雪也是一副笑眯眯的样子。

"嗯。再来一碗！"

"你说什么？"

这下轮到悠怀疑自己的耳朵了。这孩子，刚才不是才吃了三桶爆米花？

就在悠的意识神游之时，吹雪嘴里含着勺子，表情变得忧郁不安。

"怎、怎么了？和我一起吃，不开心吗？"

"不不不，怎么可能！你别胡思乱想，我超开心的！来，我来帮你点餐！"

我想守护这份笑容。

吹雪再一次露出了灿烂的笑容。悠一边看着她,一边伸手去拿菜单。就在这个时候,他突然发现了一个令自己感到欣慰的东西,于是顺手抽了一张纸巾,把手伸到吹雪的嘴边。

"吹雪,嘴巴上有东西。"

轻轻地,悠将粘在她嘴边的东西擦去。一直就希望自己能有个妹妹,这一点上真的很羡慕快晴。在悠温柔的凝视中,吹雪渐渐地脸红了。

"那、那个,我去下厕所……"

如脱兔一般,吹雪离开了座位。

特意选择这个时间点离开座位,就是说……

"给我个机会去埋单!原来她这么会替我着想啊。"

悠很识趣地叫来店员,加了一份刚才吹雪吃的蛋包饭后要求埋单。很快,店员就回来了,手中正面朝下地拿着刚才的账单。深吸一口气,悠把账单翻了过来。

"哦哦!这么贵!也不知道今天带的钱够不够……"

上面显示的是对高中生来说难以承担的金额。电影票是在网上订的,所以这是悠今天第一次打开钱包。昨天晚上睡觉前还确认过,如果没记错的话应该……

悠一边在脑袋中飞速计算,一边紧张地打开钱包。

无数的福泽谕吉[①]把狭窄的钱包塞得满满的。

[①]日本一万元纸钞上面印的人物。

"这？！"

在犹如天文数字一般的那一沓纸币中，悠发现了一张纸片，上面是妈妈的字。

"昨天谢谢你了。这是瞳的饭钱和妈妈的谢礼。够吗？"

"何止是够，钱包都快爆了好吧……哎，那个笨蛋，完全不理解高中生的消费观！"

但是，在目前这种状况下也管不了那么多了。悠不得已地用"肮脏的"钱渡过了眼前的危机。

同一时刻，在另外一边。

樱子和由季也在同一家店吃着东西。她们坐得远远地监视着吹雪，那孩子在自己喜欢的男生面前仍一如既往地大吃大喝。

"咱家的小公主还真是一点也不讲究呢……好不容易才把她打扮得漂漂亮亮的。"

"不过啊，这才是吹雪该有的样子，她就不是那种讲究人，咱们也没办法啊。"

就在由季将餐巾纸挂在胸口，十分优雅地慢慢品尝食物的时候，樱子已经狼吞虎咽地吃光了。这是运动部特有的吃饭速度。吃完后，樱子擦了擦粘在嘴角的酱汁。

"不过话说回来，我们也得找个机会感谢水上君啊。不管怎么说他都是我们的救世主。今天蓝原老师突然取消练习绝对是因为水上君……"

"嗯，我也这么觉得……那个，樱子，你也顺便当一回救世主吧，我有个请求。"

由季停止了动作，脸上挂着一副"终于说出来了"的笑容。

"我已经吃不下了，救救我……"

"哈？！"

由季坐在座位上微微颤抖。樱子看了一眼她的盘子，明明点的是最小碗，她却只吃了四分之一都不到。

"这不是完全没动吗！你这家伙到底是有多省油！"

"这、这样不好吗？我又文静又淑女还省油，简直就是丰田普锐斯好不好。"

"还丰田普锐斯呢，我看你就是一辆三轮车！还没吃几口就装不下了！我绝对在点餐之前就说过的！你这家伙绝对会吃剩下，所以咱们两个点一份分着吃！是谁拒绝的？！"

"换、换作是谁都会这么做吧？我绝对不同意你的观点！和女生分食一份蛋包饭，简直是侮辱好不好！第、第一次当然得和那个'他'分食啊！"

"别想了，永远都不可能的。你就和饭一起被剩下吧！"

心累，头疼。樱子按着脑袋，看了一眼悠和吹雪的方向。

正好看见了悠在帮吹雪擦嘴的那一幕，吹雪看起来就像公主一样。

"真好啊……"

樱子的内心其实住着一个小女孩儿，看看吹雪，再想想自己，她真心羡慕。如果有可能的话,自己也想成为那种人。然而……

"樱子姐……大姐头……"

"行了!别吵了!我吃还不行吗!等下全部由你埋单啊!"

需要和供给难以保持一致,这才是世间常态。樱子决定了,待会儿回去后绝对要好好测下体重。

***

午餐后,两人开始逛LUMINE。途中,吹雪想找一款最适合剑道时戴的头绳,在杂货店的收银台前排起了长队。悠实在闲得无聊,一个人到处乱逛时注意到了一家店。

"哦……眼镜店?"

他信步走了进去。

虽然自己视力很好,和眼镜店没什么缘分,不过,最近好像出了专门看电脑用的防蓝光眼镜。他随手拿了一副,试着戴在脸上。他似乎突然想到了什么,掏出手机。

【悠】我在眼镜店里。有什么推荐吗?

【深濑史织】不知道。

【悠】你从刚才开始就在发什么脾气?你不说清楚我怎么知道。

【深濑史织】没什么。

【深濑史织】我只是羡慕你们有好吃的。

【悠】是因为昨天那事吗？临时取消了和你的晚餐，真的很抱歉。

【悠】但是约定也得排个先后，请你原谅我。我和吹雪有约在先，而且做了对不起她的事。

【悠】我之后一定会好好补偿深濑你的，请耐心等待……

【深濑史织】哎？我也有份吗？昨天你说什么你有急事，然后就直接放我鸽子。

【深濑史织】反正已经有乾了，深濑什么的就无所谓了，是吧？

【悠】不是的！不是你想的那个样子！我昨天是真的有急事！

【悠】我绝对会遵守约定的。至少我不会主动爽约。

【深濑史织】好吧，我原谅你。下次，我要你用整个休息日向我道歉。

【悠】等下，不是说好了只请晚饭吗？怎么变成一整天了！

【深濑史织】给女孩子道歉要还三倍的，这可是基本常识。你要是觉得有困难的话，可以分期付款。

【悠】分期的话不就永远还不完了吗……你就这么想和我约会吗？

【深濑史织】哈？！少自作多情了！看我到时候怎么使唤你！

"你要是做得到的话……"悠正准备打出这一行字，突然有人从后面拍了拍他的肩膀。

"你在干什么?"

明明没在做什么亏心事,却被这突然的搭话声给吓到了。

悠赶紧把手机收回口袋,转过头来。吹雪注意到了悠的眼镜,一脸吃惊的表情。"那个……"

"啊,这个?没度数的。怎么样,合适——"

还没等他说完,吹雪就凑了上来。

那精致的小脸,与自己的鼻子和眼睛近在咫尺。她盯着那副眼镜,眼神就像是在看杀父仇人一般。她一只手把眼镜摘了下来,另一只手放在悠的脸颊上。

"还是什么都不戴更帅。"

吹雪的笑容伴随着一种压迫感。悠心跳加速,什么话也说不出,只好红着脸点点头。

"还真是一刻不看着你都不行。今天别让我再看到你了,破眼镜。走吧,水上君。"

吹雪快步离开了。然而,她并没有意识到,刚才那一瞬间,她收获了今天最大的战果。

这一切,在远处观战的大姐头都看在眼里,心急如焚。

"笨蛋吹雪!机会啊!就是这里!继续进攻啊!为什么剑道以外的机会你都看不到!"

监视小队的负责人——樱子仰天长叹。刚才差一点就成了!

"你们也说句话啊！指导不足啊这是！喂！你们在听……吗……"

她回过头来，惊讶地发现大家都在服装店里嬉闹，比拼谁配的衣服最丑。

"啊哈哈哈哈，我不行了。由季酱你这造型看起来就像个rapper……"

"林檎氏强烈要求来一段！"

"那就来一段 BA！Yo，我家住在松涛，晚上零点睡觉，没有男友焦躁，冲动是个烦恼，唯有投身剑道，Yeah……"

这群人没救了。整条街的智商都被你们拉低了。

怎么就摊上了这样一群猪队友，樱子打心底里同情吹雪。不过，作为前辈，她当然还是希望这位可爱的后辈能够坚持不懈，继续加油。

就目前的状况来看还是有希望的。而且，不管怎么说——

"加油！吹雪！拿出剑道部该有的志气来！我们只能帮你到这里啦，最后还是得靠你自己。"

拥有"剑姬"之名的人怎么可能会输！这完全无法想象嘛！樱子感觉这一天过得非常充实，她满意得点了点头。

"你们这群笨蛋！任务结束！起驾！回宫！"

***

难得的休息日，感觉时间过得却比平时更快。

即使向上天请求约会不要这么快结束,太阳依然毫不留情地慢慢落下。吹雪快哭出来了,不甘心地望向黄昏的天空。

"吹雪,晚上去哪儿吃?"

"啊……不好意思,今晚我哥在家,所以我得回家吃。"

还得顾着家里人,真麻烦。不过这也是没办法的事,谁叫这是父母的请求呢。

吹雪生气地鼓起脸颊。悠看到吹雪的表情,笑了起来,脸上透着几分寂寥。

"关系真好……真羡慕你们。"

"哪里好了?!那种人我最讨厌了!昨天我们才打了一架!而且,我明明、我明明想认真和他打……"

吹雪握紧了双拳。她的心里只剩下愤怒,已经……忘记了如何去悲伤。

"等我,吹雪,我很快就回来。我一个人也会加油的。"

"那种人……那种人才不是我哥!"

看到吹雪握紧了拳头,悠下意识地看了看自己的左手——还是保持张开的状态。

"原来是这么回事……不过,即使是这样,我也羡慕你们。"

"为、为什么?这哪里值得羡慕啦?!"

"你想想看,你们会吵架吧?想吵就能吵吧?真正的家人,就算再怎么吵架也不会分开的。"

悠的手在颤抖。

剑道中的顶尖强者,在这一刻看上去却是如此的脆弱,好像一碰就会坏掉似的。

"我不喜欢吵架。一旦吵起来了……就连朋友都没的做了。"

"怎么会呢?"

"当然会!就因为这种事,我已经失去了太多朋友!还真是不知道吸取教训呢……我讨厌这样的自己,我太自私,眼中只有自己。所以,我、我……"

悠眼角泛着泪光,抬起头望向天空。星光如注,洒在他身上。

"不过,这都是借口。归根结底,是我太害怕……是我太软弱。"

望着他那如提线木偶般僵硬又脆弱的笑容,吹雪也不知道该说什么。

"对不起。一个人在这里发牢骚,让你看笑话了。"

"没、没关系的!如果你不嫌弃的话,我愿意听你说。"

"吹雪,你真好。还有,你哥他其实并不是你想象中的那个样子。你也不要太讨厌他了。"

就好像自己亲哥哥一般的口吻,悠温柔地说出了这句话。他看向远方,就好像在怀念着什么。

"你哥其实可喜欢你了。我以前见他的时候,他也是一直在担心你的事。"

"你们以前……见过?"

"嗯,好像是小学低年级时的一个夏天吧。快晴来炼心馆上门学艺……原来你不知道这事儿啊。我记得他说过,你好像是发烧了所以没来。"

本来以为自己很了解哥哥的,然而事实却不是如此。这个男人,他知道自己所不熟悉的哥哥的另一面。

"原来是,这样……那家伙很弱吧,'爱哭鬼快晴'?"

"嗯。简直弱爆了。也不知道是不是这个原因,他一直在受欺负。但是,即便这样,他一步也不后退,一滴眼泪也不流……"

吹雪点了点头。虽然这个哥哥超级讨厌,但是必须承认,他是个言出必行的男人。

"我是第一次觉得一个人很帅……因为他说,他那天是为了妹妹而来。为了某个人去努力,这一点我就很佩服。如果是我的话肯定做不到……我就琢磨着,一定要和这个人做朋友。所以,我就拿出勇气,用我最擅长的那个成功说服了他。"

悠张开他的左手。放弃剑道后,这只手已经好几年没有拿起剑了,却依然布满坚硬的伤疤和老茧,简直就像剑道的诅咒一样。

但是在吹雪看来,这就是世界上最美丽的手。

"很顺利。他告诉我说他想变得和我一样强……我很开心,和我说那种话的人他还是第一个。所以，我毫无保留地把我珍藏的必杀技教给了他。"

悠笑了起来，就好像发现了宝藏一般开心。

"分别的时候，我们做了一个约定。"

"约定？"

"嗯。他说，他一定会遵守约定的，所以我必须等着他，无论发生什么。那家伙是一个言出必行的男人。吹雪你应该能理解吧，毕竟一直和他在一起这么久……"

吹雪惊讶得说不出话来。

自己一直在追寻的真相，现在，就如同雪一般从天而降。

"吹雪，那家伙回去后怎么样了？我教他的那招他在用吗？即便是一个人，也在好好努力吗？我觉得这些问题，就算不问也……"

"告诉我！"

吹雪发出哽咽的声音，打断了悠的话。

捂住嘴巴的手不由得颤抖。

"求求你，告诉我……是什么约定？"

原来你就是幕后真凶吗？

她颤抖着，等待悠的回答。然而，等到的却是——

"不告诉你。这可是男人之间的约定。"

夜幕中，自己喜欢的男生露出笑脸。

悠看了看自己的左手，慢慢握紧了拳头，就好像是在确认自己的决心。

"吹雪,最后……我还有一个地方想去。"

***

"谢谢您。我还会再来光顾的。"

看到悠从陈旧的拉门中出来后,吹雪向店主行礼后关上了大门。陈旧变色的磨砂玻璃上写着"武道具店"四个大字。两人手中拿着新买的竹刀。

"真的抱歉,不管怎么说这都算是约会,结果到最后还要你陪我来这种地方。"

"'算是'二字是多余的……不过,听到你这句话我就放心了。噗噗。我真傻。"

吹雪苦笑着,双手握紧了包在塑料薄膜里的新竹刀。

"嗯。这样一来,明天也能继续教训那群家伙了。我要让他们后悔来到这个世界上。"

"吹雪,你真的很强……"

听起来像是讽刺自己的话,不过,她很快就明白了不是这样的。无人的小路,昏暗的街灯,若隐若现的悠的脸庞,布满了老茧和伤口的手。在这样的环境中,这句话只会有一种解释。

这个人很强。然而,过分的强大却使得他无法向任何人哭诉。

自己真的是一个被幸运女神所眷顾的女人。

尝试过输得体无完肤，也明白强大到没有对手的那种空虚感。为了变强，已经做好了牺牲一切的觉悟，却也由此得知自己还有很多不足。

自己依然很弱小。自己很清楚。

"嗯。你说得没错，我很强。"

但是，必须告诉他。

一反平时的幼稚和坦率，吹雪勇敢地、堂堂正正地说出了这句话。

"所以，我不允许你做出这种示弱的表情，也不允许你对任何事物产生恐惧！你完全可以更加帅气一点，完全有站在巅峰的实力！我是绝对、绝对不会允许你放弃剑道的！"

吹雪与悠拉开距离，从塑料包装中拔出了竹刀。

她摆出战斗的架势，剑尖直指向悠。

"悠君，没关系的，别害怕……竹刀是打不死人的，尽情地去享受剑道的乐趣吧！好好看着对手的眼睛。拿出自信。你要相信，自己就是全世界最帅的那一个！"

吹雪坚定地望向她的剑之彼方，向他露出微笑。

因为，你是——

"打败了我的那个人！"

"啊……谢谢你。谢谢你斩断了我的迷茫!"

看到吹雪收起竹刀,悠带着一脸轻松的笑容向她伸出左手。

"吹雪。我有个请——不、不对,你输了,所以听我号令!"

"是!"

内心无比激动。再多点!再多点用这种粗暴的方式对待我!

"和我握个手吧。我想和你做朋友。"

"哎……这么好的氛围就被你用在这种事情上。笨蛋!"

吹雪有些不好意思,她将脑袋偏向一边,向悠伸出了手。那只手,在悠看来就像宝贝一样,他温柔地抚摸着。

"你的手真漂亮!"

"哈!等、等一下!左手不可以!我、我的这只手,又硬又难看……"

吹雪想把手收回去,却被悠抓住了。他轻轻地、轻轻地,就像对待真正的公主一样。

"没关系,我就要这只手……这是象征着努力的手。这种美,才是我最喜欢的。"

狡猾!坏心眼!每次……每次都借用这种方式照顾我。

不过,并不觉得讨厌,所以没法拒绝。可是,如果再继续被他宠下去的话,该怎么办?

想来想去都想不出个结果。吹雪望向夜空,一颗流星划破天际,缠绕着来自过去的光辉,在夜空中闪闪发光,就好像在告诉她,现在还有挽回的余地。

现在，吹雪在心里暗自下定了决心。

"谢谢你。别松手，记住这种感觉。总有一天，我会用这只手……"

抓住你，让你成为我的人。

总有一天，我会用自己的嘴巴向你表达我的心意。总有一天……吹雪再一次握紧了手中的剑。

"悠君，我呢，小时候有个梦想，你想知道吗？"

"哦？嗯，告诉我吧，是什么梦想？"

——新娘子。

吹雪像个坏女孩儿那般小声窃笑。

"讨厌。不告诉你。这可是女孩子的秘密。"

"你还真是个可爱的公主……"

哥，咱俩互相看不爽对方也不是一天两天了，不过，我还是希望你能听我说句话。

这到底是喜讯，还是噩耗？怎样都好。不知道为什么，我每时每刻都在想着他。就是这种感觉。

吹雪幻想着自己说出这句话时的表情，无比期待。等回到家的时候，打开玄关，一定要用最可爱的表情大声宣告。

这么乱来一定会被哥哥你嫌弃吧，不过，这不正是妹妹的可爱之处吗？

但是,我也只有趁这个机会才会告诉你。所以,请你忍耐一下,听我说。

"哥。我有喜欢的人了!"

七合目　哭泣的劍鬼

有句话叫作早起三分利。不过用现在的物价标准来看三分又能值多少钱？还不如让我多睡会儿。黑濑诚大清早的一个人在社团活动室里打哈欠。

时间就是金钱啊。我可不想把我宝贵的人生浪费在这种可有可无的事情上。

黑濑穿着道服和垂帘，就像往常一样靠坐在墙壁上。他一边用头巾擦着汗，一边看着手里的日程表。

"全天练习（上午热身之后，中午进行比赛练习。全国高中剑道大会个人赛，出场选手决定战）。"

凭实力选出最厉害的两个人。简单粗暴。这基本上可以算是被贬得一无是处的剑道的唯一一个值得称赞的优点了。黑濑点点头，为自己的机智点赞。这时，活动室的门被推开了。来了吗，那家伙？！

"小、小黑？不，不可能！居然提前一个多小时到了！"

"你这家伙怎么这么烦。嘛,也没什么。我也就是想多赚那三分利了。你知道我最喜欢的就是休息和钱了。"

水上悠朝黑濑投去愤怒的目光。嘛,如果自己站在悠的立场上的话也会生气。

他挠了挠自己被汗水浸湿的头发,仅仅是这个动作就让人觉察到了他的不爽。还是老样子,做得太明显了。

"之前向你们求救都不理我是吧……关系这么好啊你们?"

"喂你别瞎说!我从不选边站,谁都不帮。我只是因为欠他才这么做的。"

"欠他?"

"以前,发生过一些事。不过真的仅此而已。……我不喜欢欠别人的也不喜欢别人欠我。咱们都不容易,都是脑袋被门夹了才选了这种苦逼社团。换作你也不会想去扯那些人际关系给自己增加负担吧?"

锱铢必较,以计算得失来处理人际关系。讨厌暧昧。

所以就算被人说人缘差、没有朋友也无所谓。就算这样自己也能活得很好。

"嗯。我明白了……所以,我和小黑之间还是保持这种简单的关系比较好。"

然而——

这把直指自己鼻尖的新竹刀又是什么鬼?

"干什么?想卖给我么?你觉得我会买么?"

"不是。我只是想把咱们之间的账算清楚。……我刚来的时候，不是折了你一把竹刀吗。所以，这把是还你的。"

"谁要你还了！我那时候不是说了送给你了吗？！"

"不行！拜托你，小黑！请一定收下！我实在不想欠你任何人情！"

真是个讨人厌的家伙，黑濑在心中暗自腹诽。

你这家伙，明明比我要高冷得多，明明对谁都不抱以期待。

"你不是喜欢斤斤计较吗？那咱们就开门见山地来吧。这就是你想要的关系吧？"

这家伙……太可怕了。

没看到别人在特意回避他吗？为什么要说出这种话？

"好吧。我知道了。我收下。但是，你真的觉得这样好吗？"

黑濑冷笑着，暗自下定决心。

"嗯？什么意思？"

"今天，我就用这把刀葬送你！"

事到如今，也该拿出点真本事了。我可没兴趣把好处都给你们占了我还一个人在旁边吃瓜。

黑濑很清楚，即便自己和城崎二人联手也不是他的对手。

"好不容易起个早床结果却碰到个大BOSS。要是再来几个人帮忙说不定就能送他去投胎了。"

但即便是这样，也绝不能在这里轻言放弃。

黑濑说完这句话后就一直瞪着悠。好一会儿悠才反应过来，他哈哈大笑起来。第一次看到他露出这种表情，以及，他随后展现出来的，睥睨的眼神。

"你们这群垃圾不过是一丘之貉！简直是在痴人说梦！"

终于有个像样的表情了。和那时无聊的样子不一样。看来，早起还是值得的。

成功地激怒了悠，黑濑简直想找人夸夸自己。他打开活动室的门，穿着裤裙就跑向了道场，不知道为什么就是特别想跑。哎，我今天到底是怎么了？净做这种事。所以，在道场的镜子前练习的那个人，那个与他交往了一年的同期，立刻就察觉到了他的不对劲。

"你怎么啦，小黑？我好不容易才练习一次的说，就这样都能被恶心到吗？"

"啊啊。都是因为你，我刚才也跑去挑衅那家伙了。"

城崎笑了。黑濑简直就像自己的镜子一样。

"我就说吧！现在正是雄起之时。再不反抗就成他的经验值了！"

"我才不要变成他的经验值呢！"

"是吧，我就知道你肯定不愿意。不管怎么说，我们还是有底线的……"

城崎再一次在镜子前挥起了竹刀。

他明白，自己很弱。弱得无可争议。

镜子是不会说谎的。这几天的拼命练习，并不能弥补自己先前因为懒惰而欠下的账。

"那家伙不是超强吗？只要和他组队那团体战简直不要太容易。就算我们输了，他也是'没关系没关系'地在那傻笑，然后就像没事儿一样扳回两本。说真的，有点可怕。有时我甚至觉得这家伙一点人性都没有。但是……但是吧……

这并不能成为我不去挑战他的理由！"

镜中，映射出的是真实的自己。如此的矮小，如此的吊儿郎当。这种人，谁都不会喜欢吧。

但是，正因为如此，正因为是这样的自己。

"胴——吓啊啊啊啊啊啊！！"

那一刀下去，身体仿佛被切成两半，麻痹瞬间传遍全身。

我受够了，我不想再这么堕落下去了。就从我能做的事情开始……

来吧，让我把欠你的都还给你。然后一身轻松。

他挥刀斩下，然后稳稳地停在了空中。

这一刻，他才终于感到，他有资格自称是那个人的朋友。

"看啊小黑！我临阵磨出来的枪都能把那家伙劈成两半！"

"啊啊。这不很好吗？期待你的表演。"

因为不好意思直接说出来才开个玩笑的。这家伙，还真是一点都不配合。

"快住手！自己人！你做梦呢！你平时不都这样憨我吗？"

"嘿嘿。偶尔做做梦不好吗？"

另一个笨蛋，也在镜子前举起了竹刀。

"那么，就让我也做做梦吧。"

***

战斗，即将开始。

紧张的气氛充满了整个道场。

拿着裁判道具的女生们相互分配了任务。缠是主审，叶月和千绒是副审。圆香的腿上放着比赛记录，史织拿着秒表站到了白板前。

穿着战衣的男生们分成了两队。悠被分到了八代所在的白队，他一直在等待着上场的那一刻。

他戴上笼手，左手握拳。

这只又坚硬又扭曲的拳头，这只属于鬼的拳头，已经按捺不住，跃跃欲试。

"喂，八代。"

现在的话，可以不用外号，直接叫他的名字。无须遮掩，无须躲藏，直接面对。

"干什么？"

那个时候，在和秋水大附属比赛之前，通过猜拳决定了出场顺序，自己也因此做出了让步。

那是一种公平的、和平的方式。……但是那种做法，其实怎么看怎么傻。

"这回，就让我拿出真本事吧。作为剑道部的一员"

平等？简直令人反胃。那种无聊的方法早放弃了。

"这回，我绝对不会退让了。"

一定要赢！

就算是已经赢了一百次、一万次，下一次赢的，也一定是自己。

"有资格去斩杀那家伙的，只有我！"

绝对不能被自己的后辈看扁了。

悠站了起来。左手中握着全新的竹刀。

"哈。你终于肯认真起来了么？"

八代用嘲讽的口吻说道。

果然，这样才够意思。你以为我为了什么才脑子抽了跑来练剑道的？就是为了干翻你这种自以为是的家伙，要你输得心服口服。啊~这种感觉简直嗨到不行。

"放马过来吧！水上前辈！二楼的观众席才适合您！"

"哼哼。好一个口出狂言的后辈，你也不看看我是谁。"

悠迈出了步伐，走向第一场比赛的舞台。

他在白线前拔出剑，摆出了架势。……只是，在这之前。

"对不起，缠学姐。在开始前可以稍微等一下吗？我有个请求。"

"哎？怎么啦？是竹刀起毛刺了吗？"

"不是。……主审的位置总感觉还差点什么,换人吧!"

悠用坚定的眼神瞪了一眼拿着秒表缩成一团的那个人。

"深濑,你来当主审。你也该从计时这个岗位毕业了。"

你过来。我知道你不是那种会满足于现状的女人。

"哎……要、要我来吗?!我、我还一次都……"

"你想一直都把自己当新手吗?你这样真的满足吗?"

啪——

如同一记耳光般的质问。

第一次,在部里被人严肃的对待,这种经历,从此将不再留有遗憾。

一瞬间的沉默充满了整个道场。不过最终,她还是没有选择逃避。

"不!我想做!请务必让我来做!"

"很好……那个,不好意思,缠学姐,您看这样合适吗?"

先斩后奏。带着对这种有趣的方式的认同,温柔的前辈对着悠笑了笑。

"居然敢换我的位子,你小子胆子够大啊。……行啊。既然是你的任性,那我就依你好了。"

悠抬头望向了天花板。"好好看着对手的眼睛。"曾经与那个她做过这样的约定。被拒绝是可怕的。令人不禁颤抖。已经,不想再一个人孤独下去了。

然而,如果想与那个男人,那个一直以来都是孤身一人奋战至今的男人战斗的话。

就必须在此斩杀想逃避的那个自己。

"俊介,你也没意见吧?"

悠坚定地注视着自己的剑之彼方。站在那里的那个人——

"啊啊,没问题。我已经不在意了。"

在自己目光的注视下,依然展露着笑脸,那是强者才拥有的笑脸。

——啊啊。来吧!认真和我打!

"前进!"

一步。两步。三步。悠怀揣着勇气之剑,在世界的中心静静地拔出。这一刻,他睁开了双眼。

来吧俊介。这可是你要我认真和你打的,你可不要后悔!就让你看看我真正的实力吧!

所以。等一切都结束了之后。

"开始!"

再一次,做我的朋友吧—

***

傍晚。

解散后，城崎俊介摘掉防具，呆呆地望着天花板。心里痛快？不是。心有不甘？也不是。有一种难以名状的感情堵在胸口。只是，抬起头来，就仿佛刚才的光景又一次出现在了眼前。

竹刀，在空中舞动。

时间静止，自己的身体仿佛不再是自己的东西，这种感觉，直到现在也忘不掉。乾快晴也一定尝试过这种感觉吧。一旦这么想了，总觉得……

"小城。擦一下汗吧。会感冒的。"

"没事，笨蛋是不会感冒的。"

"憨批。你今天，真像个男子汉。"

已经摘掉了所有防具的千纮开心地笑了。城崎觉得有点不好意思，于是搪塞了过去。

"喂喂！你这是在讽刺我么？是被小黑调教成这样的么？"

"我是不会说谎的。反正我想什么都写在脸上了。"

"Thank you……哎，看到小千你我连生气的力气都没有了。啊啊，肚子饿了。"

"你又在瞎说什么。算了，像今天的特殊情况，就让叔叔我请你大吃一顿！"

"真的？！呜哇，那我要吃那个什么苑的烧肉。"

"你是想把我吃破产吗！"千纮大声吐槽了一句，从道场跑了出去。本来只是开个玩笑的，结果却突然发现自己真的饿了。只怪自己一直沉浸在刚才的情绪中。还有今天绝对不能让她请客。自己还有一个朋友，一个今天从早到晚都陪着自己的朋友。必须向那个人道谢。

"小黑。今天真的谢谢你。我请你——"

他将头扭向左边，然而，原本应在坐在这里的那个人却不见了。这家伙，每次都是一结束就赶紧回家。也是因为这个原因，城崎的目光和隔了两个座位的那个男人对上了。城崎这时候开始后悔了，要是早点想好输掉时的台词就好了。

好不容易等来的耍酷机会，然而——

"我服了。"

从自己的嘴巴里只能说出这种话。还真是不管干什么都是三流水平，想帅都帅不起来。就在他这么自嘲的时候，悠突然做出了一个令他感到吃惊的行为。他歪了歪头。

"我不知道，该怎么说。"

奇怪的家伙，为什么要咬嘴唇呢？还用右手蒙着眼睛，和我们打架就这么累吗？感觉手心都渗出汗来了。

"我、我打赢了你，真的……很高兴。"

既然是这样，那就没有什么是比这个更值得高兴的了。仿佛松了口气一般，城崎笑了起来。

"Thank you……行了！对战结束！接下来就是团队战了。"

"你要是和我组队的话那可得一路打到终点。你可别中途掉链子了！"

"和你一起怎么可能掉链子！就算最后输了也值了。"

城崎把防具放到架子上收纳起来。他头也不回，背对着悠说道。

"吃饭，去不？大口吃肉。一起搬空小千的钱包。"

"呜哇超级想去！请务必让我上车！……但是，唯独今天不行。不好意思。"

"什么？难道你约了别人？"

"嗯。从某种意义上来说应该算是约会吧。我已经让她等了太久了，得好好地和她道个歉。"

"啊？又来一次？水上悠，你还真行啊！不过嘛，还是没我厉害。"

"哈哈。那当然！"

在整理好所有东西之后，城崎首先向道场行了一个礼。在离开之前，他向悠说道。

"喂！悠！别老惦记着女人，偶尔也陪你的朋友们耍耍呀！你要是敢拒绝的话我和千纮可是会在教室里当着所有人的面发飙的！"

"啊啊。就算你不说我也会约你们的。今后，约到你们烦为止。明天见！"

"哦！明天见！拜拜。"

"啊，俊介！我有句话想让你帮我转告给千——"

然而，城崎已经不在了。

"行吧，迟早有一天……就算不说，也一定能传达到。"
谢谢你们，邀请我进社团。
在无人的道场中，悠安静地鞠了一躬。
然后，他慢慢地整理起了防具，将架子上的防具收进防具袋里。夕阳从窗户边射进来，洒在他的身上。今天，还有一个地方要去。
"然后，就差竹刀袋了吧。"
他"隆隆"地拉开了用具库陈旧的拉门，打算进去里面找。
"嗯，还是不懂……啊！前辈？！你、你怎么在？！"
堆得满地都是的竹子，大量的竹刀线、刀柄和剑尖处的皮套，以及被这些东西所包围的，板着张脸的眼镜美女。
干出这种蠢事还能美得像画一样，真不愧是剑道部的看板娘。
"你是，想自己组装竹刀吗？和我说不就好了吗？我完全可以教你啊。"
"这不都是因为你最近只顾着和别人讲话，完全不理我嘛！"
史织瞪了悠一眼，然后她扭过头去，气得鼓起了脸。
"我一个人也可以的，不用你管。"
"你不要这么可爱好不好，搞得我又想欺负你了。"
悠伸出手来，轻轻地拨开了落在史织头发上的竹刀线。
"！"

"还真是一刻不看着你都不行，你说你啊……拿着道具上外边儿来，我来教你。"

悠窈笑着先离开了。

史织的大脑一片混乱，她用双手按住刚才被碰到的地方，一个人，小声嘟哝着。

"你终于肯碰我了……"

***

"今天真的不好意思。突然对你说这些吓到你了吧？"

"还真是吓到我了……但是，你也没必要道歉。"

史织将四片竹片绑在一起后，在剑尖处和刀柄处分别套上皮套，然后用竹刀线将两处皮套连接，用力拉扯固定。这套工序完成后，她才终于松了口气，无意中吐露出了埋藏在心底的想法。

"只要你愿意理我，这又算得了什么呢？"

他手把手教自己做出来的竹刀，仿佛带有生命。

开心！这个人，终于！

一直以来，自己似乎有一种奇怪的执念——谁都别碰我，以至于很难和他人走得很近。面对自己的这般任性，心里其实一直都很着急，却无处倾诉。

"啊！你，你别乱想啊！我其实没什么别的意思！"

她不禁对自己刚才的行为感到害羞，于是逃避般地再次将注意力集中到竹刀的组装上。

"你可真是个小妖精……"

所以那个时候，悠到底是抱着怎样的心情说出那句话的，史织并不清楚。

"哈？你在想屁吃？都这种时候了还撩？嘿！应该是这样做吧。OK！搞定！"

她在从剑尖往下三分之一的位置绑上了中结，就像悠所教她的那样。最后她用剪刀剪去了中结多余的部分，完成！

她高兴得站了起来，挥舞着刚刚做好的竹刀。

悠看着她目瞪口呆。

"哎？这么快就做好了？我只随手演示了一遍而已啊！"

"嗯？有什么好奇怪的吗？你都做了一遍给我看了，会不是很正常吗？"

悠歪着脑袋想了一会儿，然后，也不知道有什么好笑的，他突然大笑着站了起来，手中拿着刚才演示时做出来的竹刀。

史织见状，也紧跟着站了起来。她绕到悠的正面，拔出竹刀，摆好架势。

再多点，关心我。想说却说不出口。

也不知道对面的悠是不是察觉到了什么，他也架起了竹刀。

那姿势实在是漂亮，几乎只看一眼就能把人迷住。

太狡猾了！居然给我看这种东西！你让我还有那个女人以

后还哪有脸自称美女?

史织一边不甘心地咬着嘴唇,一边坚定地看着他。剑尖相触,二人之间是一足一刀的距离。暗红色的阳光从窗口射进来,为心意相交的二人描出阴影。对面的那个他,再一次发出了窃笑的声音。

"你这到底是狂妄自大呢,还是无所畏惧呢?深濑,你是真的强!"

"我也没你说的那么了不起。我就是一弱鸡,超级弱的那种。"

"弱鸡?你明明赢过我的。"

这一次,是悠向她投来坚定的眼神。

"是这样的没错。"

这一刻的成就,能够在这里沐浴那个眼神,这都要归功于那个时候的自己。

"我不过是,任性而已。"

那是一个,如同今天一样的黄昏。

和桐樱学院进行练习赛的那天。悠打败了吹雪,赢得了和江坂的赌注。他带着防具和竹刀袋,迎着傍晚的阳光,踏出校门,正准备离去。

"前辈!你真的不加入社团吗?"

背后,有人叫住了他。如果不这么做,也许就真的再也见不到了。

"是啊。今天真的是最后一次了……我应该说清楚了，我不喜欢剑道。"

"你一直希望有谁能打败你，却苦于找不到对手，我没说错吧？"

悠一瞬间屏住了呼吸，温柔的表情逐渐凝固。

"你的不满都写在脸上了，前辈。"

"就算你说得没错吧。但是，这也已经和深濑你没关系了吧？我说过了，不要靠近我。"

拙劣的笑脸无法掩盖他的不满，充满杀气的眼神仿佛在发出警告。

别过来！别靠近！你要敢来就砍了你！

在悠的杀气中，史织吓得缩成了一团。心跳不断加速，似乎是在提醒她，现在必须逃跑。

但是……

"当然有关系！我想和前辈你去同一个社团！"

这份炽热的眼神，原本是只属于剑姬的，如今自己也拥有了，喜悦战胜了恐惧。

"我也说过了。你越是让我不要靠近，我就越是想靠近。"

感谢自己这份唱反调的性格。所以，面对正在逃避的这个人，即便是为了争口气，也绝对不想让他逃跑。

"那就让我来满足前辈你吧。"

"就凭你？"

"对呀。前辈你要不也和我赌一把吧？一本胜负。要是你觉得被我折服了，那就算你输。到时候请你实现我的愿望。"

"哈哈！虽然不知道你又在打什么算盘。那是不是如果我什么都没觉得就算我赢了？行啊，那就顺便把你也在这里砍了吧。"

悠的表情发生了变化。他瞪了史织一眼，面对垃圾，不需要任何同情。

"不过话说回来，要是我赢了，你能给我什么？"

"什么都可以哟！就算是你想和我做一些羞羞的事情也不是不可以的。"

"这么轻易地就拿自己的身体做赌注，到时候你可不要后悔！"

"我才不会后悔。前辈你一看就是那种一到关键时候就秒尿的类型。还有啊……"

就好像是在卖弄自己的姿色一般，史织将垂下来的一缕头发挂在耳朵上，然后，将双臂抱在了自己丰满的胸前。

"我怎么可能会输呢？我就不信有男人能拒绝得了这么可爱的后辈的邀请。"

从这一刻起，史织决定不再装乖乖女。她要向这个男人展现自己最强硬、最扭曲的一面。

她使劲瞪了一眼面前的男人。悠吃惊得瞪大了眼睛。

"确实，史织你很可爱。我承认，我最初也是受你的美色诱惑才来这里的。"他冷笑道，"但是，长得可爱又怎么样？不好意思，这种东西对我来说根本就无所谓！你长得可爱又不是你努力的结果！太肤浅了。我怎么可能去跪舔不过如此的家伙！"

胸口一紧，仿佛听到了自己心碎的声音。他说得很对，自己不过是外表好看而已，内在有多么肤浅和丑陋只有自己知道。

这样的弱点，这个人怎么可能会放过。

"既然都说到这个份上了，好吧。你不想再练剑道了是吧？那就别练了。"

不甘心。居然这么容易就败下阵来，自己真是……

"那这个也没用了吧？要不我顺手帮你扔了吧？"

自己竭尽全力都没能做到的事情，剑却轻而易举地做到了。

"喂！喂，你干什么！"

趁悠不注意，史织巧妙地将他手中的竹刀袋一把夺了过来。居然如此容易。

因为她之前见过一次。悠和吹雪，相互打闹，争夺防具袋，看起来是那么的开心。

"我可是很聪明的，所以想变强很容易……刚才那女的，是叫剑姬是吧？那种人，我迟早超过她！"

史织将夺过来的竹刀袋举到脸边上，与悠对峙。对面的男人，表情逐渐扭曲。

握剑的左手忍不住颤抖。害怕。恐惧。想逃避。

"不、不就是剑道吗……有什么难的？"

但是，如果就这样下去再也见不到他了，那只会令自己更加害怕。所以，必须战斗！

鼓足勇气的孤注一掷,如今,戳中了鬼的痛点。

"开什么玩笑!"

悠情绪激动地冲上来,充斥着愤怒的双眼直直地瞪着史织。

"有什么难的?!你闭嘴!明明什么都不懂?!还给我!不准碰!"

悠伸出自己那双布满了老茧和伤疤的手抓住了史织。

"谁允许你扔了!这是我的东西!"

力气越来越大,越来越大,在巨大的压力下,史织纤细的手臂发出哀号,她疼得弯下了腰。

"疼!前辈,好疼!"

"对、对不起!"

终于清醒过来的悠赶紧缩回了手,向后退去。

"疼!真的疼!前辈,你还真是……涉世未深呢!简直太轻松了!"

赢了!史织抬起头,抿嘴一笑。

"哈?"

"你动手了,对一个手无寸铁的人,而且是女孩子。这样不行哦。"

"你、你这家伙是故意的……"

"今后可不许你再碰我了。我只原谅你这一次,就这一次哟。"

原来还有这么可爱的一面。你今天这副羞愧的表情,我一定会一辈子都记住的。

"还给你,这是很重要的东西吧。"

今后可能很难再看到他的这种表情了——也不希望再看到。

就像是在期待他的回答一般,史织将竹刀袋递了过去。悠收下后,抬头望向了天空。良久之后,他说道:"不管有什么理由,先动手的那一个肯定不对。"

他叹了口气,把竹刀袋背在肩上。然后他看向了自己这边,苦笑道:"这下是真的被你折服了,要杀要剐随你便。"

仿佛是得到了救赎一般,爽朗的笑容。连输了都这么帅,实在是太狡猾了。

"那……"

——决定了。我一定要,让他变成我的人。

"我能说句任性话吗?"

"不过,正是因为你的任性,才有了我的现在。你真的,很强……"

悠的脸上挂着和那时同样的笑容,在剑之彼方拔出了剑。

果然,还是剑最适合他。就在史织这么想着的时候,悠突然将剑收回,向自己低下了头。

"谢谢你……还有,对不起。"

一瞬间,史织的脑海中变得一片空白。这样的破绽,悠当然不会放过。

"一直以来都辛苦你了,很难受吧。对不起,我说了那么多过分的话……"

"你……说什么呢？我真的……完全……没问题。"

"完全没问题是假的吧。你这个人还是很容易看穿的，就像我一样。……被人打就会痛，不明白这一点的那些家伙在剑道这条路上是走不远的。"

史织用力咬住嘴唇，强行挤出笑脸。如果不这么做，也许下一秒就会哭出来。

"我知道。就算是一个人也没关系，就算是一个人也能变强。"

然而，明明已经在这么努力地忍耐了，这个人却这么容易就……

"但是，一个人，也仅仅能变强而已……不要老想着逃避人际关系。你看，你面前就有一个这么方便的工具人，你想怎么用都行。不过作为代价，你就没法找借口了。要是有我在你身边你还是那么弱的话，那就是你的问题了。"

"你说的话，还是那么过分呢。"

"哈哈哈。不过我相信你肯定做得到。"

被感动。这是史织最想听到的一句话。

"深濑，你不仅仅是可爱，你还很强，强到可以折服我……我这人还真是没有眼光啊，要不干脆我也——"

"嘿！"

"嗯？哇啊！你干什么？！我看不见了！昏，头昏……"

"头昏还不是因为前辈你的眼睛太好了。"

史织趁他闭上眼睛的瞬间给他戴上了自己的眼镜。

连眼镜都那么适合,实在是太狡猾了。

"不像我。眼睛是糊的,什么都看不清楚……"

我喜欢戴眼镜的自己。我喜欢眼睛和性格都不够好,但是脑袋又有点小聪明的自己。

——我喜欢,这样的自己。

史织摸了摸自己变得湿润的脸颊,那是发自内心的喜悦。她安静地笑了笑,趁悠摘掉眼镜之前赶紧擦去了泪水。

"那还不是因为深濑你的眼睛太差了。啊啊,你刚才到底在搞什么?拿去,还给你。"

"嗯。那个,前辈……"

冷静下来的史织再一次面对悠架起了竹刀。心跳加速。

"嗯?你要干什么?"

"请叫我,史织。我想要前辈你直接叫我史织。"

好不容易才喜欢上自己的名字。现在,鼓起勇气,希望最喜欢的那个他能用这个名字称呼自己。

"明白。谢谢你。我现在是不是能骄傲一下我成功升格为你的朋友了。"

"请您原地爆炸!您到底是有多直男?!"

"原、原地爆炸说得太过分了吧!我说错什么了吗?!"

"你有说对过什么吗!你这个渣男!"

不过,拥有这种脑回路的才是水上悠嘛。

史织叹了口气。这次，她用悠也能明白的口吻说明了理由。

"我不想输给乾。所以，如果你不用下面的名字叫我的话，我会生气的。"

史织向自己的剑之彼方投去犀利的目光。在爱恨交织的视线中，悠咯咯地笑了起来。

"行了行了我知道了，你真是又乖僻又好强……我会遵守约定的。所以你也一定要说话算话。"

"那是当然的，您就等着吧，看我一年后是怎样秒杀乾的。"

"就你现在这个水平我只能告诉你，你在做梦。"

悠使出了一招凶残的卷技。然后史织紧握在左手中的竹刀就转着圈飞向了远方。

"喂！你，对后辈都下手这么狠！我还是新手哦！"

史织原本还想大声嚷嚷抵抗的，悠一个箭步就冲了上来根本没有留给她反抗的时间。然后靠着蛮力撑开了她用来握剑的左手。

"你闭嘴！这么漂亮的手被你整成这样！你傻吗？！"

被看到了。小指、无名指和中指的根部有着水泡被磨破了的痕迹。这是新手的证明。

"之、之后就好了，我的手会越来越帅气！"

史织实在是害羞，想把手收回去。但是悠使劲抓住她的手不放。

"疼疼疼疼！你，你轻点！笨蛋！变态！疼死了！我不是说了不准碰我了吗？！"

"安静点！我管不了那么多了！你知不知道你这是在玩火。这点觉悟，你还是有的吧？"

史织脸红了，陷入了陶醉。

"我不会放开你的，史织。"

"嗯。请你好好抓紧我的手，不要放开我。总有一天，我一定会用这只手……"

推倒你。

总有一天，我一定会让你亲口对我说"我喜欢你"。

史织暗自下定决心，握紧了悠的手。

这时，剑道场的门半掩着被推开了。一副愁眉苦脸的男人将身子探了出来。

"那个，抱歉在你们调情正欢的时候打搅你们……是我。"

史织和吹雪最大的情敌。

乾快晴背着竹刀袋和防具袋站在那里，用手挠着头发。

"哇啊！不好意思，快晴！我没看时间！马上换衣服！"

就好像玩腻了玩具的小孩一样，悠直接一把摔开了史织的手，像一阵风一般从道场消失了。

直到悠的气息完全消失后，快晴才双手抱头，双腿发软地蹲坐了下来。

"啊啊啊，对不起。我完全没有打搅你们的意思。我是真心希望你能赢过我妹妹！真的！真的拜托你！我什么都愿意做！请你无论如何都要赢过吹雪！"

"不。不用你说我也会这么做。不过你这个做哥哥的怎么搞的，一般不都是应该应援妹妹的吗？"

"怎么可能帮她！要是万一，万一吹雪赢了。我就必须叫他哥……哥哥什么的。你要我怎么叫的出口？！兮咦咦咦咦……不行不行不行不行！绝对不行！"

当着史织的面，快晴一屁股坐在了地上，苦恼地抱着头，不知所措。

过了一会儿，快晴冷静下来了。他抱着双腿，深深地叹了口气。

"不过。也没必要那么担心吧。至少到目前为止，拥有绝对优势的还是我。"

"虽然很不甘心，但是却没法反驳。事实上就是这一回事。"

"毕竟，还是我和他交往得比较久。"

史织一脸不满地捏了捏被悠摔开的手，顺便也好奇地看向了快晴的左手。

在她看来，那就是世界上最美丽的手。

"快晴前辈你就这么不识趣吗？怎么说呢，要是让你赢了的话我们所有人都会有意见的。"

"唔。我也被别人这么说过。乾快晴你这人怎么这么不识趣呢？也该输一把了吧？"

这之后的话，史织已经猜到了。

"但是吧，我这个人，别人越是想我输，我就越是想赢。"

因为，自己也是这种性格。

所以，自己一定有才能！一定能变强！总有一天，一定，会实现自己的梦想！

充满艰辛的剑道之路，在这一刻，似乎明朗了不少。

***

满天繁星的夜空，让人不禁感慨万分。

炼心馆地处市郊。练习结束后，悠走到了外面。在昏暗街灯的呼应下，天空中繁星点点。

大城市里居然也有这种地方。悠将竹刀和防具放在地上，在原地站了一会儿后，背后传来了快晴的声音，他已经做好回家的准备了。

"炼心馆的训练怎么样？"

"和御剑感觉不同，简单粗暴，但是又一本正经。那群孩子也个个都精神饱满，令人欣慰。此外……"

悠抬头望向了星空，那里是他心灵的寄托。良久，他回过头来说道。

"训练强度和御剑一样累，好久没试过这种濒死的感觉了。"

"是吧，我也这么觉得。每次都练到半死，这种事情不管在这儿待过几年都不可能习惯。要是再加上学校里的练习的话那每天简直了……"

但是这种作死的事情还真有个笨蛋每天都在坚持。悠心里这么想着，笑了起来。

"我刚才见到馆长了，看到他还那么有精神我就放心了，然后和他聊了下我爷爷的事，真的好久没和别人说过这事了。"

"幽玄馆长现在在做什么？"

"生病去世了，就在我初二那年的冬天。"

快晴惊讶得发不出声音，感觉所有的谜团在这一刻都联系起来了。

"对不起。"

"没事，你不必道歉。我已经不把这件事放在心上了。我现在能拥有这么多，已经很满足了。"

和这个比起来……

悠慢慢打量着快晴。从光年之外的过去洒下来的星光为他的面庞打上阴影。给人的印象不一样了。长高了，大概比自己还要高五厘米。当然，最重要的是——

"你变强了……快晴。"

我承认，你就是我的宿敌。

快晴承受不住悠的目光，不由得扭过了头，然后用尽全身的力气闭上了眼睛。

"不行。我一定要做到……因为，咱们有约定。即使，你已经不记得了，我也必须……"

"喂！我有说过我不记得了吗？都是因为你变得我都不认识了，我才一下子没想起来好吗？还有啊，刚才自由练习的时候你这家伙居然直接跑过来想和我打，那必须是拒绝啊！……你应该记得吧？那个约定，可是限定了场合的。"

悠露出一副强者的微笑，脑海中浮现出的是那遥远的过去。

"咱们约好了哟，快晴。你一定，要变得和我一样强。我今天教你的招式你一定要记住哦，我希望将来有一天，你也能对我使出这招。

"直到那天到来为止，我会一直等你的。

"别哭了。笑一笑嘛，快晴。别白瞎了这么一个好名字。你就应该笑起来像太阳一样。

"等到我们达成约定的那一天，我希望你——"

悠抬起手臂直指天空。那里，是约定的终点。

"来吧，快晴！不是你死就是我活！"

"嗯！来吧，悠！咱们一起去那最美的地方！"

离实现约定还有一步之遥。可以说已经没有什么好顾忌的了。二人相视而笑。这时，一辆车停在了二人面前。车窗摇下，一个和快晴很像的男人探出头来。

"快晴。还有悠君。把防具放车上。该回家了！"

***

悠坐在后排座位上,透过车窗望向外面。眼前的风景转瞬即逝,总觉得有种新鲜感。

"悠君。困的话就睡一下吧。"

"到了会叫你的。你看看你旁边的笨蛋睡得多香!"

快晴的父亲坐在驾驶座上,头也不回地用大拇指指了一下自己的旁边。差不多在同一时刻,自己的左肩突然变重了。悠看着倒自己肩膀上的那张天真无邪的睡脸,笑了起来。

"快晴他每天都是过这种生活吗……"

"嗯。每天都是剑道。特别是最近,他早上出门后,我得晚上睡觉前才能见到他。"

"我记得我有段时间一个月都没和他说上话。"

"您不恨剑道吗?"

曾经想过如果有机会的话一定要质问自己的父母这个问题。然而,自己身边并不存在这种可以质问的对象。

"如果没有这种东西的话,一家人也就不会闹得像现在这么僵了。您觉得呢?"

"我不这么认为。"

"我不这么觉得。悠君,你居然能看到这么多……"

快晴的妈妈抢着回答了这一问题。她转过头来,看起来很开心。

"悠君，谢谢你和这孩子成为朋友。"

"我可是让他染上剑道瘾的罪魁祸首，我觉得你们应该恨我。"

"怎么会呢。有值得让自己沉迷的东西，那是福气。这种东西，我们是给不了他的……所以，有你在他身边，我们真的很高兴。"

"悠君你真的很聪明。建议你多学学这个单细胞笨蛋，傻人有傻福。"

"不管怎么说吧……"

快晴的父亲笑了起来。

"家人之间的感情可不是剑道这种东西就能切得断的。你不这样认为吗，悠君？"

悠的脑海中浮现出了那唯一的女性。

"是。您说的是。回去后，我向我妈妈道歉……"

他将目光从窗外转向了流动的星空。真的是很美好的一天。

也许，是到目前为止的人生中最美好的一天……不，一定是。所以……

"能请你们稍微听我说几句吗？真的发生了太多的事。还有……"

再一次，他看向了那天真无邪的睡脸。

"我想再多了解一些关于快晴的事情。"

宿敌靠在悠的肩膀上，脸上挂着微笑。他一定经历过绝壮的人生。遍体鳞伤的身体在诉说着这一切。

然而即便是这样,他依然在微笑着。面对如此坚强的他,悠心怀敬意地说道:

"快晴啊……你到底,在做什么样的梦?"

八合目 雨后，悠

雨，似乎就没有停过。

有一个男孩，他喜欢哭。碰到了挫折会哭，一个人的时候也会哭。

所以，他诅咒自己的父母，诅咒他们为了让自己变强，强迫自己学习这种互相殴打的暴力竞技。

真心喜欢剑道的，只有先自己一步踏上这条路的吹雪。

然而，自己的这个妹妹，却在前往御剑馆上门切磋的前一天病倒了，留下自己一个人，只身前去战斗。

我很快就回来，吹雪。就算是一个人我也会加油的。

为了不让她担心。好好养病。自己虽然很害怕，但还是和她做了约定。

就算是自己一个人也绝对不哭。

仅仅是为了自己，是没有动力去努力的。但是，如果是为了他人的话……

他带着这样的觉悟前去战斗,然而现实就是现实,不会因为自己的意志而改变。

被欺负得很惨。因为他很爱哭,所以老是被欺负,再加上吹雪又不在,那群欺负他的人只会变本加厉。

已经到极限了。但至少,在道场中绝对不能哭,要忍过这一天。

那里的话……

眼前,是高耸入云的险山,没有人会去攀登。

如果是在那个山顶上的话,一定不会有任何人来打搅。所以,我可以在那里哭个够,想怎么哭就怎么哭。

然而,登顶的过程却是如此的艰难,累到反胃,好几次都想放弃。

但是这与打破和吹雪的约定比起来,真的不算什么。

觉悟化作力量,他终于登上了山顶。在那里,他看到的是——

"哇啊啊!"

万里无云的完美天穹。

以及——

"你,你这家伙是……昨天的!"

将会使他穷尽一生去仰慕的那个人,就等在那里。

这不可能!为什么在这种地方会有和自己差不多的孩子?

就在他还没弄清楚状况的时候,那孩子先开口了。

"你就是昨天那个很拉风的家伙……"

"哎？"

长这么大还从来没有人像这样夸过他。

"那、那个，你是叫快晴吧？有个妹妹吧。这名字还真奇怪。告诉我，是什么意思？我叫悠！意思是……很远很远的意思……"

对面的那个男生，一句接着一句不断地发问，总觉得他比自己还要激动，一副随时都会哭出来的样子。于是，快晴强忍着快要流出来的眼泪，向那个男生露出了笑脸。

"唔。我叫……快晴。意思呢，是天气晴朗的意思。就像现在这个样子。"

在高山之巅，二人并排而坐，手指晴空。

"哇啊！太漂亮了！太帅了，你这名字！"

快晴很开心。第一次有人这么夸自己。

"我、我决定了！我要让你变得更酷！更帅！让那些垃圾滚一边儿去！我来教你！手把手地教你！所、所以……请你，和我做朋友！"

第一次，有人对自己说这种话。

当然，还有比这更令人高兴的事。

"太厉害了！太帅了！刚才那下怎么打出来的？"

是世界上最帅的那个人，是自己的第一个朋友。

二人很快就成了好朋友，甚至好到去对方家里过夜。

明明最讨厌剑道了，但是和他在一起的时间却过得这么快。

"居然拿到一本了！快晴你这家伙是真的有才能！太厉害

了……就算你回东京了,也要加油哦。一定,要记得我哦。"

"呜……呜呜……呜呜呜……"

"哎!喂!喂!快晴?!"

好不容易坚持了这么久。

被欺负的时候,艰难登顶的时候,无论多么痛苦都忍过来了。可是,一旦到了要分别的时候,仅仅是这样,不争气的眼泪就掉了下来。

不是这样子的!

打破了和妹妹的约定,自己试图辩解着,觉得实在是丢人。

为了自己,为了妹妹,为了守护那个约定。明明只要有了这些信念在背后支撑着自己,就不会有任何问题的。

快晴哭丧着脸,抽噎着说不出话来。

现在的自己,一定是丑态百出吧。

然而,悠却把手搭在了自己的双肩上,笑着说道:"要不这样吧,快晴,你也和我做个约定,这样一来,你就又有努力的动力了。"

"我……和悠君你?"

"嗯!和我做个约定吧,快晴!"

悠一直在看着自己的眼睛,真的很开心。

"你一定,要变得和我一样强。我今天教你的招式你也一定要记住哦,我希望将来有一天,你能对我使出这招。直到那天到来为止,我会一直等你的……别哭了,快晴,笑一笑嘛。"

丢人！没出息！你可是哥哥啊！从小到大，自己都是在这样的训斥声中长大的。

然而，只有他不一样。

"快晴，别白瞎了这么一个好名字。你就应该笑起来像太阳一样好看。"

只有他，第一次把自己当作一个男人看待。

"等到我们达成约定的那一天，我希望你，再一次和我一起去那里！那里是只属于我们二人的高山之巅！"

所以，这一次，我一定要好好守护这个约定。一辈子都藏在心里，不告诉任何人。

因为，这是男人之间的约定。

"嗯！你等我！一定要等着我！无论花多少时间！无论你在哪里！我一定会去找你的！"

快晴彻底变了，就好像换了个人似的。他舍去了曾经所拥有的一切，拿起了剑。

虽然很严厉却很温柔的父母。一直守护着自己的妹妹。与家人一起的温暖的晚餐。

自己最爱的游戏，最喜欢的散步，即使被人欺负了也不与他人冲突……晴空下，平凡的日常。

"要这些有什么用！我绝对、必须要去那里！"

就算是一直在下雨又怎么样，只要最后能让我再一次见到那片景色，我愿意现在就成为修罗！

然而现实是残酷的。如果能仅仅靠着觉悟，仅仅靠着成为修罗就能立刻见到他的话，那该多好啊。

只怪自己太弱小，没有像他那般优秀的才能。

所以只能花时间，一步一步地向上攀登。

在他前进的终点，等待他的又是什么呢？

"快住手！"

即使遮住眼睛，震耳欲聋的悲鸣声依然在诉说着这里的惨状。这里，就是地狱。

自己的愚弱，自己的迟钝，让他等了太久。

穷尽一生去仰慕的那个人，因为自身的过于强大而沉溺于悲伤之中，最终，彻底沦为了非人生物。

"要我不哭的不正是你吗？！为什么你却……"

太阳带走了色彩，苍穹回归于尘土。冰冷的雨水洒在了非人生物的脸颊上。

不知道过了多久，眼泪流干了。他只留下了半截刀片，消失在了约定之地。

"我才不会哭呢！"

自己没有哭的资格，也没有笑的资格。这是没有及时遵守约定的惩罚。

"走吧！"

舍去人性，独自攀登。终于，他来到了高山之巅，剑身滴落的鲜血控诉着他自身的罪恶。

"我……作为站在顶点的强者?对不起,我高兴不起来。"

自己很清楚。那里,什么都没有。

在光芒逝去的山巅,他通过剑身的倒影窥视自己的面庞,早已不成人形。

他闭上眼睛,仿佛石像一般独自一人伫立在原地。已经,没有可以斩杀的对手了……累了。

最后,他决定孤注一掷。

要是有一天,自己也能使出一直憧憬的那一招的话,到那个时候,自己也……

他将手伸向布满阴云的天空,试图去触及那最后的希望。长年累月的孤独积攒在心头,他已经做好了大哭一场的准备。

然而——就在这个时候,天气骤变,刮起了暴风雪。

来自过去的一刀将天空劈开。他听到了一个声音。

你不准哭!

***

"唔……这是哪里?"

快晴在车身的摇晃中醒来,感觉很舒服。要是平时的话,他一醒来就会很清醒,看来,这一次他睡得很沉。父亲在等红灯的间隙向他转过头来,直到这一刻为止,他才意识到自己还在车里。

"醒了吗?啊,你先别动,快晴!让他继续睡吧。"

"嗯。"

右肩感觉有些沉重。他侧过脸,看到悠那精致的脸正靠在他肩膀上。

这份负担,已不再是梦想。他感觉,这一刻,自己是世界上最幸福的人。

"我们一直在和悠君说话,他刚刚才睡着,还有你妈妈也是。"

"是吗……妈妈也是太辛苦了,每天起那么早准备便当。"

"快晴,如果我要你每天起早为家人准备早餐,每天做家务,你做得到吗?而且在做这些的同时还不能耽误练习剑道,你做得到吗?……如果你妈妈、我还有吹雪都不在了的话,你一个人也没问题吗?"

"做不到吧……我的话绝对做不到。"

"是吧。这种事一般人是做不到的。如果要我做的话我也做不到。"

父亲通过后视镜看向悠,眼角有些湿润。

"这孩子真的很厉害。太坚强了,也许没有人能比他更坚强了。"

"嗯。他是我的偶像。"

他再一次,向依偎在他身上熟睡的偶像投去了温柔的目光。

鬼的嘴角挂着微笑。

梦想成真后，曾经憧憬的那个人也许不再虚幻、不再美丽。但是，他相信，从沉睡中苏醒的那个人，一定会比过去任何时候都要强大。

"对不起，爸，总是给你添麻烦……但是，我会继续加油的。我想在剑道这条路上继续走下去。"

"啊啊，没事。我们的事你不用操心。这是你的人生，你自己做主。"

"所以——"父亲头也不回地继续说道，"人生苦短，快晴。我希望你能活得更精彩。"

"嗯。爸，我想再多了解一些，关于悠的事情。"

这位挚友给予了自己一切，自己打心底里尊敬他。为此，自己有义务知晓关于他的过去。

"悠，你到底，在做什么梦呢？"

***

从出生的那一刻开始，自己的生活中就只有剑。

那种普通的家庭所拥有的、理所当然的东西，对自己来说是一种奢望。

父亲早已去世，母亲是一个工作狂，长时间不在家里。

"妈妈……"

后来，自己也想明白了，便不再哭泣。因为，即便哭泣，也不会有任何人关心自己。

父亲死后,母亲便开始对自己不管不问,大部分的时间里,自己都被安排与祖父住在一起。

祖父——御剑馆馆长,御剑幽玄,是自己唯一的家人。

那是一段扭曲的关系。他不太擅长表达,除了剑道以外,不允许自己用其他的方式去接触他。

但是,即便是这样自己也愿意。只要能继续去接触他,自己怎样都无所谓。

没有一个人的家里,没有回去的意义。孤独的最后只会迎来死亡。剑,是逃离这片地狱的唯一救赎。所以,自己就算拼了命也要抓住这根救命稻草。

自己很清楚,在前方等待着自己的,不过是另一个地狱。即便如此,也好过自己一个人。

"啊,悠来了哦!""过来这边啊,悠!我来教你上段。""那二刀流就交给我来吧!""要是我现在就把逆胴教给你了那你岂不是超受欢迎?""我决定了,我要教你刺击!"

只有在剑道场中,才能找到自己的家人。

自己最讨厌的就是剑道,自己最喜欢的,却是剑道场中的家人们。所以,一天也没有放松过练习。只要自己变得更强,大家就会更多地关注自己。而且,不管怎么说……

"喂!臭老头儿!来和我打一场!"

"哦哦,行啊。尽管上。反正你也打不过我。"

"打不打得过不试试你怎么知道！"

他是自己唯一的家人。与他玩耍的快乐时光就是自己生存的意义。

每天早上四点起床，跑步上山，在山顶做挥刀练习。从学校放学后也是直奔剑道场，与前辈们切磋。途中为了给妈妈做饭，会暂时脱离一阵，但是吃完后又会立刻跑回来。无论那一天自己呕吐过多少次，一直到深夜，身体撑不住了为止，自己都会一直挥舞着手中的剑。

"可恶！你给我认真打，臭老头儿！我不需要你放水！"

"呵，想我认真起来你还早了十亿年！"

然而即便是这样也无法战胜他。自己的个子越长越高，声音也发生了变化，唯独这一点却还是和以前一样。不甘心。

自己太弱了，所以打不过他。就在自己正准备这么说服自己的时候，悲剧发生了。

"我靠。你们不会是认真的吧？开什么玩笑！"

周围的人都过于弱小。打败他们就像切开一张纸那么简单。不仅仅是和自己年龄相仿的小孩，就连大人也一样。那些杂鱼只是在自己面前架起竹刀就会让自己觉得不爽。不知不觉中，自己变成了这样一个怪物。

"哇啊啊啊啊！怪物！""你别过来啊！""我再也不想和你这种人打了！"

但是，变得强大的只是身体。

"什、什么啊!这难道怪我吗?不都是因为你们太弱了吗?!"

脆弱的心灵并没有得到锻炼。每一次,在被叫作怪物的时候,心里都如同针扎一般。

为了寻求救赎,自己有加入过学校的剑道部社团,也有去到全国各地的剑道场进行过上门切磋。然而,这些都不能满足自己。难过,空虚,好多次都忍不住想哭。但是……

"阿悠。来,过来这边。姐姐们陪你玩。"

"嗯,我现在就去。今天,一定要打败那家伙!"

在这里,有自己强大的家人们。

所以,已经够了。没有必要再向他人奢求更多。

说到底,向他人寻求救赎本身就是错的。

自己不需要朋友,除了剑以外什么都不需要……除了那唯一的家人以外,什么都不需要。

自己的愿望,只有一个。

"来吧!臭老头儿!"

总有一天,自己要打败祖父……仅此而已。

"喂!臭老头儿!你没事吧?!"

"安静点,这里可是病房!你现在不是应该在比赛吗?"

"现在是说这种话的时候吗!你身体到底怎么了?!"

"看来你没去啊……"

病床上的那个人,向自己投来了完全可以被称作杀意的犀利目光。看来暂时还死不了,自己在内心里如此祈祷着。

"你怎么这么不成熟！你来了又能做什么？你来了我的病就会好吗？你要是真担心我的话，就把那些家伙都宰了再过来！从今以后，我不准你以别人为借口逃避自己该做的事！记住了吗？！"

"知道了。因为担心你才特意赶过来的，结果还被你教训了一顿。就算你不特意说吧，冬季的苍天旗我也一定会获胜。在和我干架之前，你可一定要先把病治好。"

"哼哼，行啊，如果你做得到的话。"

"这可是你说的哦！那就这么定了！我要趁这个机会练好我的卷技……"

啊哈哈哈哈，就如同鬼一般尖锐的笑声。那天，自己真的是毫不客气地就笑出声来，依然记忆犹新。

因为，从来都是和自己发出同样笑声的祖父，只有那个时候，笑得很安详。

"你和我一样，在外人看来缺乏人性。我就是这样培养你的。但是，有一点你不要忘了。"

"什么？"

"就算被舍弃了也不要放弃。人生很长，一定会有雨过天晴的一天。"

"臭老头儿你总是说一些我听不懂的话。"

"不懂也没关系。只要你不忘记这些话就好。还有啊，悠……"

他伸出那布满皱纹的左拳。

"妈妈就靠你来保护了。"

为什么要说出这种话?为什么最后不是关于我的事?

明明是那家伙先舍弃我的!都这个时候了,为什么!

"我知道了。"

即便如此,自己还是回应了他的请求。因为,这是家人的请求。于是,自己将拳头碰在了他那布满皱纹的左拳上……然而,他的那只手却再也没有拿起过剑。

留给自己的,只剩下剑与化为了空壳的约定。所以至少,也要守护好这些。为此,自己不惜向着巅峰迈进,于是,悲剧开始了。

单方面的约定很容易就实现了。自己所收获的回报,不过是那些用来歌颂胜者的毫无意义的奖杯以及那些肤浅的第一名奖状。

好想将它们献给自己感激的人。自己在昏暗的道场中四处张望。然而,一个人都没有。

"可恶!可恶!这种东西!"

一怒之下,自己将获得的奖励全数摔在地上,又从仓库拿来真刀,将它们敲得粉碎。

即便如此,也没有任何人去阻止自己。即便是站在了剑之彼方,也什么都看不到。

祖父不在了。后来,在不知不觉中,曾经照顾和关心自己的御剑的哥哥姐姐们也都一个接着一个离开了,升学的升学,上班的上班。

原本有机会和自己做朋友的,被自己当作废纸一般斩杀的小伙伴也……

"呜啊啊啊啊……啊啊,呜啊啊啊啊啊!"

独自一人哭泣,最终舍弃了手中的剑。

从此以后,不想再伤害任何一个人,不想再与任何人吵架,不想再被叫作怪物,已经受够了。

我想要变回人类。所以,拜托了,谁来救救我——

舍弃剑道后的两年间,自己一直在努力。

练习笑脸,练习如何普通地生活,模仿大家的一举一动。

即便如此,偶尔还是会出现破绽,并最终毁掉自己所珍惜的一切。

伤心,难过,自己在做人方面就是个垃圾。

"悠,我升职了……要调去另一个地方,你要一起来吗?"

"哎?"

第一个试图去挽救自己这种垃圾的,正是最开始就把自己扔掉的那个人。

"现在说这些也许太迟了。你能,给我再来一次的机会吗……"

母亲紧咬着嘴唇,试图用手掩饰,脸上写满了懊悔。

"你爷爷,在去世之前……教训了我一顿,用他那虚弱的手臂。那个人,和我不一样,真的很厉害。他是这么跟我说的:

'给我滚出去,御剑的家里容不下现在的你们……带他一起走,让他去看看这个广阔的世界。'那个人,直到最后还在想着你。"

啊啊……原来我并不是一无所有。我还剩下那唯一的约定。

"悠,求求你……可以不要抛下我吗?"

"当然去……这还用问吗!这可是我和那个人的约定!我会加油的。我可是很强的。不管去到哪里,妈妈,我一定会保护好你的!"

自己还留有赌注,那是只属于自己的东西!

神啊,求求你。我绝对再也不会去拿起剑了。这种斩人的道具,从今往后我将与它一刀两断。

神啊!求你再给我一次机会,让我变回人类——

***

"妈,对不起,回来晚了。"

洗完澡,推开客厅的大门,已是深夜。即便如此,妈妈依然坐在餐桌前等待着自己。

"才这种程度就觉得晚啦,看来你还是太年轻了……欢迎回家,悠。"

妈妈用温柔的笑脸迎接自己,然后,她向自己低下了头,就像那个时候一样。

"我才应该道歉。对不起。我最近每天都回来这么晚。有工作的原因，也有……内疚的原因。我知道，我又在逃避。"

"没关系。……咱们回家都挺晚的。"

那只手，一直在那里等着我。为了能够直面自己的过错，为了能够重新来过，她无数次地向我伸出她那颤抖的手。只是，我一直选择性地无视了它，我在诅咒我自己。

"对不起，让你等了这么久。今天，就让你宠着我吧。"

"嗯。毕竟咱们约好了的。我一直在等你这句话。你等等，我去拿些茶点来。"

然而，诅咒已经解开了。

我坐在餐桌前，双手捧着一杯温暖的牛奶，与那张和自己相似的脸面对面。

这个人，是一切的元凶，是大魔王。自己有给她断罪的权利。

"妈，迄今为止发生的所有事情，我全部原谅你。"

"嗯。"

但是，自己选择原谅她。这个人是家人，是自己想要夺回的东西，是无法舍弃的"重要的东西"。原谅她，请她成为自己世界的另一半。

"所以，我希望你也能原谅我接下来要做的事！包括所有的事！"

"嗯。"

她哭了。自己一直想见到那张脸。但是，仅仅是这样还不能满足。

躲在幕后的那个更加强大的魔王，一定在等待着自己的复活。

"我想在剑道这条路上继续走下去。家里的事就交给你了！"

"嗯！交给我吧！不管你的愿望是什么都可以和我说。我百分之两百地支持你！"

同伴有了，理由有了，诅咒也解除了，接下来要做的，就是拿起剑。

一旦以自己的意志握住了剑，那就是违背了自己对神的誓言，同时也意味着自己再也无法做一个普通人。

"嗯！那我就不客气了！我现在就告诉你我最大的愿望！"

但是，这样就好。就算不普通也好。做一个特别的人没有什么不好的。

自己是为了战斗而生的。对勇者来说，剑才是最适合的！

"我最大的愿望是……"

就算是没有他人的鼓励，现在也能说出口。

咏唱吧！这就是本大爷复活的咒语！

"我想要认真起来！"

九合目　勇者的挑战

一个月过去了。

晴空万里，天空蓝得透彻。快晴一个人站在会场体育馆的外面。

今天是全国高中剑道大会的个人赛预选。每个学校会派出两人，争夺全国大会的出场资格。

最强的两人会晋级全国大赛，但是对快晴来说，只要能和悠战斗，其他怎样都无所谓了。

"不过和这些比起来……天气真好，太舒服了。"

快晴伸了个懒腰。他将手中的比赛对阵表举过头顶，透过太阳去观察。参赛人员一共被分成了四个组。

水上悠在 A 组的左上角。

乾快晴在 D 组的右下角。

挑战者与被挑战者，二人画出一条命运的对角线。

"我还真是受剑道之神眷顾啊。"

就在他苦笑的时候，一阵清爽的风从他身边吹过。他似乎感觉到了什么，于是转过头去。

"我刚才还在想会不会是你呢。你居然能找到这里来。"

"我也很无奈啊。给你当了17年的妹妹你这点小心思我还是知道的。"

"哼！"

就如同往常一样，吹雪傲慢地将双臂抱在胸前。

哎，小丫头片子这么横。以前小的时候明明挺可爱的。……不过，这也是没有办法的事。

"说吧，你有什么事？"

"你怎么知道我找你有事。"

"我当你哥的时间可是要比你练剑道的时间长多了。"

快晴深深地叹了口气，将双手插在了腰上。

虽然她很傲慢，虽然她很讨厌，但是，她是家人……没有什么是不可以原谅的。

他绅士般地伸出右手，就好像对待真正的公主那样。

吹雪不乐意地噘起了小嘴。

"我能说句任性话吗？"

***

不管今天是下雨还是下雪，这对悠来说都无所谓。他藏在护面底下，一个人偷偷地笑。

在他看来，今天的天气只可能有一种。即便透过护面的网格看不到天空，他依然很满足。

就在他沉浸在幸福中的时候，有人从后面拍了拍他的肩膀。他回过头来，原来是两名穿制服的同期生。

"我来帮你绑上束袖带吧。"

"俊介，还有小黑。"

"哟，你这家伙运气还真差啊。居然得从最小的山开始爬。"

黑濑一边看着淘汰赛对阵表一边吐槽。比赛次数的多少只是单纯地因为抽签时的运气。

"这不正说明我的运气好吗？"

悠笑了起来。

"没关系。我特别擅长爬山。我反倒挺期待的！"

城崎帮悠穿好束袖带后，"啪"的一下拍了拍他的肩膀。

准备完毕。悠岔开双脚跳了跳，冲击力传遍全身，左手中紧握的物体在震动。他立刻就明白了。

"你们就看着吧。在十七年的人生中，毫无疑问现在的我是最强的！"

"哼哼。你怎么知道的？"

"从出生开始我们就一直在一起。是它告诉我的。"

"哈哈。只要是你说出来的话，不管多离谱我们都会信的。"

"啊啊。谢谢你们。俊介，小黑，我想拜托你们一件事。"

他背对着二人，不等他们答复就直接说了出来。因为他知道，二人一定会答应。

"决赛的时候，我希望你们二人负责计时。我要你们在离我最近的地方看着我获胜！"

就算不特地说出来二人也会这么做，他们一道拍了拍悠的后背。

"去吧，悠。让我们也看看你的梦想！"

"啊啊！"

悠点了点头，头也不回地沿着白线跑了起来。前方，是灼热的战场，他感觉皮肤火辣辣地痛。

啊啊。就是这种感觉。果然少了这种灼热感就没有了灵魂。

他停在了开始线前，原地站立，等待裁判的号令——来啊，快点！我都等不及啦！

就在他热血沸腾的时候，他感受到了一道戏谑的眼神。他将视线从对手身上移开，向斜上方望去。

在二楼的观众席上坐着的，是打败了自己的那位任性的公主大人。她正傲慢地抱着胳膊对着自己微笑。

"哼哼。来得正好。"

"我能说句任性话吗？"

"啊啊。不管什么要求我都答应你。"

"请一定加入剑道部！请一定把你厉害的一面展现给我们

看！我不想再看到你软弱的样子，我不准你再输给我，绝对不可以！"

与你的约定，我一定会好好守护！

"我希望能看到你最帅气的一面！"

"我现在就帅给你看！你可看好了，这就是我！"

裁判发出号令，请挑战者上前。

来吧！我会倾注全力去攀登。在这条路的尽头——那个男人，在等着我！

"我来啦，快晴！"

从正坐姿势站立，数秒。他发出狂喜的吼声，震撼全场。最初的一刀必须是这个！

"胴吓啊啊啊啊啊！！"

颤抖吧，垃圾们！水上悠在此！

***

"噗，噗噗噗。这种事怎么可能嘛。荒唐，简直太荒唐了！"

简直，就和自己一样。

护面下，快晴想起悠的那些强行打出来的招式，笑了起来。

那一刀，就好似一束光，发出了剑道中不可能存在的破裂音。在它的冲击下，就好像时间都被切开了一般，周围所有的比赛都停了下来。

一直到现在他都无法相信自己的眼睛。对手的防具居然被……打到裂开了。

"啊啊。快一点！快一点我也和他打！"

他站在白线上，等待裁判的号令。这时，隔壁的场地上，一声惊雷落下。

"嗒啊啊啊啊！"

一道视线向他投来，看得他全身发麻。夺去对手的胴之后，剑姬头也不回地径直走了过去。她直愣愣地看着快晴，眼神充满了杀意。

"我就知道是你。哎。你就不能对你哥放尊重点吗？"

"我能说句任性话吗？"
"如果我能做得到的话。"
"嗯。一定要赢，欧尼酱。"

她到底是抱着怎样的心情说出这句话的，无从得知，也并不想知道。

但是，自己是哥哥。妹妹的愿望当然得无条件答应！

"你可别后悔哟，吹雪。你哥哥可是世界上最强的！"

裁判发出号令，邀请王者上场。

我来了！再次向着那登上过无数次的舞台前进。然后坐于王位之上——等待那个男人前来挑战！

"来吧，悠！"

快晴在数秒内就看穿了对方的全部破绽，他手起刀落，将对手一刀两断，就如同以前一样冷酷。而这把所向匹敌的利刃，正是从悠那里得到的。

"面吓啊啊啊！！"

魔王也罢。怪物也罢。随便叫！我这颗脑袋就摆在这儿，有本事的话就来拿啊！

我，乾快晴，在此！

***

仿佛能将头盖骨打凹进去一般，低沉的风压伴随着地板的震动声在体育馆中回荡。三面鲜红的旗帜在化作疾风的快晴身后绽放。就算不去确认也知道结果。他安静地做出残心，然后转过身来。

在走回开始线的时候，他似乎有些不满地歪了歪脑袋。

到底有什么可不满的？坐在二楼的观众倒是一脸纳闷，只有留在一楼会场里一直抱着胳膊观战的悠看明白了。

他缩了缩脖子，觉得又奇怪又好笑。

"那家伙,是在想使出那招吗?是不是傻?还真是——"

和自己很像呢。

快晴的第二轮比赛要开始了。悠将注意力从他身上移开,开始四处观望。

一楼的人减少了很多,相反二楼变得越来越嘈杂。这样的场面在正式比赛中很常见。

投入使用的比赛场地一共有八个,眼前的这两场比赛结束后,会减少到一半吧。

半决赛即将到来。水上悠发出了不详的低吼声。

在别人看来,这就是个怪物,全身缠绕着斗气,没有人敢接近他。

"水上,你看起来很开心嘛。"

除了某个非常了解他的前辈以外。

江坂毫不畏惧,正面向他搭话。

"嗯哼。之前是因为有人干扰。这下终于可以尽情地和你打一场了。"

"不好意思,我从来都没有把你放在眼里过。"

早就该这么做了。正面与他对峙。就算被人指责强硬也好,粗鲁也罢。没有一个男人愿意在后辈面前认怂。只要能逼他认真起来,这些都无所谓。

"我是来问你的遗愿的。不好意思,我这人性子比较急。这是最后的机会了,我不会再等下去了。"

与你一起的时候,我会忘记我的立场。所以,我不想对你有亏欠。

"打赌的奖励,想好了吗?"

说出来吧!老子是来送你一程的!

"哼哼,就是因为没想好,我那时才说'先保留'啊……不过,我已经想好了,就在刚刚!"

这个体型巨大的男人挡在了自己面前。

他是前辈,但是,都到现在这种时候了,没有什么话是不能说的。

"你给老子滚开!挡老子路了!"

我警告过你的,我要让你悔不当初——

火花四溅。

然而火花四溅的不仅仅是这一处地方,旁边的赛场也在发生着同样的事情。

面对对手飞身跃起的全力一击,他没有用刀去硬接,而是华丽地躲了过去,然后顺势用刀将对手的胴体一刀两断。

这拔胴真漂亮!二楼观众席传来了喝彩声。

但是,他并没有因为使出了会心一击而洋洋自得,而是静静地做出了收刀动作。他正坐下来,取下了护面,身上的垂帘上写着几个大字"秋水大附属"。

快晴先开口了。

"你的胴技还是和以前一样漂亮。不愧是你最喜欢的招式。"

"哈?你这家伙还真是可爱。我就随便说说你还真信了?"

桥仓崇仁取下护面和头巾,露出了他漂亮的茶色头发和白色肌肤。

他将护面叠放在小手上,又取下自己头上那条高中生统一的灰色头巾盖在了上面,然后叹了口气。

"我最最最讨厌的就是这招……简直恨它恨到骨子里……结果……却练成了我最拿手的招式。"

曾经,这是自己最不擅长的招式。

这样的自己却被迫承受了那最华丽、最酷炫的一击。无法原谅。自己的人生从此陷入疯狂。明明一直有放弃剑道的打算,心中的怨念却迫使自己远走他乡,就连保送的名额都用上了。

——剑鬼,你这家伙给我等着!要是让我在高中碰到你,绝对要宰了你!

仅仅是因为有着这样一种执念,自己就忍受住了那地狱般的训练。

终于,自己的执念得到了回报。就在一个月前的炼成会的那一天。

那个人,就在那里。自己却不敢面对他。自己很清楚,在面对他的那一刻，就是对自己这三年的价值做出判决的时候。

"请多多指教。"

尽管如此，为剑道献身的自己还是自动地向那家伙行了一个礼。

三分钟的自由练习。自己拼尽了全力。到底发生了什么自己已经记不清了。

"谢谢你，御剑。我终于看清自己了。"

"你变了，桥仓。变强了，那个时候的你和现在的你完全不能比啊。"

他依然清晰记得的，只有这一瞬间，他受到的冲击比起那时被夺走一本要强太多太多。

"你……居然还记得我？"

"当然记得。上次见面还是全国中学剑道大会的决赛吧？石动中学出身的桥仓君……那场比赛，我现在想起来就讨厌。你这家伙就一直在纠缠我。而且那是中学的正式比赛，不让用刺击，我当时都烦死了，想杀人的那种烦……实在是没办法，第一次打出了逆胴。托你的福，现在成了我最拿手的招式。"

"原来是这样。"

"不过，我印象最深的还是比赛结束之后的事。你取下护面的时候我都惊了，怎么会有这么帅的人。明明有一张帅气的脸，打法却一点都帅不起来，实在是太有意思了……还有吧，我记得你比赛都打完了还一直瞪着我。"

肯定会瞪着你啊！谁叫你在决赛的时候用逆胴的！

第一次，气得想杀人。

"说实话，你这么做我是真的……超级开心！不仅不跑，还正面挑衅我！我甚至有了一种被拯救的感觉！所以我之后还专门跑去找你，结果你完全不理我。"

"是个人都不会理你吧！你是不是傻？！你这家伙到底有多扭曲？脑子有病！谁会靠近你啊？！会传染的！"

"太过分了吧。"

那家伙笑着说出了这句话。看来，他变了不少。

"其实……我一直在追赶你。总有一天，我要让你好看。抱着这种觉悟，我一直在拼命练习……努力的成果，就在刚才，得到了检验。"

"怎么样？"

"啊啊，总觉得我已经对你失去兴趣了。"

自己也变了不少。曾经的自己，眼中只剩下阴郁与黑暗。

"我对逃跑的家伙没有兴趣。我想斩杀的，只有最强的那个人。"

如今，映入眼帘的，是那唯一的太阳。

"你知道最强意味着什么吗，御剑？那一定是坚持得最久的家伙！一定是流汗流得最多的家伙！一定是现在最最最帅的家伙！与那家伙对阵的机会，我怎么可能会让给你这种人！"

我就是要挑衅你！给我变回来，御剑！只有到了那个时候你才有被斩杀的价值。所以,你也给老子上来!

我一定会干掉最强的那个人!我会在制高点等着你!

"你真是个可爱的后辈,快晴,可爱到我想宰了你。"

桥仓崇仁注视着太阳。他不自量力地向太阳伸出了手,即使失去眼睛,即使失去翅膀。

"哟,兄长大人!忘记给您打招呼了。您的妹妹就由我收下了。您就准备好大哭一场吧。"

直到透过阳光,能够看到自己身体中流淌着的热血为止!

"哼哼。没想到我这辈子居然有机会说出这种台词。"

快晴的心中灼热如火,他使劲瞪了桥仓一眼。

我管你是前辈还是什么!妨碍我的家伙都得死!

"滚开!挡我路了!我可爱的妹妹怎么可以交给你这种人!"

阳光下,第八场比赛开始了。通往决赛的关口就在前方。

***

"开始!"

江坂开始调整姿势。他右脚前、左脚后、以中段构的姿势站立,然后进一步向前迈出了左脚。

他缓缓地将剑举过头顶,留下了一连串的残像。举剑的双臂画出了一个漂亮的菱形。

这个无可救药男人，为了争这口气，居然连防守都舍去了。

"噢噢噢噢噢噢噢噢噢！"

超攻击型——上段构。这个构被称为火之位，概念其实很简单。

一剑劈下，即致命。自己的躯干可能会被刺穿、颈部可能会被穿透，但是，只要比对方快，就可以大胆地、毫无防备地暴露在对方面前。面对恐惧毫不退缩，前进，斩断。仅此而已。

江坂壮着胆子，以左脚在前的姿势移动。

为了回应这份勇气，悠也改变了姿势。

他将笔直握住的、处于正中线的竹刀斜向上抬起。这么做，是为了让右小手处于对方的劈砍范围之外，同时还能使剑尖对准对方举起来的左小手。

对上段构——平正眼。

这股气势，如剑一般锋利，令江坂全身都在起鸡皮疙瘩。

江坂明白，哪怕是丝毫的破绽或是恐惧，在被察觉到的那一瞬间，悠的竹刀就会攻向自己。小手、刺击，最后再幻化为必杀技的逆胴。这么一来，自己辛苦积累的这六年的努力成果就会被他毫不留情地夺去。

漂亮！一点破绽都没有！简直完美到让人不寒而栗！

一个人到底经历过怎样的锻炼，才能将特殊的对上段练就得这般炉火纯青？

恐惧、害怕，令江坂咬紧了嘴唇。明明还没开始行动汗水却已经喷涌而出。他伸出舌头舔了舔，回想起了自己曾经多次被他刺中的经历。那种喉咙的压迫感，那种忍不住呕吐，全身发抖的感觉。

而现在，恐惧，就像迷雾一般将自己包围，无法动弹。所以——唯有前进！

"面！"

仿佛弹射器一般，江坂的右手使出了单手面击，结果被悠弹开了。然而，他仅靠着单手的蛮力便将剑举回头顶，如猛虎一般咆哮起来。

啊，可怕。不过正因为如此，才让人欲罢不能。只有当自己在征服这份恐惧的道路上迈出第一步时，才能确实地感受到变强了。只有在这里，自己才有活着的感觉，就算死了也不后悔。

不好意思——我的字典里可没有投降这个词！

"呜噢噢噢噢噢！"

"嘎啊啊啊啊啊！"

就在二人热血拼杀的时候，隔壁的战斗却是一番完全不同的景象。

仿佛暴风雨前夕的海面，看似平静却危机四伏。二人安静地对峙着，剑尖相交，相互试探着对方，寻找动手的最佳时机。

在剑尖的擦碰声中，乔仓不耐烦地咂了下舌头。他看准时机尝试了几十种牵制手段，然而却被快晴悉数化解。实在是让人不爽。没想到快晴会用这种方式和自己打。

所有的招式都根据对方的行动随机应变。如果没有异于常人的眼睛和自信，这种破天荒的操作是不可能成立的。

真是个讨人厌的家伙。所以，自己也没必要对他客气。

桥仓再一次架起竹刀，做出了挑衅的动作。

你过来啊！老子就在这里！

面对这赤裸裸的挑衅，快晴的脸黑了下来。他眯起眼睛，甚至有些想笑。

这家伙居然能预判二重，不，是三重的反击。一旦自己按捺不住，直接攻过去的话，等待自己的将是从拔技到挑技——各种连续技的大礼包。

桥仓的眼神就像红外线似的在快晴身上扫来扫去，看得他甚是难受。于是，快晴决定转守为攻。接下来的战斗，拼的就是反应！

桥仓需要一边设圈套一边防守，他的消耗肯定比自己要大得多。然而即便是这样，他依然在坚持。

快晴嘴角上扬，他感受到了这个男人不同于外表的偏执。

我要快速解决你！我不会手软的！我一定要去到那里，谁都别想妨碍我！

面对化作疾风的快晴，桥仓在下一个瞬间就准备好了成倍的圈套去迎接他。

别想跑！吃我这招！我就是要逼你！等你失误的那一刻，就是你的死期！我怎么可能会输给比我还小的家伙！觉悟吧，快晴！我可是很缠人的！

桥仓一只脚向前重重地踏在了地板上，给人一种他会使出刺击的假象。同时，隔壁场地上传来的震动声也非同寻常。

"刺击呀！"

离刺中自己的喉咙只差一根头发的距离。看准！回避！能赶上！江坂用持刀的左拳瞬间打落对方的刺击，然后顺手就使出了孤注一掷的左手面，直接砍向对方的头顶。

"面！"

一声钝响，击中了肩头。

情急之间，悠一歪头避过了这致命一击。如此真实的痛感令他露出了獠牙。

快点！再快点！我还能更快！我能感觉得到——自己越来越强！

悠在狂喜。解除了限制的他使出了极限速度的逆小手[①]，瞄准的就是江坂使出击面后还来不及收回的左手。然而，剑身所画出的那犯规般的轨道却并没有指向手腕，而是直接打在了没有防具保护的手臂上。

深入骨髓的痛，江坂疼得咬牙切齿。他立刻就意识到了一

[①]击打对手的左手手腕处的招式。

件事。

这家伙,都到这个时候了居然还在变强,指数级别的变强。

他明白,自己一直以来所追求的,剑道的最高境界,就在自己眼前。

从一开始,自己获胜的机会就十分渺茫。如果这家伙还能继续变得更快的话,等于是直接给自己判了死刑。

下一招,将是真正的最后一本!他下定决心,向前迈出了脚步。

和你高超的剑术比起来,我其实最先是被你的人格所吸引的。在向着那"最后的战斗"远征的路上,我希望能有你这样的,在面对强者的时候也能保持微笑的同伴。我想要战胜秋水,想和大家一起取胜。但是,在这之前,我要先胜过你。

你真的很强。所以,我也要保持微笑。不管怎么说,向你提出这种要求的正是我啊。

一步……我要上了!

再来!一步!

没完呢……再一步!

"面!!!"

为了这一刀,自己赌上了一切。

在仿佛变慢的时间中,江坂将自己的所见所感铭记于心,嘴角微微上扬。

——啊啊。太好了。这一次终于看清楚了,是两刀。

"胴！吓啊！"

悠比自己更快地打出了面反击胴。

江坂知趣地没有继续死缠烂打,他背过身去,仿佛在说。

去吧,水上。让我也见识一下你的梦想。

"胴得分!"

两场比赛结束的铃声同时响起。但是,主审宣布胜利的声音却并没有重叠在一起。

"胜负已分!"

"延长赛——开始!"

如果个人战在四分钟之内没有分出胜负,就会进入延长赛,直到其中一个人打出一本为止。进入延长赛前没有休息时间。在这场持久又痛苦的战斗中,会输的一定是最先松懈的那一方。

二楼观众席开始议论纷纷。乾的延长战?第一次看到。

战斗中,议论声传到了桥仓的耳朵里。但是,他根本就笑不出来。他咬紧牙关,喘着粗气,表情扭曲地瞪着他的仇敌,大声吼道。

——不能输!绝对不能输!老子今天连死都不怕!能有资格往上爬的,只有我!

他依然倔强地设下了数个圈套。

快晴不由得向他投去了尊敬的目光……心里,只剩下感谢。在自己变强的道路上,这个人一直陪伴着自己。

他用玛瑙一般漂亮的眼睛注视着桥仓，完全没有意识到自己的背后，凤愿的对手也在注视着自己。

再一次，与某个人的约定将化作自身的强大，快晴即将迎来蜕变。

——对不起，如果不在这里解决你我就无法继续前进。

消耗战的最后，二人都陷入了忘我的境地。桥仓明白，自己千锤百炼的身体正在敲响警钟。他用尽最后的力气，咬着牙，制造出了自己将会使出面反击胴的假象。

一瞬间，快晴警戒地犹豫了一下。这种机会桥仓怎么可能会放过。

左脚用力蹬地，自身化作弹丸，桥仓冲了上去。

斩断或是被斩断，只可能有一种结果。已经，无法回头了。

在狂乱的咆哮声中，桥仓的最后一刀选择了最基础的跳击面。

而另一边，仿佛镜子里的倒影，快晴也化身弹丸。在决定胜负的一瞬间，在他身后注视着他的悠睁大了眼睛。

快晴起手略微落后于对手。美丽的相面，将在这一刻相互交错。

如果按时间来算的话，也许比一刹那还要短。但是，可以确定的是，在纯白无我的境地中，桥仓渐渐地绽放了笑容。这条痛苦、漫长、单调的旅程，终于被染上了颜色。

啊啊，我居然还能做出这样的表情。

微笑吧。这种时候只要微笑就好。能够用这种方式给自己画上句号，自己真的很幸福。

"面得分！胜负已分！"

桥仓给予了自己肯定。

收刀，裁判为胜利的一方举起了旗帜，即便那不是自己的颜色。

行礼，退场，体育馆内响起了雷鸣般的掌声。他一边享受着这种欢呼声一边去掉了武装。

"现在宣布能够进入决赛的选手名单。藤宫高中的水上选手，以及秋水大学附属高中的乾选手。现在休息十五分钟，接下来将进行女子组的决赛，随后进行男子组的决赛。"

桥仓拿起防具和竹刀站了起来。这时，自己的后辈追了上来，向自己低下了头。

就算赢了脸上也没有丝毫的骄傲，令人羡慕，但也令人不爽。

"喂，快晴。是你输了。"

"哈？"

所以，我要教训教训你。

"逆胴，你不是没打出来吗？所以，打赌是我赢了。"

"啊！"

快晴一脸茫然，完全不记得有这件事。花了三年时间，看来还是成功得让他付出了一点点代价。

其实现在自己心里特别不甘心，也不想说话。自己的阴暗面被完全激发了出来，恨不得直接往地上吐口痰然后回家。

"你看吧？你这家伙也不过就这水平……所以，如果你想放弃剑道的话还太早了。"

但是，自己是前辈。

有一个人，无论自己怎么努力，甚至无法触及他的后背，他就是这么一个令人可憎的对手。

但是，如果有一个人，他比自己还要努力，同时又是自己的后辈的话，饯别之礼还是要给的。

"你这家伙简直没有半点才能。所以，继续努力。这就是你输给我的惩罚，持续一辈子的惩罚！"

"是！请前辈您今后也多多指教。"

"嘿嘿。既然这样的话，要不把那家伙也带上吧。游戏就是要难度够高才有挑战性嘛！"

桥仓向快晴伸出了左拳。他将自己的一生都赌在了这里。

"去吧，快晴！只有第一名这个称号才适合你！"

"是！"

快晴的眼眶湿润了，他强行让自己冷静下来。唯独心中的那个约定，不可以被打破。他伸出拳头与桥仓碰在了一起，仿佛打火石一般，最后的火焰从这里冉冉升起。

在同一时刻。悠也在与江坂进行着最后的对话。

二人并排而坐，避免眼神接触，一起见证了快晴的比赛。

"水上，最后那一瞬间到底发生了什么？"

"应该是打落技吧……一刀流的究极奥义。那是和卷技相当的，传说中的招式。"

"你会吗？"

"现在的我应该做不到吧。想打出那一招至少得有快晴那种水平的眼睛。"

在双方打出相面的情况下，在竹刀相交的那一刹那，用剑身将对方的竹刀从进攻轨道上打落，然后击面。

要在几乎接近无的时间里看清对方的进攻轨道，还要保证自己的气势不落下风，然后打出一连串的动作。这需要超级细腻的身体感觉以及动态视力，再加上超出常人的练习量。

只有这些条件都具备了，才有可能打出这种梦幻般的招式。

"那家伙是真的厉害，让人不寒而栗。"

"哼哼，你到那时候还能笑得出来吗？"

"到那时候不笑，还什么时候笑？"

坐在一起的二人同时看向了对方。仿佛在照镜子一般，对面的那个傻瓜，与自己有着同样的表情。

"被甩那么多次感觉如何？我是不是很难搞，给了你一种高不可攀的感觉？"

"啊啊。又高，又远，我太难了……但是，如果我一开始就放弃了的话,现在的我一定会后悔的。"

我很庆幸,自己是第一个去说服你的人。我不满足于做你眼中的普通人。所以,我不会去耍那些小花招,我要用我的热情打动你。我讨厌想要逃避的自己,所以至少,我要向你展示我最好的一面。

然而,结果却是如此的不堪。

"部长。"

"怎么了?"

"你真的很厉害。谢谢你。"

但是,无论失败多少次自己都会继续,一定是这样的。因为,值得穷尽一生去仰慕的那个人,就在自己面前。

"不需要你的感谢,用行动证明给我看!一定要赢!一定要让那些家伙知道,战胜了本大爷的你才是最强的!"

"是!"

江坂一拳打在悠的胴上,然后离开了。他安静地从一楼会场走出去,走向了洗手间。战败者,需要有一个人的时间。

"后悔吗?"立花缠靠在墙上,向江坂发问。

所以,特别是这种时候,我就更加不会去照顾你的这种心情。

"让水上加入剑道部这件事。"

"你说得对。就是因为有那种人在。"

就好像是明知道对方是绿茶婊却还是深陷其中的男人一样,

他无奈地笑了出来。

"我才一辈子都对剑道欲罢不能。"

这正好阐释了什么叫"无可救药"。缠也很无奈地叹了口气。

"嘛,不过这才像是你会说的话。我居然会担心你,我真是太蠢了。"

"什么?你居然在担心我?没想到你还有这么可爱的地方。"

"我不管什么时候都很可爱好不好!我看你就是因为眼瞎才输的!"

出口处有阳光射进来。她避过江坂的视线,把脸偏向一边,一直望着那个方向。然而,仅仅只是这个动作,江坂就明白了,毕竟是一起度过了多年的伙伴。

"你还好吧。她对你做什么了?"

"公主大人的必杀技,干净利落地就把我秒了。那一招实在是太漂亮了,明明是自己被打败了却完全不觉得不甘心,也没想过要哭……很奇怪吧?"

"这样啊。"

"嗯……太奇怪了。我明明没想过要哭的。"

她肩负着光芒,转过头来,露出一副笑脸。脸颊上,有几颗晶莹的东西在闪闪发光。

"但是当我看到你输了的时候,不知道为什么就变成了这副样子……你要怎么赔偿我?!笨蛋!我讨厌你!去死啊!你为什么要输!"

第一次看到她流泪，江坂一瞬间有些犹豫。但是，也仅仅只是一瞬间。就如同往常一样，他当机立断，用拇指粗鲁地擦去了伙伴的眼泪。

"你，你干什么！别碰我啊变态！碰一下可是要收费的！"

"无所谓，你爱收多少就收吧。如此难得一见的珍品，要我付多少钱我都觉得值。你自己不嫌麻烦吗？咱们都认识这么久了，你还是嘴上不饶人，自尊心还是这么强。我都搞不懂，明明是我输了你哭个什么？"

"天知道我为什么要哭。再说了，女人动用武器需要理由吗？"

这不都是因为你整天只知道盯着别人看，完全不关心我啊——

这句话，刚到嘴边又吞了回去。为什么说不出口呢？啊啊啊啊烦死啦！渣男！为什么不去死！我现在知道为什么我会输给吹雪了。都是这家伙害的！一定是这家伙害我分心！

就在缠低着头怎么也想不通的时候，江坂走过来拍了拍她的肩膀。

"振作起来。这不还有团体战嘛。下一次，靠自己的力量去赢回来，堂堂正正地笑给对手看。说真的，眼泪这种东西不适合你。"

这种时候不是应该什么都不说直接抱住我吗？你这个钢铁直男！完全不懂得哄女孩子！

"哎。算了。你这种人能做到这个程度已经很不错了。我就勉为其难地给你张临时驾照①吧。"

但是,这样就好。我就喜欢你这个样子。看在你这么努力的份上,今天就不跟你计较了。毕竟还有团体战。

"虽然不懂你在说什么。你就不能直接让我从驾校毕业吗?"

"不行。我怎么可能放心你一个人上马路。要是我不坐你旁边监督,那可是犯法的。"

"教官您要求还真高呢。不准到处看就算了,还不准抄近道。"

江坂直接笑到岔气。

没找到哭的机会。但是,这样就好。自己是部长。在下周到来之前,还有很多工作没做,而且……

"咱们差不多该走了吧。虽然输了,但是我现在的心情特别激动。我想快点赶过去。我想你应该也和我一样吧?"

"嗯!虽然你输了我也挺不甘心的。但是如果要我错过这场比赛的话还不如杀了我……哈啊,那些体会不到剑道乐趣的人是真的不幸。"

接下来即将进行的这场世纪之战到底意味着什么,那些人一辈子都不可能知道。

缠和江坂,就像两个开心的孩子,手中握着永远也不会玩腻的玩具。他们推开会场的大门,向着最后的决战之地跑去。

---

①在日本,拥有临时驾照后就可以上公路进行路考的练习,但是必须有专业人士陪同,否则属于违法。

十合目 不需要约定

我想变得比任何人都强大，因为，我有想要守护的东西。

曾经，他是一个爱哭的哥哥。懦弱的性格使他连攻击他人都做不到，总是被别人欺负。也是因为这个原因，只要一不看着他，就不知道跑到哪里去了。真的让人操心。

"吹雪，咱们回家吧……一直以来谢谢你。我最喜欢你了。"

所以，我拿起了剑。为了守护我最喜欢的那个他，我开始变得强大。

"你要坚强一点，哥哥。你可是男孩子呀，不要哭了好吗？"

"唔，嗯……对、对不起。"

那是一个谎言。我其实并不想去追求那种东西。我想要的，只是一个温柔的哥哥。

然而，他并没有察觉到妹妹的真实意图，又一次不知道跑到哪里去了。

"哥哥……你快点回来……不要抛下我。"

在某一个夏日，我一个人发起了高烧，做起了噩梦。都过了这么久了，病肯定早就治好了。

"我回来了，吹雪。你快点好起来……我已经，一个人也没有问题了。"

然而，从那个时候开始，噩梦却一直都没有醒来。我想要的并不是这些。

回到家里的那个人不是哥哥。他不会哭了，性格刚强，毫不犹豫地举起竹刀，将那些欺负他的家伙一个一个地斩杀。仿佛外边一直在下雨一样，他不再出门，几乎住在了道场里。

——你这个怪物！把我最喜欢的哥哥还给我！

"我哥哥怎么可能是你这种人！"

自己真正的哥哥，一定是死在了那一天。眼前的这个人是骗子！是假的！一定是恶鬼变化成了自己哥哥的样子！不可原谅！绝对绝对不可原谅！

杀掉了哥哥的家伙到底是谁？！而你又是谁？！居然假扮成哥哥的样子！

我一定会找到你们所有人，我要报仇！哪怕是放弃我成为新娘的梦想也无所谓，总有一天我要杀了你们！

怀抱着这份觉悟，不久，一名被称为剑姬的少女踏上了冻土一般的战场。

那是无限轮回的地狱。敌人前仆后继，无论斩杀了多少人都看不到结局。这种状态持续得越久，自己就变得越强。自己的春天，也许永远都不会到来了。

然而，命运却是如此的讽刺——

"不告诉你。这可是男人之间的约定。"

终于，带着幸福来敲门的那阵春风，正是自己多年来一直在寻找的仇敌。

悲剧的女主角，公主。自己实在是担当不起这个称号，甚至有些想笑？

"胴得分——胜负已分！"

明明是这样一种只存在于女孩子的幻想中的相遇，此时此刻的自己，脑海中却只有剑道。

"女子个人赛。胜者是白方，桐樱学院高中二年级，乾吹雪。"

吹雪做出收刀动作，然后将目光投向了正在仰望天空的那个最可爱的人。就算看不到藏在护面中的脸也能猜得到。现在的他，一定笑得很灿烂。他的脸上，一定挂着那副自己最喜欢的笑脸。

"超级喜欢你。"

喜欢到连自己都觉得不可思议。你的温柔、你的体贴、你的强大。你为独自一人在寒冬中彷徨的我带来了春天。所有所有的这一切，我都超级喜欢。我恨不得现在就告诉你我的心意，恨不得现在就卸下这身装备，和你紧紧地抱在一起。

"但是，对不起……我现在还不能这么做。我还不能对你说出那句话。"

"我能说句任性话吗？"
"如果我能做得到的话。"
"嗯……一定要赢，哥哥。"

为什么要对自己的哥哥提出这种不合理的要求？这种事情，不需要解释。

"我现在还不能嫁人。还有一大堆事情等着我去做呢！"

我不需要他人施舍的幸福。如果要我一辈子就只给男人当个花瓶，还不如让我死了算了。梦想这种东西，必须要靠自己实现才有意义，必须要用自己的双手去斩杀才有意义。

自己的春天，就算永远都不会到来了也无所谓。因为，自己会主动去迎接她！

"你们二人只顾着自己玩儿。太狡猾了！与其给我这种春天，我更羡慕你们那种互动方式。"

任何时候，吹雪都在燃烧着心中的热火。因为，她甘愿化作灰烬，在剑道的最高峰燃尽自己，在那里为自己的故事画上句号。所以啊，悠远的太阳哟，请你燃烧得更猛烈一点。愿你的余晖，能够照亮更多夜空的浮云，使那里不再寒冷！

"在最高处等着我！只要再等一下下就好，我马上就赶上你！"

直到最关键的时候才出来救场，这很符合主角的设定。在本公主出场之前，你们就尽管炒热气氛吧！

不管怎么说，这都是属于我的故事，以剑姬为主角的故事。

剑与少女的故事。

※※※

"接下来，我将介绍男子个人赛决赛的参赛选手。"

就如同往常一样，悠抬头望向了那令人拘束的天花板。他扪心自问：为什么自己会在这里？

"红方，藤宫高中二年级，水上悠选手。"

从出生的那一刻开始，自己的生活中就只有剑。没有父母，没有天空，没有太阳，什么都没有。即便如此，自己还是拼命地活了下来。

曾经尝试过投身剑道。也诅咒过自己出生的时代。最后干脆什么都不要了直接逃离这一切，却在逃离的终点再次与剑相遇。实在是想不明白自己上辈子到底做错了什么才会如此的业障深重……即便如此，自己没有放弃剑道真的是太好了。

悠将视线从天花板往下拉，看向了二楼的观众席。那里坐着挽救了自己的妈妈以及给自己创造了这种机会的姐姐，她们正向自己投来温柔的目光。他再次转移视线，看向了一楼的观众席。由于只剩下决赛，之前的比赛场地都空了出来。自己最重要的宝物，就在那里。他们保持着正坐姿势，笑着向自己伸出了拳头。

曾经以为自己是最强的，没有斩不断的东西，只要手中还握有这把斩断一切的道具，自己就是无敌的，而且这一事实永远都不可能改变。所以，就在这一年的春天，当自己发现有一种东西用自己最厉害的招式都无法斩断的时候，第一反应就觉得，一定是自己手中的武器不够锋利。

"不是这样子的……我很庆幸自己用的是竹刀。"

用这把刀是斩不断人的。因为从一开始，它的诞生就不是为了斩断他人。

为了将人与人连接起来，为了斩断孤独，从而孕育出了这把刀。"谢谢你。"

就在刚才，悠第一次向相伴自己一生的伙伴，向剑之神，向通往最强道路上的宿敌献上了感谢的话语。

"啊啊！"

不禁发出了感叹。仔细想一想，除了剑以外，自己所拥有的都在这里。

现在的自己，就算放下手中的剑，一定也能活得很满足吧。

"原来是这样！"

即便如此，自己的左手还是紧紧地握住了剑柄，绝不轻易放开。咚……咚……咚……手心能感受到伙伴跳动的脉搏。

不准满足！保持饥渴！活着就要不断地前进！大声说出来，你的愿望是什么！

"对不起，快晴。我改变主意了。"

自己为什么要拿起剑，这种事情还需要解释吗？

"顶点是我专属的特等席。你现在就把位置给老子让出来！"

无论在任何时代，男人都会为剑而疯狂。他们会有一种欲望，就是向所有人宣告，老子才是最强！

"我要上了，快晴！最强的那个人，是我！"

自己一直憧憬的剑之彼方。现在，那家伙就站在这里！

***

就如同往常一样，快晴幻想着那悠远的苍穹。他对自己发誓，总有一天，自己会去到那里。

"白方，秋水大学附属高中二年级，乾快晴选手。"

出生的时候，自己的生活中还没有剑。与之相对的，家人、天空、太阳，自己什么都有。

自己本来可以有更多的选择。有可能是在自己最喜欢的太阳下奔跑的田径运动，也有可能是让自己在球场上风光无限的球类运动。

就算老老实实地做个学霸也挺好，不加入社团，每天放学后和可爱的女朋友走在黄昏的街道上一起回家，这样的生活该是多么的美好。过这样的青春，曾经的自己一定有过机会能够选择的。

"啊啊！"

即便如此，自己还是选择了剑。

就算是把时间机器放在自己面前，自己也会笑着毁掉它。自己拥有这样的自信。

"我很满意我现在的人生。"

我所追求的东西只有一个。我所追求的对手也只有一人。任何一个正常人或许都会对我的行为抱有疑问："为什么你要投身于又寂寞又疯狂的剑之道呢？"但是我觉得现在这样就挺好。这样就可以啦，我很满足。

"对不起，悠。我已经无所谓和你的约定了。"

自己为什么要在这里等待，这种事情还需要解释吗？

"顶点是只属于我一个人的地方。谁都别想和我抢！"

我就是喜欢站在最高处的感觉！我就是喜欢俯视你们这些垃圾！

你终于来了，水上悠。你这家伙——很碍眼！

站在天上的人，不需要两个！终于能做个了断了！

"我要上了,悠!将你斩杀的那个人,是我!"

"正面,礼!"

一步,两步,三步。他按捺住自己激动的心情,在世界的中心安静地拔出了剑。

就在站起来的前一瞬间,他狂喜地睁开了眼睛。来吧,把一切都解放出来吧!

自己一直憧憬的剑之彼方。

现在——

有你在这里!

"开始!"

"嘎啊啊啊啊啊啊啊啊啊啊啊啊啊!!"
"哈啊啊啊啊啊啊啊啊啊啊啊啊!!"

几乎没有攻击间隙的三回合,迸出的火花只闪耀了一瞬间。

随后才传来的击打音和地板的震动声将世界唤醒。双剑交错之时,产生的火花就好像带有重力一般将二人吸引到一起。

护面之下,二人狂笑着露出獠牙。

——来吧!在这种距离下,你别想斗得过我。

快晴很快就通过压护手对峙使悠陷入了自己的支配之下。

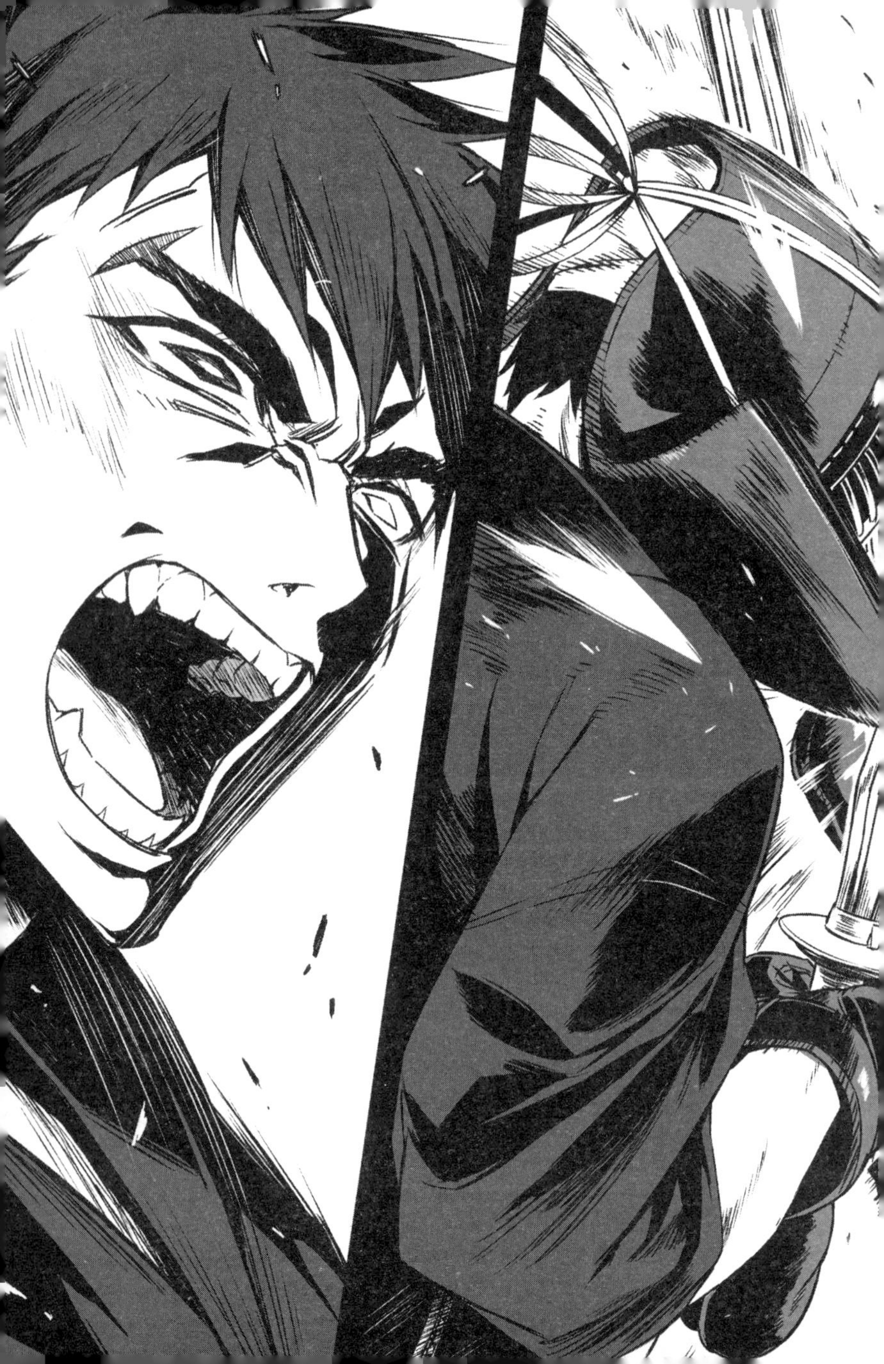

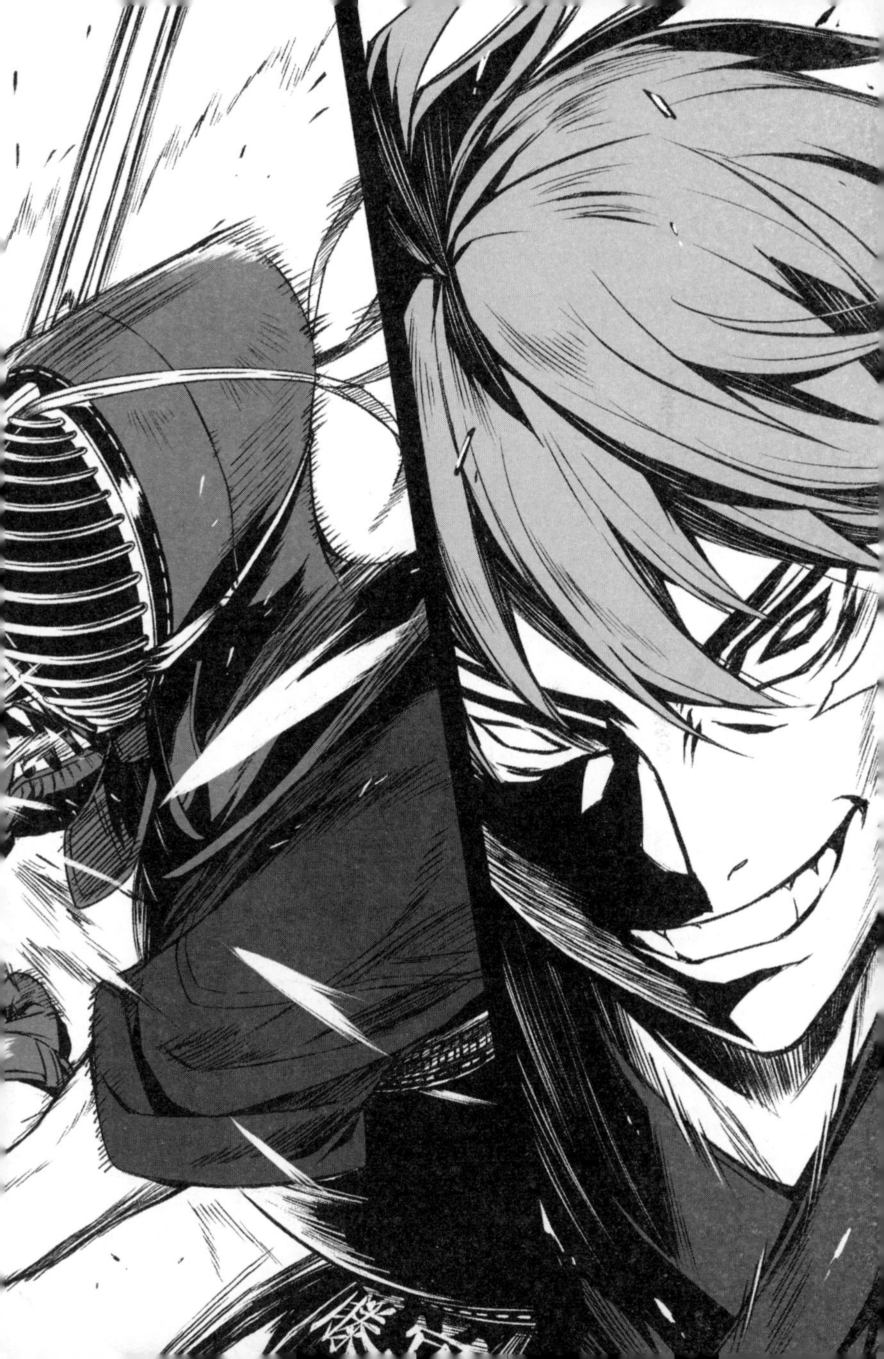

他一会儿重，一会儿轻，试图使对方动弹不得。

然而，就如同女人的谎言一般，悠那变幻无常的步法怎么可能那么容易就被人看穿！他那不规则的重心移动，只一眨眼的工夫便适应了快晴的呼吸节奏。二人很快便交织在一起。这种独特的步法，使不可思议的消失和残像成为可能。

幻觉的最后，悠获得了支配权。

瞄准的就是下一次呼吸的瞬间！使出最短最快的招式——就是现在！

"手啊啊！"

退击小手的麻痹感顺着剑身传到手心。但是，这个感觉……不对！

在悠向后退并做出残心的途中，他才意识到了自己刀上的护手有被攻击到，同时，自己的脊椎神经也在向自己发出警告。

在深渊的另一头，怪物的眼睛发出邪恶的光芒对着自己虎视眈眈。要来了！来不及躲了！

"嗒啊吓啊！"

仿佛画面快进了一般，快晴突然出现在了悠的面前。二连击，小手面——对手也使出了同样的招式，结果二人同时打中了对方。你太天真了！快晴用右脚使劲蹬地靠着蛮力使身体向后飞去，顺势就接了一招击胴。腰间传来骨折一般强烈的冲击，对手仿佛是镜中的倒影一般，再一次做出了与自己一模一样的动作。没完呢，还有第四招！一跃而起，面！——然而双脚刚刚离开地面自己就后悔了。他攻过来了！

陷阱掠过刘海。即便是躲过了这一招，身体由于惯性还是停不下来。快晴强行将这股力量拉回正轨，使出了竭尽全力的双手刺击。孤注一掷的刺击，如果被打中的话一定会被击飞。然而，悠仅仅是轻轻一拨便使攻击偏离了轨道，避了过去。

你不会真的以为这种攻击能够打得中我吧——去死吧！

为了不给对手留下任何喘息的机会，悠预判出快晴的右手返回的位置后直接使出了击小手。快晴却棋高一着，只用左手将刺出去的剑拉回，结果悠的击小手扑了个空。然而，这并不意味着结束。

长年累月的经验使得悠的预判甚至达到了预知未来的领域。他发挥自己的优势打出了怒涛般的八连击。

最不可能预判的位置在哪里？！最有可能斩断那家伙的位置在哪里？！超高速的思考下，脑细胞发出了哀号。然而这种感觉，已经化作了一种愉悦感。悠露出了獠牙。你有本事躲得开吗——快晴！

快晴立刻就接受了悠的挑衅。已经没有时间把右手收回去了。收回去是死。不收回去也是死。

既然这样的话——我就偏要躲给你看，全部！

调动了全部腕力、智力的悠如同破坏的代言人。他化身为黑暗的雷雨将快晴包围。

剑雨从天而降。

这一刻，能够依靠的，只剩下自己的眼睛和左手中的剑。唯一的希望，靠自己去寻找！唯一的生路，靠自己去开拓！

快晴在死亡的边缘舞动起来。回避、接招、弹开、闪躲、借力、打落、拨开、再回避。

他舞动的姿态，简直可以用优美来形容，在场的所有人都不禁为之感叹。包括正在发起进攻的悠。

啊啊，正因为如此——我才必须亲手解决你！为你献上史上最强的一刀！

八连击打完，悠依然没有要停下来的意思。第九招，他选择了透明一击。

右足跟蹬地。冲击波画出了一个同心圆。然而，从下半身收集到的巨大力量却只让剑尖微微抖动了一下。

空击——假动作。快晴看破了这一招，抓住机会正要收回一直在躲闪的右手。

悠等的就是这一瞬间。第十招，他向前踏出了不到半步。

竹刀向上抬起直到顶点，从刺击的轨道变换为击面的轨道。

从那里——向右下方画出了一条世界上最美丽的弧线。

来了——是逆胴！

快晴背脊发凉。他似乎看到了刹那后自己悲惨的未来。被斩杀后，自己的尸体被人无情地扔在了乱葬岗中。

闭起眼睛！保护自己！这是一场风暴！在灾难结束之前，

自己无法反击!

心里的那个自己在哭喊。但是——但是!不要忘了!自己是为了什么而变强的?

为了不逃避。为了战斗!不过是与自己同等级的对手,有什么好可怕的!

睁大眼睛好好看着!那是一个披着怪物皮的人类,那把刀是他手中的道具,不过是这种程度的把戏,自己一定能看破!

这一次,他没有闭上那玛瑙般的眼睛。在黑暗的雷雨中,这双眼睛敏锐地捕捉到了那微弱的光线。

——不对!是小手!

"哩呀啊啊吓啊啊!"

被看破了的悠不禁瞠目。这一招确实打在了对手右手腕的位置上,然而,感觉不对。

是刀柄!冲击之下剑身开始旋转,快晴趁势将剑身转到合适的位置,直接使出了小手反击面,要来了!

可恶——来不及了!

在神经极限紧绷的状态下,悠一边向前屈身一边把脖子向右扭。

"呼"的一声,斩击的风压从左耳边擦过。

仿佛是被落石击中一般,冲击和巨响在下一个瞬间就袭击了悠的肩头。作为奇迹般回避的代价,左边耳朵的听力暂时受到了影响。不过,这对试图复权自己世界的悠来说已经完全足够了。

——抓到你了!

不等行动受限的悠找回状态,快晴紧接着就是一记重击将悠再次拖入了压护手对峙的局面,剑身更是直接架在了悠的脖子上。

在这种状况下,悠已经没法呼吸了。他明白,在他试图呼吸的那个瞬间,快晴就会从自己的视线中消失,下一个瞬间,自己就会从正中间被劈成两半吧。一秒钟,就好像几个小时那般漫长。

即便如此,他依然在坚持忍耐。为了不让对手看出破绽,他通过已经变得不那么灵敏的五感竭尽全力地去感受。如此顽强的意志,让快晴都不禁发出了感叹。

啊啊,正因为如此——我才必须在这里干掉你!就用你赠予我的这把刀!

快晴刻意地向场地较窄的一边移动,然后,他在唯一一处地方留下了破绽。

那是给自己喘息机会的仅有的间隙,那是只有强者才能发现的唯一的退路。

悠靠着自己敏锐的直觉发现了这一点。他条件反射般地冲了进去,然而——他并没有抓住这个机会大口换气。

事到如今自己对这种东西没有任何兴趣。就算缺氧又如何?我想知道的只有一件事。那就是,你这家伙的目的!

就在悠冲进那个地方的同时，快晴从悠的视线中消失了。快晴抓住这一机会，将竹刀举到了头顶，然后斩向了与悠擅长的必杀技相反的方向。视线受阻的悠一边向右边闪躲，一边注视着对方的攻击轨迹。

退击胴。

悠掩护着自己的左腰退到了一边，他等的就是这一刻！

别想跑！

"面——呀啊啊啊！！"

如同惊雷一般横向袭来的快晴的击胴，瞬间改变方向攻向了悠的面。

电光石火之间，快晴已经在场地的边缘做出了一个完美的残心。手腕处却——

"什么！"

"吓啊啊啊啊！"

传来了阵阵麻痹感。

面对如噩梦一般突然出现在自己面前的悠，快晴找了那唯一的破绽冲了过去。

那是只有快晴才能找得到的地方。正因为如此，悠也在这里！他将双手收于肚脐处，猛地一蹬地，用尽全身的力气撞向了快晴。最基础的力量招式——身体冲撞！

"暂停！"

第三者的声音打破了二人世界，快晴这才清醒过来。他看了看脚下，吓出了一身冷汗。

正好踩在了白线上。被摆了一道。快晴不由得咬紧了嘴唇。

不过，他到底是怎么做到的？快晴一边走回开始线，一边望着这个给自己施加了魔法的男人。他特意绕远路从主审的身后慢慢绕过去，然后朝着悠吐了下舌头。

悠用持剑的右手挡住脑袋，然后将空出来的左手放在右腰处一会儿握拳，一会儿放开。

读懂他的意思的快晴笑得喘不过气来——这种事都做得出来，你是魔鬼吗？

故意让对手以为自己的双手和重心都移到了腰的右边，实际上作为主手的左手是放开的，这种操作就像魔术师一样。

悠用这种方式骗过了快晴，用真正持剑的右手挡住了快晴的退击面。

如果自己是快晴的话，一定会选择退击面。所以，能打出这一套动作都是因为自己相信他会这么做。

"犯规，一次！"

快晴向主审鞠了一躬。时间已经过了2分多钟了。这个时候犯规意味着什么，快晴非常清楚。

犯规记录不会在中途取消。如果就这样进入延长赛的话，一旦再次犯规，自己就当场"game over"了。而且自己的对手是悠，很有可能会进入延长赛。

没错，对手是悠。所以犯规还有着另外一层意思——那一招，他打算什么时候打出来？

快晴的脑内不断浮现出卷技的画面，害怕到几乎反胃。

如果自己的竹刀被挑飞，加起来犯规两次，当场就会被算作一本。与这个男人对战，必须时刻警戒着这招。胆战心惊，犹如在刀尖上跳舞……但是，那又如何！快晴大笑起来，勇敢地迎接挑战。

"开始！"

诱导性的踩踏，如火焰一般跃动的竹刀。

被火焰包裹着的刀身在撞击声中时而交织在一起，时而散开。看似平静地展开，然而在水面之下，牵制与反牵制的谋略之战早已趋于白热化。

判断错误即意味着死亡。管你是三个、五个还是七个，我通通破解给你看！

逆境将快晴的集中力打磨到了极致。在仿佛变慢的时间里，快晴飞速思考。

光看身体素质的话，在速度、力量以及看破对方进攻轨迹的动态视力方面，自己在悠之上。但是，如果谈及夺取一本的瞬间灵感以及几乎达到了预知水平的预测能力，悠则是完全压制自己。

所以，即便再这么打下去，也不会有机会打倒他。

自己的连击被预测。最高速的刺击被躲开。压护手对峙的支配被破解。最擅长的必杀技事到如今已经对他构不成任何威胁。不仅如此，自己还被他逼到了悬崖边，命悬一线……但是——

这种时候，如果你是我的话，一定会……

"噢噢噢噢噢噢噢！"

没等灵光一闪的大脑发出指令，快晴的双脚已经迈了出去。他隐藏住自己的气息，光速般地突然出现在了悠的面前。没有人知道他到底有没有踩到地面……除了悠以外。他坚信自己一定能看破这一招佯攻，做好准备迎接快晴猛扑过来的击面。

——为了打败无敌的你，来吧剑鬼！来破解我所有的招式！

悠做出了防御的姿势。为了能在反击的一瞬间解决对方，他向右前方转过身去。

快晴立刻捕捉到了他的动作。

——从一开始，我所拥有的就只有这个！

快晴的竹刀停在了最高处。当它再次运动起来的时候，剑尖向右边画出了一道弧线，那是他一直憧憬的轨道！

——给我打中！

"你等我！一定要等着我！无论花多少时间，无论你在哪里……我一定会找到你！"

——打中！！

"啊啊。我等你，我会一直等着你。"

——告诉他！！！

"我看好你哦,一定要来!"

"胴噢噢噢噢噢噢噢吓啊啊啊、哩呀啊啊啊啊啊啊啊!!"

大脑一片空白,快晴狠狠地抽回了右手,刀身在对手身上划过。残心之后,他甚至忘记了把脸抬起来。

片刻,他才猛的一下回过神来,然后立刻看向前方,做出追击的准备。

"啊啊……终于,传达到了……"

"胴得分!"

仿佛空气被点燃,全场沸腾了。

快晴喘着粗气,安静地回到了开始线。

另一边,悠抬头望向了天空。

"可恶!"

被他钻了唯一的一个空子。正因为是自己也经常用的招式所以大意了。而且不仅仅如此,相面也是自己的备选方案之一。如果是这种情况的话,能够夺取一本的一定是自己。

然而自己最终还是选择了防御,是因为对他在上一场比赛使出过的打落技有所戒备。

——可恶。我不能输。不能输不能输不能输!

自己的身体能够感知到时间。还剩下一分钟。

面对这个无敌的男人,这个能看破所有招式的男人。自己仅有一分钟的时间。绝望感慢慢地吞噬着自己的身体。

不要放弃！一定能找到突破口！这家伙不过是和自己一样的人类！一定有办法打倒他！

悠在脑海中拼命地搜索着……这种时候，最先想到的，却是——

"决赛的时候，我希望你们二人负责计时。我要你们在离我最近地方看着我获胜！"

和同伴们的约定。

他将目光投向了藤宫高中的阵营，试图打开自己的宝箱。

"啊啊。"

所有人，都向他比出了食指，指向天花板。

不仅仅是城崎和黑濑。叶月、千纮、八代、史织、江坂、缠、圆香以及佐佐木先生，所有人都在这么做。

悠明白，大家的手指向何方。即便不再与大家刀剑相交也能明白。自己现在所拥有的，绝对不仅仅是那一分钟。

——不要输，悠。你一定是最强的！

"为什么我刚才没想到呢……这不是还有压箱底的那招吗？"

二人回到了各自的开始线。快晴盯着悠的眼睛，然后——

他全身颤抖起来。

还没完呢！拿出气势来，坚持住！这个怪物还没死透！

"第二轮，开始！"

身负重伤的魔王开始化身为龙，从丹田发出带着杀意的不祥低吼。这份杀意，将原本被战斗渲染得热血沸腾的世界瞬间冻住。然而，发起挑战的快情怎么可能在这种时候放下手中灼热的剑。他毫不退缩，大声吼了出来。

——你过来啊！别想要花招，最后赢的一定是我！

终场的沙漏开始倒计时，悠追上了超越极限速度的快晴。他解放全身的细胞，将身体交给了暴力的本能。然而，他打出的一系列动作在外人看来却依然是那么的有美感。

从出生的那一刻起，他便伴随着修炼成长。千锤百炼的身体使刻在了DNA里的战斗本能得以发挥。完全具备杀伤力的假动作，无论对方做出何种反应都不过是矛盾的二选一。雨点般的攻击，打乱对方的六感，不给对方任何躲闪和看破自己招式的机会——

即便如此，快晴也没有闭上眼睛。甚至抓住机会转守为攻。自己的预判不断落空，但是身体必须动起来！脑袋跟不上？没关系！靠本能去判断！

"哈啊啊啊啊啊吓啊！"

"啦啊啊啊啊啊啊！"

沙漏中的沙粒所剩无几，还剩最后几颗。二人开始飞速思考，时间的流动仿佛变慢。

还剩几秒？几十秒？就算还剩几个小时你也别想从我这拿下一本！

我要在这儿干掉你,你完啦!

快晴的执念,又一次,将魔物诱入了自己最强的攻击范围。

狭窄,只够悠向后迈出一步的白线边缘。僵持,在这种情况下压护手对峙。然后,从这个位置开始,二人慢慢地伸长竹刀,拉开距离。比赛即将迎来结局。

还剩几秒?!就在紧张得手心冒汗的计时员低头确认时间的那一刹那。

——要来了!

悠的竹刀拥有了生命,仿佛在咆哮着"拿命来"一般,卷曲着身子就攻了过来!

面对恶鬼难以拒绝的邀请,快晴用力咬紧了嘴唇。舌尖被一股暖流包围,他知道,这是铁的味道。手臂的安危早已被抛在了脑后,就算被撕碎了也无所谓。所有的执念都化作力量,快晴用尽全身的力气握紧手中的剑,大声吼了出来。

——我绝对不会放手的!这可是你给我的!这就是我的一切!

恶鬼,消失了。这意味着光明的胜利,邪恶的消散。

而将悠从面前消去的这道光的正体正是——

"面!吓啊啊啊啊啊啊啊啊啊啊,啦啊啊!!"

退击面。

"我希望将来有一天,你能用这招打败我。"

那是鬼曾经传授给自己的,原版的魔王的必杀技。

悠一只脚踩在了白线上,漂亮的残心。这种情况下不算犯规。冲击之下,快晴摇晃了两下然后单膝跪地。

"啊啊……可恶……居然是'使深信,消除'……"

不是我说你,这心脏的承受能力怎么就这么差呢?对手可是我哦!

"面得分!"

自己的话一定做得到,悠就是如此的自信。就像上次与吹雪对战的时候一样,他瞄准的也是最后的几秒钟。

当逆胴的轨道被快晴看破的时候,他已经明白,无论自己再做出任何假动作都没用。

所以,自己假装失去理智,将身体交给暴力的本能,只为了等待这一刻的到来——

场内爆发出雷鸣般的欢呼声。二人都还没有缓过来,上气不接下气。

即便如此,在二人擦肩而过的时候,悠还是——

"你怎么了,快晴?"

用他那不祥的口音,无比凶狠地说道。

"我还没玩儿够呢!"

他盯着快晴的眼睛,露出了挑衅的笑容,就好像在说"实在是太有意思了!"

所以,快晴也用同样的表情去回应了他。

二人一同露出了獠牙，仿佛再现了儿时的对决！

"啊啊，我也是。你想怎么玩儿我都奉陪到底！"

在走回开始线的途中，二人简短地交换了话语，脑海中浮现的是到目前为止献给剑道的人生。到达开始线的那一刻，二人同时转过了身子，在心声无法到达的护面之下，一起默念道。

——简直让人欲罢不能，至死方休！

那些麻烦的事情已经懒得想了。剩下的就交给剑去解决吧。

铃声响起，意味着余兴的结束。二人将再度沉浸在扭打的快乐中。

"延长赛——开始！"

***

死斗的最后，二人呼吸急促，世界被渲染成了白色。

不知道为何，此时浮现在二人脑海中的，却是昔日一同窝在被窝中聊天的光景。

"悠君，我能问你个问题吗？"

"嗯？怎么啦，快晴。"

"悠君，你觉得练剑道开心吗？说实话，我其实不怎么喜欢……"

面对深爱着剑道的他，一旦说了真话，很有可能会被他讨厌。然而即便知道这一点，自己还是忍不住说了出来。因为，自己想成为他真正意义上的朋友。

"哎,别提了,我超级讨厌剑道。开心?不存在的!"

"哎?明明那么强?"

"有吗?连自己爷爷都打不赢……所以我讨厌剑道,真的开心不起来。但是……"悠笑了起来。

幼年时代早已结束。那是在走向成熟的道路上依然带着几分稚气的笑容。

"我如果变得更强的话,估计就能体会到乐趣了吧。我一直有这样的梦想,我不想放弃。"

"嗯。我也是。所以,我可以和你一起去实现这个梦吗?"

"一起……这种事情做得到吗?"

"当然做得到。正因为是剑道,没有对手的话,这个梦是无法实现的。"

在这把剑的彼方,如果有一个人与自己同在的话。即便前方是一条充满诅咒的道路,都一定会化作对自身的祝福。

自己所希望的,仅仅是以这种方式走上这条路。

"我明白了。那咱们就再做一次约定吧。这回你不会再让我等那么久了吧?"

"嗯,你放心吧。这么无聊,我已经受够了。"

阳光消逝,言语湮灭。世界的中心,只剩下二人。

静寂的世界,宽广的天花板,唯有剑尖相互击打的声音在空气中回荡着。

这个声音,似乎预示着某种东西将要裂开一般。

二人,还有周围的观众们,都在专注地等待着这一刻。

一步。

"啊啊……一直这么打差不多也该腻了吧?"

一步。

"我也这么觉得……一切,都是为了接下来这招!"

剑尖相交。裂痕在这一刻发出巨响。

——让一切都结束吧!

蹬地,起跳。雨后的水坑,倒映着二人在空中交错的身影。

二人使出全身的力气咆哮着。愚直修炼的成果,在最后收敛为同样的招式。

所有的剑技都始于此。

"面!!"

相面,与人生交织在一起。

尽人事,听天命。一切,都交由神来裁定。二人同时做出残心,转过身来。

乾快晴旁边的副审,代表着红色。

水上悠旁边的副审,代表着白色。

最后一步——在确认了决定自己命运的旗帜颜色之后,那个男人笑了出来。

"面得分！"

大声说出来，就像曾经挑战过自己的某个人一样！

"是我输了。"

那面旗帜的颜色，是沉浸在幸福中的颜色，象征着自己的败北。

"胜负已分！"

在雷鸣般的掌声中，悠做出了收刀的动作。心服口服的他向快晴深深地鞠了一躬。

这就是剑道。通过剑的法则去修炼、去习得做人之道。

将心底，埋藏已久的感谢，献给剑之彼方的那个人。

悠抬起头，慢慢地离开赛场，找到自己竹刀袋所在的位置坐在了旁边。

他保持着正坐的姿势取下了护面和头巾。接着——

他将目光投向了那悠远的天空。头顶上，令人压抑的天花板已被剑所劈开。

"啊啊！"

现在，那里只剩下晴空万里。

"我果然，还是帅不过那家伙……"

不断追求极限，所以无拘无束。这是坚持到底的人应得的报酬。

悠将最高的憧憬和最低的遗憾藏于心底，笑了出来。

"爷爷，你在看吗……真的天晴了！"

为了和打败自己的那个人握手，悠站起来，放下了手中的剑。

他向那个人所在的位置走去。就在这时，他在那里发现了另一个美丽的东西。

"呜……呜呜……嘤……呜……呜——"

只有那里，在下着雨。

那个愚直地一直守护着某个约定的男人，最后的最后，终于宽恕了自己取下假面的行为。

心中的泪水顺着脸颊淌下来。他低声呜咽着，连站都站不起来。

积年的夙愿在这一刻得到了解放，现在正是雪融之际。那双腿，那双一直以来不眠不休、不断前进的腿，现在终于有了休息的机会。

但是，这并不意味着结束。二人依然走在不断追求极限的路上。

"你笑一笑嘛，快晴。"

所以，悠在这里，向这位可爱的、激动得不能自已的宿敌伸出了自己人类的右手。

"你别白瞎了这么一个好名字嘛，笑一笑。"

"呜。嗯。"

快晴握住悠温暖的右手，露出了笑容，就如同自己的名字一样。

"现在宣布男子个人赛的优胜者名单。优胜者是，白队，秋水大学附属高中二年级，乾快晴选手！"

掌声、欢声、祝福声，声声入耳。头顶上，是令人畅快的万里晴空。

终 剑之彼方

悠坐在二楼屋外的长凳上，注视着被夕阳的余晖染成金色的体育馆。

大脑一片空白。身体就好像电池用完了一样一动不动。说白了，就是在发呆。

"哈啊。"

怎么办。根本就没有想到自己会输，没有考虑过这种情况。

所以，刚才在接受某剑道杂志采访的时候简直比杀了自己还难受。那些人一点面子都不给自己留，什么都敢问，还要拍照。其实在御剑的时候自己就特别讨厌媒体。就算从他们那拿到了照片，回去后也绝对会烧掉。特别是，在被快晴发现之前。

"快点倒闭吧，那种杂志。"

然而，自己除了诅咒他们杂志卖不出去以外什么也做不到。悠深深地叹了口气。

"不过……这才是现在的我。"

他闭起眼睛，回想起了比赛结束后的一段插曲。

"悠……前辈。"

悠被这突如其来的一声吓了一跳。采访超时了，再加上会场的人正在退场，一下子大意了。就在他刚刚穿过一楼竞技场大门的时候，眼睛尖的后辈一把抓住了他剑道服的袖子。

"史织。"

"我怎么可能让你逃走呢，前辈。"

她摆出一副恶作剧的表情，咯咯咯地笑了起来。说真的，现在最怕的就是见到她。想甩掉她的手其实并不困难，难就难在这之后不知道该如何去面对她。就在自己不知所措的时候，史织率先打破了尴尬。她向自己行了一个礼，一个严肃、漂亮的礼。

这个女孩儿是真的适合剑道，未来难以估量。

"前辈辛苦了。我很高兴你守护了那个约定。"

"哪有啊……我这不是输了吗？"

她摇了摇头，似乎在掩饰着什么，然后笑了出来。

"即便是输了，也算。今天的前辈，在我看来是最最最帅气的！"

那个时候，悠感觉自己第一次见到了史织真正的笑容。

"是吗？看来有必要马上刷新一下你对我的印象啊……所以，我希望你在我身边，在离我最近的地方，好好看着我是怎么赢的！"

悠拍拍史织的肩膀，从她身旁走了过去。是时候换上制服了。

"前辈。"

"嗯？干什么？"

回过头来，发现史织正目不转睛地看着自己。她用力点了点头，再一次露出了笑脸。

"前辈，你果然还是适合穿剑道服。简直太帅了！"

败北的报酬，有这句话就够了。

"啊啊……我也这么觉得。"

从来没有听过这么令人开心的赞美，但这次，悠是打心底里这么想的。

"但是……唉，输了就是输了啊。"

夕阳的余晖中，悠全身无力地瘫坐在长凳上。按理来说，被打败后，一直压抑着自己的东西应该消失了，可是现在，他整个人都情绪低落。所以，他没有注意到有个人正在从他的身后悄悄地靠近。

"猜猜我是谁！"

管你是谁都别来烦我。

如果是八代或者其他一年级生的话，与其被他们看到自己这个样子还不如死了好。如果是二年级生的话，肯定会被他们捉弄，到那时候自己在他们面前还有何颜面可言？至少，希望是三年级的。江坂部长……绝对不可能。缠学姐……不不不，这是最不能接收的，会死的。

"是……幸村前辈？"

"哦哦，你太强了！这都能猜对！我真的……挺开心的。我还以为我这种路人角色你看都不会看一眼呢。"

怎么会呢。这个人可是剑道部中第一个让我觉得强大的人。

身上带着一种干净的肥皂味，副部长笑嘻嘻地坐在了悠的旁边。

"哎嘿嘿，不好意思哈。不是史织酱也不是吹雪酱，让你失望了。"

"为什么在这里会出现那两个人的名字？"

"我算是明白了……你成功刷新了我对你的认知，原来你也和江坂君一样是剑道星人。阿门。"

她故作虔诚地在胸前画了一个十字。

虽然感觉很失礼，但是这种失礼中却透露着一种亲近感。悠苦笑了一下。

"我累了，今天已经不想再见到任何人了。您就不能放过我吗？"

"啊哈哈，瞧你这话说的。你就不能再忍一下吗？我觉得，现在的你一定需要一个能够说话的人吧……只是，不可以是江坂君和缠。"

"说真的他们两个我都不想见，顺便问一句为什么？"

"他们两个，今天都参加了战斗。所以至少在明天到来之前，我想让他们忘记部长的身份，好好地休息一下……所以吧，你看，这种时候不就轮到我出场了吗？"

身穿制服的圆香温柔地笑了起来。和平时的防具不一样，一点汗味都没有。

今天，她没出场。因为她在之前决定参赛选手的校内循环赛中输掉了。

尽管如此……尽管如此，她依然——

"你怎么就输了呢，水上君？太差劲了吧！"

"你太过分了，前辈！别笑了！居然用这种表情说出这种话！男人可是很单纯的！比你想象中还要单纯五百倍！我也不过是个普通人！我也会受伤啊！"

"嗯。我知道……所以，我其实是有点开心的。我很坏吧？"

她咯咯咯地笑出了声。之前就一直觉得，这个人是个非常腹黑的抖S。就在悠这么小声抱怨的时候，一只漂亮的手轻轻地放在了他的头上。

温柔地、慢慢地，就像是在安慰一个受伤的孩子一般，在悠满是汗臭味的头发上来回地抚摸着。

"你也不过是个普通人呢。听到你这么说自己我真的开心……太可爱了。你果然还是我可爱的后辈。"

悠用力咬紧了嘴唇。他略带粗暴地故意将那只抚摸自己的手推开。

"我怎么可能会哭呢!我是绝对不会哭的!"

"啊哈哈……嗯,这样就好。毕竟是男孩子嘛。"

可恶,这是母爱泛滥吗?这个人怎么回事?为啥我妈妈不是她?

悠一脸不高兴地闹起别扭来。一旁的圆香则是像给孩子说故事那般温柔地安慰他。

"我呢,总是输。所以也不是不懂你的心情……我赠你一句话吧——输了,不甘心,这是好事啊!"

一脸疑惑地看向圆香,刚想问为什么,就突然意识到这个问题其实完全没有问的必要,实在是惭愧。因为这个人,她是副部长,剑道部的副部长。

"我觉得,和赢了之后就这么愉快地结束比起来,输了之后的不甘心更能鞭策自己进步。距离团体预选还剩两周了。虽然我到现在还很弱。尽管如此,我也有我的梦想……我想让大家觉得,有幸村在真是太好了;那个时候,经历过那段失败的挫折真是太好了;我们所有的失败,都是为了最后的胜利做准备。"

"啪!"她拍了一下悠的后背,叫他振作起来。

"去告诉他。水上君。不去的话你会后悔的。现在的你,一定有很多很多话想对他说!"

"是!"

悠站了起来,内心已下定决心。

就在他刚准备离开的时候,他转过身来,背对着夕阳,向圆香说道。

"前辈。之前，在我加入社团的时候，你对我说过的话，我还没回复你呢……所以，我想借现在这个机会说出来。

"我不觉得社团开心。因为我输了！"

悠努力做出最好的笑脸，为了让她能够百分之百地放心。

"所以，在最后结束的时候，我一定会……把这里变成让所有人都开心的社团！

"我一定会打败快晴！全国第一也是我的！就算是团体战，只要我加入了那绝对会赢！

"相信我！等着吧！我一定会全部实现给你们看！不管怎么说，老子可是天才水上悠！"

强烈的愿望，只有勇敢地说出来才有动力。如果觉得有些难为情那就对了！

毕竟，当这种愿望真正实现的时候，那种痛快的感觉是无与伦比的！

"嗯。这才像话嘛！行，那就再正式地来一遍吧！"

"咳哼。"圆香清了下嗓子，为悠献上了贺词，"欢迎加入剑道部，水上君。相信我，这是你所见过的最棒的社团……一起挥洒青春的汗水吧！"

悠迎着太阳开始奔跑。约定之人，无比想念的挚友，就算没有约定也一定能找到你!

接下来,自己该做出怎样的表情?该选择怎样的话语?是该生他气呢还是该大哭一场呢?思考仅仅只有一瞬间,因为根本就不需要犹豫。面对挚友的表情,早在那一天已经定下来了。

来吧,就让我来完成最后的约定吧!

悠用尽全身的力气,大声喊出了那个憧憬的名字:"喂,快晴!"

——这就是你战胜我的报酬。只有这一次,只有这一瞬间,我把从这里看到的景色让给你!所以,告诉我吧,快晴!登上这里,是怎样的一种感觉?

悠抬起头来望向天空,向那悠远的彼方寻求约定的色彩。

***

快晴依然是一副忧郁的样子。

他趴在二楼屋外的栏杆上,看着夕阳一点一点地沉下去。大脑一片空白,感觉灵魂随时都会从自己嘴里跑出来似的。再加上全身无力,完全就没有想动的意思。

"哈啊。"

他叹了口气,仿佛一下子老了几十岁,然后摊开双手,盯着看了起来。

"是我赢了……吗？"

奇怪。完全没有印象。这种事情可能吗？这应该算得上是目前为止的人生中最重要的一瞬间，但是完全想不起来自己到底是怎么赢的。难道说，这只是个梦吗？

"罢了，是我想多了吧。"

快晴从口袋里取出了那张剑道记者给他的照片，透过阳光仔细地观察起来。拍得很好。甚至把一些让自己觉得不好意思的细节都拍出来了。这张应该不会上杂志吧。不忍直视，他赶紧收起了这张槽点过多的照片。

"采访，是真的讨厌……看来下回还得再多点笑容。"

据说现在的出版业不景气。至少希望这家杂志能在公布今天的战果之前不要倒闭。一旦成为客观事实，也会有些许真实感了吧。只是，这份喜悦，又能够和谁分享呢？

自己经常拿冠军，父母已经习惯了，不会有太大的反应。也不太好意思和后辈、同级分享。如果敢在前辈面前炫耀的话，那下次对战之前就等着被收拾吧。女子剑道部的话也不是没有朋友，只是没那么熟……哎？自己的朋友圈就这么小吗？

"这朋友也太少了吧。连个能炫耀的对象都没有……"

快晴又叹了口气。不过话说回来，自己赢的初衷也不是为了炫耀。如果硬要选出一个人来，向他报告自己变强了这一喜讯的话，到底选谁好呢？

"悠。"

现在就是后悔，非常后悔，当初为什么没有考虑过赢了的后果呢？

今后，自己该如何去面对他。"哎！"再一次，快晴叹了口气。现在的他，与战斗状态下的他相比，破绽百出，毫无霸气可言。

这种时候，毫无防备，等于是在告诉那个最讨厌自己的家伙"朝这砍"。

"砰！"一包里面塞着三根竹刀的竹刀袋直接甩到了快晴的后脑勺上。

"啊……疼疼疼疼！"

"可惜，没死透。我还以为这下终于能干掉你了。"

夕阳下，抱着胳膊，如哼哈二将一般站在那里的正是吾妹。她一副气鼓鼓的样子，但是恕我直言，一点都萌不起来。

"你这家伙……居然来真的！"

"嗯。去死吧哥。我应该每天都有这么说吧……今天，就算我赢了行不？"

"你以为，这种莫名其妙的事情……我会承认吗！用这种偷袭的方式赢了很爽吗？！"

"那……哥你要怎样赢了才满意？"

"这还用问吗！堂堂正正，正面和我打！"

快晴怒了，毫不掩饰自己的怒火，对方是妹妹的话就更不需要客气了。奇怪的是，更加生气的那一个反而是妹妹。

"既然这样的话,你看看你现在在干什么!"

愤怒的妹妹抡起竹刀袋对准了哥哥,风压夹杂着吹雪,势必要击碎这片阴霾。

"你还没明白吗?是我们赢了!最强就要有最强的样子!必须保持压倒性的强大!让那些三流再也不敢靠近!把那些试图挑战的二流扼杀在摇篮里!让那些一流输得心服口服!当那些不甘心的家伙瞪你的时候,你必须有足够的自信对他们说,'随时奉陪'!你必须展现你的强者风范,这是你的义务!"

笼罩在快晴心头的阴霾消失了。他虚心地接受了来自妹妹的爱。

"不准逃避胜利!有资格斩杀哥哥你的,只有我!"

"啊啊。我知道了……我也希望有么一天,你快点变强吧!"

还真是,让人放不下心的妹妹。

快晴笑了起来。听到快晴这么说,吹雪像河豚一样鼓着的脸颊终于放松了下来。

"悠……君。"

她的脸颊被夕阳染成了红色,看起来,有些忧郁。

"太帅了……"

"哈?"

是错觉吗?

"那个退击面,我爱了!和某个人简直不是一个级别的!太帅了!不行!我要死了!我现在就要嫁给他!"

快晴的额头上青筋暴起。

"喂！你说什么呢？！"

"哈？这就生气啦？我还没嫌你烦呢！真是的，为什么要赢？这人做事不看场合的吗？"

"这还不都是你！是你叫我赢的啊！你够了！这个满脑子都是肌肉的女人！给我听好了！"

快晴一拳打在自己的心脏上，毫不客气地把这句话甩到妹妹脸上。

"赢的那个人，是我！名副其实，我是最强的！谁也别想有意见！"

"嗯。我现在没意见。我想，那个人一定也没有。"

吹雪十分冷静地回复了他。

原来是声东击西。一如平时用假动作打出擅长的拔胴那般，吹雪一脸坏笑。

"不去见见他吗……你一定有很多话想对他说。"

妹妹似乎在哥哥不知道的时候，成长了不少。

"去吧。欧尼酱。"

"啊啊。我走了，吹雪。"

快晴苦笑了一下，迈开步子跑了起来。就在他刚跑了几步的时候，他回过头来，一边原地踏步一边向吹雪喊道——

"晚饭，我回去吃！我一定回去！所以，等我！"

从今以后，我不会再抛下你了。最后确认了一眼吹雪的笑容，快晴迎着太阳开始奔跑。约定之人，无比想念的挚友，就算没有约定也一定能找到你！

接下来，自己该做出怎样的表情？该选择怎样的话语？是该谦逊一下呢还是该大哭一场呢？思考只有一瞬间，因为根本就不需要犹豫。答案，早已放入自己的口袋中了。

"来吧！我要比那个时候更加强大！比现在更加强大！"

快晴从口袋中取出了照片。那是一张双人合照。

一边是苦笑着闭起一只眼睛的水上悠，一边是满面笑容抱着悠的肩膀的乾快晴。自己的左手拿着奖杯，右手比出了一个漂亮的 V 字，这是在武道中被禁止的手势。

今后，我也要一直保持这份笑容。所以，今天也要投身剑之道。

来吧，挚友！来完成最后的约定吧！快点大声喊出我的名字："喂，快晴！"

现在正是让自己的声音响彻天穹的时候！快晴向未来做出了回答。

有你这个朋友真是太好了。从这里看到的景色简直太棒了！

"你来啦，悠！"

乾快晴的表情，此时此刻终于放晴，就像他的名字一样。

藤宮

后 记

我个人属于那种心理波动不会特别大的类型,在我的记忆中,一次都没经历喜极而泣这种事。

所以,我一直觉得,如果有一天我把自己给感动哭了,那一定达成了人生中一个重大的目标。

"很遗憾地通知您,您拿到的是……金奖!"

当我接到责编打来的电话时,脑子里一片混乱。

是该说"太好了,至少我没落选"好呢,还是说"您有必要这么吓我吗",或者说"别拿我的职业生涯开玩笑",甚至正式一点回答"谢谢您,我太开心了"。我真的考虑了各种可能性。

但是当我真正说出口的时候,却没有选其中任何一种。

"是这样啊。太可惜了。您能告诉我在我之上的那个人是谁吗?"

这一瞬间,我忽然意识到,"不管自己最后走得有多远,自己还是自己"。

本作《剑之彼方》在第25回电击小说大奖赛中获得了金奖。在金奖之上,还有一个大奖的位置空着。

恕我直言,我不甘心。原以为这会成为我人生中第一个喜极而泣的日子,结果却因为不甘心,一整晚都没睡好。

我反复读着我的应征稿件,到现在还是会觉得后悔。问题真的太多了,自己却没能意识到。如果当初更有实力的话,现在已经把大奖拿到手了。这么一想,自己就无论如何都不可能满意了。

所以,我开始尽自己所能地去改稿。

虽然我不清楚到最后我会给读者们留下一个什么样的作品,但是我能想象当未来的自己读到这部作品的时候会怎样去评价。

"有意思,但是我觉得还能更好。"

我想做得更好。我觉得我能做得更好。

今后我会继续写作,我相信有朝一日,我一定会迎来让自己喜极而泣的那一天。《剑之彼方》的故事还将继续,我将与角色们一同成长。希望大家多多支持,多多关注。谢谢。

最后,感谢本作的插画师伊藤宗一先生、责任编辑清濑先生以及舣津先生。我们四人在一起,才构成了《剑之彼方》创作团队。今后也请多多指教,一起克服困难,一起加油吧!

那么各位,咱们第二卷再见吧!

涩谷瑞也

图书在版编目（CIP）数据

剑之彼方.1／（日）涩谷瑞也著；（日）伊藤宗一绘；朱世禛译.
——北京：文化发展出版社，2021.3
ISBN 978-7-5142-3223-3

Ⅰ.①剑… Ⅱ.①涩… ②伊… ③朱… Ⅲ.①长篇小说-日本-现代 Ⅳ.①I313.45

中国版本图书馆 CIP 数据核字（2020）第 202329 号

TSURUGI NO KANATA Vol.1
©Mizunari Shibuya 2019
Edited by 电击文库
First published in Japan in 2019 by KADOKAWA CORPORATION, Tokyo.
Simplified Chinese translation rights arranged with KADOKAWA CORPORATION, Tokyo through JAPAN UNI AGENCY, INC., Tokyo.

著作版权合同登记图字：01-2020-6144

剑之彼方 1

著　　者：	［日］涩谷瑞也		
绘　　者：	［日］伊藤宗一		
译　　者：	朱世禛	出版统筹：	贾　骥 宋　凯
出版人：	武　赫	出版监制：	张泰亚
责任编辑：	范　炜	特约编辑：	王　凯
责任印制：	杨　骏	美术编辑：	宋　慧

出版发行：文化发展出版社（北京市翠微路 2 号　邮编：100036）
网　　址：www.wenhuafazhan.com
经　　销：各地新华书店
印　　刷：天津嘉恒印务有限公司
开　　本：787mm×1092mm　1/32
字　　数：143 千字
印　　张：13
印　　次：2021 年 3 月第 1 版　2021 年 3 月第 1 次印刷
定　　价：48.00 元
ISBN：978-7-5142-3223-3

◆ 如发现任何质量问题请与我社发行部联系。发行部电话：010-88275710